매일 쓰고 다시 쓰고
끝까지 씁니다

매일 쓰고 다시 쓰고
끝까지 씁니다

시나리오에서 소설까지
생계형 작가의 글쓰기

김호연 지음

행성B

차 례

7장　**네버엔딩 스토리텔러 스토리**

일러두기

책명은 겹화살괄호(《 》)로, 영화 제목이나 작품 이름, 단편 글 등은 홑화살괄호(〈 〉)
로 표기했다.

작업기 혹은
생존기

2013년 가을 《망원동 브라더스》가 출간되고 한 매체와 인터뷰를 하며 이런 대화를 나눴다.

기자　시나리오 작가셨더라고요.

본인　오랜 시간 시나리오 작가로 지냈죠. 아마 한국의 시나리오 개발 프로세스는 제가 모두 겪어 봤을 겁니다.

기자　(호기심 어린 눈빛으로) 그래요? 어떤 작업들을 하셨죠?

본인　영화사에서 합숙하면서도 썼고, 감독과 둘이 쓰

기도 했고, 대기업 영화사 기획개발 작가로도 일

했고, 유명 감독님 작가팀에서도 일했죠. 아, 물론

양아치 제작자들과도 일했습니다. 그렇게 13년간

일했는데 안타깝게도 각본에 제 이름으로 개봉한

영화는 없네요.

기자　(잠시 머뭇거리다가) 아… 프로필 보니 만화 스토리

작가로도 활동하셨던데… 출간된 만화는 어떤 게

있나요?

본인　제1회 부천 만화 스토리 공모전에서 대상을 받았

어요. 그런데 이 역시 안타깝게도 만화책으로 만

들어지지 못했습니다.

기자　(표정 관리하며) 그래요. 예. 그렇군요.

본인　영화도 만화도 감독과 만화가가 제 글을 작품으

로 완성해야 결과물이 나오잖아요. 이후 저는 제

손으로 끝낼 수 있는 작업을 해야겠다 마음먹었

습니다.

기자　(반가워하며) 그래서 쓴 게 《망원동 브라더스》군요!

본인　아뇨. 〈유령작가〉라는 제목의 작품이었어요. 제

첫 장편소설이었죠.

기자　그 작품은…

본인　대한민국의 모든 장편소설 공모전에서 물을 먹었

죠.

기자	(체념한 듯) … 그러셨구나. 고생이 많으셨겠어요.
본인	(웃음) 이제 책이 나와 인터뷰도 하니 다행이라고 생각합니다.

　말은 그렇게 했지만 인터뷰를 마치고 나니 지나간 순간들이 슬픈 영화의 회상 장면처럼 며칠간 머릿속에서 맴돌았다. 내 실패의 기록들. 글쓰기에서도 인생에서도 매일 지고 살았던 날들. 그 순간들이 내내 전두엽 언저리를 서성거렸다. 그때 나는 "인생의 모든 어려움이 글감이며, 죽지 않고 살았다면 그에 대해 글을 써야 한다"*는 바버라 애버크롬비의 말을 떠올렸고, 이 실패담을 한번 정리해야겠다 마음먹었다. 하지만 막 데뷔한 신인 소설가의 어둡고 칙칙한 에세이를 내 줄 출판사는 전무했고 나 역시 다음 소설, 다음 시나리오를 쓰며 생계형 작가의 일상으로 돌아갔다. 실패담들은 가끔씩 꿈에 나와 더 큰 실패를 겪기 전에 자신들에 대해 쓰라고 협박했지만 나는 콧방귀를 끼고 새 이야기를 쓸 따름이었다.

　올해로 작가 생활을 한 지 20년이 되었다. 소설가가 된 지는 7년째다. 그동안 세 권의 장편소설을 썼고 드디어 영화 크레딧 하나를 얻었으며 전업 작가로 자리 잡았다. 실패의 기록은 잊

---

* 바버라 애버크롬비, 《작가의 시작》, 책읽는수요일.

었냐고? 그럴 리가. 실패 업데이트는 이후로도 계속되었고 그 것이 이 일의 본질임을 깨달은 것이 그나마 다행이었다. 모든 초고는 쓰레기였고, 쓰기는 고쳐 쓰기였으며, 작품의 완성이란 불가능하고 마감에 맞춰 작업을 멈출 뿐이었다. 사는 것 역시 비슷했다. 우리는 어제를 고쳐 오늘을 살고 오늘을 고쳐 내일 이란 시간을 쓴다. 매일 지면서 계속 사는 삶의 숭고함에 비하 면 글쓰기의 실패는 미미한 일과에 지나지 않았다.

어쨌거나 한국에서 20년간 글을 쓰며 살아남았다는 건 의 미가 있다고 느꼈고 살펴보니 소설가의 에세이는 많지만 소설 작업 과정에 대한 이야기는 많지 않았다. 시나리오 작가의 작 업기는 전무하다시피 했다. 그렇다면 소설가로, 시나리오 작가 로 살아온 내가 들려줄 이야기가 작가를 꿈꾸는 이들과 동료 들에게 조금이나마 도움이 될 수 있겠다 여겨졌다. 그래서 이 제 정리해 보기로 했다. 작업기 혹은 생존기를. 20년 전엔 상상 도 못했던 이야기이자 7년 전엔 생각만 하고 엄두를 못 냈던 그 실패의 기록들을.

내가 작가로 살아오면서 함께한 대부분의 사람과 회사, 단 체들이 이곳에 언급된다. 짓궂은 농담과 비판적인 표현이 있어 도 너그러운 이해를 바라며, 다시 한번 험난했던 작가 생활을 견딜 수 있게 도와준 그분들에게 고마움을 전한다. 또한 이 책에는 글쓰기의 힘이 떨어질 때 복용했던 여러 작법서의 훌륭한 표현들도 등장한다. 이 같은 창작의 비타민을 공유함에 있어 선배 작가들의 이해를 구하며 역시 고개 숙여 감사드린다.

이제 2001년으로 다 같이 돌아가 보겠다. 시나리오 한 편을 쓴 뒤 영화사에 방문한, 글 좀 쓴다고 혼자 까불던 스물여덟 살 키 작은 청년을 따라가 보겠다.

S#1. 압구정동. 영화사 사무실. 낮.

1장

초보 시나리오 작가의
습작 지옥

"

시나리오 쓰기가 어렵다고는 해도

탄광 일만큼 힘들지는 않다.

단지 좀 더 암담할 뿐이다.

– 더브 코넷(작가/제작자)[*]

"

• 윌리엄 에이커스, 《시나리오 이렇게 쓰지 마라》, 서해문집.

첫
직장은
영화사

영화사는 압구정동에 있었다. 2001년 봄이었고, 나는 그곳에 시나리오 작가 면접을 보러 갔다. 도산 공원 옆에 자리한 영화사는 근사했는데 입구부터 대나무가 진입로를 만들어 주고 있었고 통유리창으로 된 3층 건물은 그 자체로 이곳이 압구정동이고 이곳이 요즘 강남에서 잘나가는 영화사라는 아우라를 듬뿍 풍기고 있었다. 이제 충무로는 지난 과거가 되었고 몰려드는 자본을 끼고 강남으로 영화사들이 자리하던 시절이었다. 그곳이 미래였고 그곳에서 한국 영화가 새로 시작되고 있었다.

영화사는 지난 2년간 세 편의 상업영화를 개봉한 역량 있는 곳이었다. 시원한 이마 라인과 강인한 인상의, 왠지 〈매트릭스

)의 모피어스를 닮은 시나리오 실장과의 면접을 마치고 영화사를 나오며 이런 곳에서 일하면 폼 좀 나겠다는 생각을 했다. 건물을 나와 압구정역으로 향하고 있을 때 실장에게서 연락이 왔다. 괜찮으면 돌아와서 대표 면접을 바로 보는 게 어떻겠냐고. 나는 가벼운 발걸음으로 턴했다.

면접을 마친 대표는 나를 지하실로 데려갔다. 그렇다. 지하실이 있었다. 나는 드라마에서나 보던 매력적인 영화사 직원들이 통유리창을 배경으로 일하는 지상 구간을 지나 대표를 따라 지하실로 향했다. 지하실은 충고가 낮았고 형광등을 켜 놓은 대낮인데도 어둑어둑했다. 작은 싱크대가 있는 입구를 지나자 복도를 중심으로 좌우로 방이 몇 개 있었다. 노량진의 흔한 고시원을 연상케 했는데, 한마디로 우중충했다.

대표가 방문 하나를 열자 그곳에는 긴 테이블이 놓여 있었고 세 명의 사내가 그 테이블을 둘러싸고 앉아 있었다. 노트북을 하나씩 앞에 둔 그들은 나를 향해 일제히 고개를 돌렸다. 한 명은 시나리오 실장 모피어스였고 다른 한 명은 모피어스와 같은 시원한 헤어스타일에 앉은키만으로도 엄청남이 느껴지는 거구의 사내였다. 또 다른 사내는 김정일이나 입을 법한 인민복 스타일의 점퍼를 입은 채 날렵한 눈빛으로 나를 살펴보았다. 모피어스와 거인과 간첩. 그들, '시불파'의 첫인상이었다. 대표는 그들에게 앞으로 같이 일할 작가라며 나를 인사시키고 내일부터 이곳으로 출근하라고 했다. 이곳으로? 통유리

창에 아름다운 정원이 보이는 1층 혹은 도산공원이 넘겨다보이는 2층이 아닌 이 지하로? 정녕 지상에는 내 자리가 없는 것인가? 아니면 시나리오는 지하에서 써야 제격이라는 법이라도 있단 말인가? 어느새 머릿속엔 물음표 풍선들이 가득 차기 시작했다. 하지만 나는 늦깎이 취업생, 찬물 더운물 가릴 때가 아니었다.

일사천리로 입사가 결정되고 집으로 오다 단골 만화방에 들렀다. 평일 오후의 만화방도 이제 그만이겠거니 하는 심정에, 밀린 연재물들을 읽고 만화방 표 꿀맛 라면을 먹으면서 출근 전야를 보냈다. 세 명의 강인한 남자가 있는 지하로 출근할지 말지도 잠시 고민하면서.

동기들보다 늦게까지 학교를 다녔다. 2001년 상반기가 마지막 학기였는데 교양 강좌 두 개만 남은 터라 연초부터 바로 취업을 준비했다. 그래 봐야 내겐 토익 점수를 따고 기출문제를 푸는 게 아닌 학교 도서관에서 책을 읽고 글을 끄적거리는 게 전부였다.

당시 나는 영화 일을 해 보기로 마음먹고 있었고 시나리오를 써서 영화계에 진출하는 게 가장 유리하지 않은가라는 생각을 했다. 전공이 국문학이고 영화를 좋아하니, 그 중간의 교집합 즉 글과 영화가 가장 많이 결합된 분야인 시나리오가 제격일 거라는 나름 매우 꽤나 상당히 합리적인 결론을 스스로에게 부여한 상태였다. 당시는 CJ나 롯데 같은 대기업이 영화계에 진출하기 전이었고 영화 주간지 《씨네21》에 뜨는 영화사 직원 채용 공고가 최우선이었다. 대부분 그것을 보고 지원하거나 아니면 인맥이나 알음알음으로 취직하는 게 전부였다.

그해 봄 학교 도서관에서 《올리버 스톤》이나 시드 필드의 《시나리오란 무엇인가》 등의 책을 읽으며 아무거라도 끄적이던 게 취업 준비였고, 완성한 장편 하나를 마침 시나리오 작가를 뽑는 몇몇 회사에 투고한 게 전부였다. 일은 그렇게 진행된다. 관심이 있는 걸 시도해 보고, 지원해 보고, 되면 하고, 안 되면 다시 한다. 사실 출근하기로 한 회사보다 영화 〈박하사탕〉을 만든 이스트필름의 답을 기다리고 있었지만, 더 이상 취업을 미룰 순 없는 상황이었다.

운 좋게 덜컥 취직이 된 것이었지만 일말의 찜찜함이 있었다. 지하만 아니면 참 좋을 텐데, 그 강인한 인상의 세 남자만 아니면 참 좋을 텐데, 지하철을 갈아타지만 않으면 참 좋을 텐데 등. 배부른 고민을 뒤로한 채 일단 출근을 하기로 마음먹었다.

다음 날 아침 출근해 1층 보기를 돌같이 한 채 곧바로 지하실로 향했다. 마치 내게는 이곳이 제격입니다, 라는 투로 지하실로 들어가 보니 어제와 다른 게 하나도 없었다. 역시 어둡고 칙칙했다. 나는 혹시나 하는 생각에 작업실 문을 열어 보았다. 놀라웠다. 어제의 그 세 사내가 어제와 전혀 달라지지 않은 자세로 테이블에 둘러앉은 채 노트북을 두드리고 있는 것이 아닌가? 뭐지? 지박령들인가? 그들은 나를 보자 "어 출근했네." "그럼 이제 아침이구나." "자야겠다."라고 중얼들거리며 몸을 일으켰다.

어리둥절해하는 나를 뒤로하고 모피어스와 간첩은 또 다른 방으로 들어갔는데 문틈으로 훔쳐 본 그곳에는 이층 침대가 자리하고 있었고, 그것이 무엇을 의미하는지는 본능적으로 간파할 수 있었다. 도망칠까? 순간 동공이 흔들리는 내 앞에 거구의 사내가 와 섰다.

"너 국문과 나왔다며. 이거 우리가 쓰고 있는 건데 우리 잘 동안 한번 읽어 봐. 오타 체크도 해 주면 좋고."

거인은 압도적인 인상과 덩치와는 달리 친절하고 차분한 말투로 말하며 내게 두툼한 A4 용지 뭉치를 건넸다.

거인마저 침실로 들어가고 적막해진 지하실 입구 책상에 홀로 남은 나는 잠시 고민했다. 지금이다. 지금이 도망칠 절호의 기회다. 영화사 취직이고 뭐고 때려치우고 일본에 가는 거다. 사실 내게는 막 따 놓은 일본 워킹홀리데이 비자가 있었다. 기간상 1년의 여유가 있기에 영화 일을 하다가 여의치 않으면 일본으로 가 노동을 하고 돈을 벌어 카메라를 사서 독립영화를 해 보겠다는, 야심 찬 플랜 B가 있었다. 하지만 압구정동의 폼 나는 영화사에 갑자기 취직이 된 까닭에 그것은 생각하지 않기로 하던 참이었는데… 플랜 B를 가동할 기회는 지금이었다.

그런데 내 앞에는 두툼한, 대략 60페이지에 달하는 '이야기' 하나가 놓여 있었다. 나는 가만히 그것을 집어 들었다. 그래, 읽어 보고 판단해도 나쁠 건 없지. 저 정체불명의 사람들이 밤새 가며 쓴 작품이니 한번 읽어나 볼까? 실력을 보고 괜찮으면 밑에서 일해도 되겠지, 라는 꽤나 상당히 매우 엄청나게 오만방자한 생각을 지닌 채 그것을 집어 들었다.

A4 60장짜리 트리트먼트*(당시에는 그게 트리트먼트인지도 몰랐다)는 어떤 나쁜 형사에 관한 이야기였는데 마치 소설처럼 술술 읽혔다. 형사는 비리를 저질렀고 멍청했지만 그럼에도 독종이고 싸움도 잘했다. 아무튼 초반은 꽤 흥미로웠다. 이거 아벨 페라라의 〈악질경찰〉과 이명세의 〈인정사정 볼 것 없다〉를 잘 섞은 거 같은데, 라는 허세 섞인 생각을 하며 계속 읽어 나갔다. 어떻게 되나 볼까? 점점 재밌는데… 점점 더 재밌는데… 엄청 흥미로운데… 아니 이거 기똥차게 재밌는데!

그리하여 한 시간 남짓 이야기를 다 읽고 난 나는, 겸손해졌다. 매우 겸손해지고 초라해져서 지하실의 지하실에라도 파고들 수 있을 것 같은 상태가 되었다. 나는 원고를 통해 정체불명 사내들의 정체를 알아냈다. 그들은 '괴물'이었다. 그들 밑에서 일하는 건 충분히 괜찮은, 아니 엄청난 기회임이 분명했다.

---

* 트리트먼트. 영화 줄거리를 소설 형식으로 써 내려간 것. 시놉시스와 시나리오 중간 단계의 결과물이다. 분량은 대개 20페이지 전후이나 영화사마다 조금씩 다르다.

그날 내가 읽은 그 나쁜 형사 이야기는 영화 〈공공의 적〉 1편의 트리트먼트 초고였다. 이후 20년간 영화 일을 하면서 이 트리트먼트보다 더 잘 쓴 트리트먼트를 본 적이 없다(물론 나 역시 지금도 그렇게 쓰지 못하고 있다). 이게 시작이었다. 거인이 건네준 60장짜리 A4 용지. 그것이 나를 영화 시나리오 작가로 살아 봐야겠다고 추동한 첫 도화선이었다. 이후 나는 세 명의 괴물 선배를 깍듯이 따르며(깍듯이 따르지 않을 수 없는 포스가 있기도 했고) 지하실 생활에 적응해 갔다. 〈공공의 적〉은 이후 강우석 감독님 연출로 '강철중'이라는 역대급 캐릭터와 함께 한국 형사 영화의 한 획을 긋는 작품으로 완성되었고, 시불파는 이 작품의 작가로 내게 영원히 자랑스러운 선배이자 형들이 되었다.

형들이 한창 시나리오 작업을 하던 어느 날 강우석 감독님이 자신의 미술감독과 함께 작업실로 찾아온 적이 있다고 했다. 그곳에서 몇 달째 숙식하며 〈공공의 적〉 시나리오 작업을 하는 형들을 본 미술감독이 한마디 했다고 한다.

"그러니까 이 친구들이 불사파 같은 거네. 시나리오계의 불사파."

그렇게 시대를 앞선 명작 〈넘버 3〉에 나오는 송강호와 불사파에 비교된 형들이었다. 생각해 보니 내가 첫날 영화사에 가서 접한 느낌이 바로 그것이었다. 이후 형들은 시나리오계의 불사파, 줄여서 '시불파'로 불리게 되었다. 시불파, 그들과 함께 영화 일을 시작한 것이 내게는 자랑이자 긍지다. 물론 형들은 내 이런 고백을 들으면 간지럽다고 시불시불, 하겠지만. 그렇게 시불파에게서 헝그리 정신을 배워서였을까? 가히 '공복의 글쓰기'라 불릴 만한 이 이야기도 그 시절부터 시작된 것이 아닐까 싶다.

시나리오계의 현정화 아니 임춘애. 2001년 봄, 압구정동의 지하 작업실에서 나는 내 첫 직장이자 첫 직업을 얻었다.

습작
지옥에서
미치지 않기

　　시불과 형들이 〈공공의 적〉 시나리오 작업을 하는 동안 나는 또 다른 선배 작가와 먼저 일하게 되었다. 심 선배는 〈해변으로 가다〉와 〈하루〉의 시나리오를 쓴 실력 있는 작가였고 내게 시나리오 쓰는 일의 기초부터 차근차근 가르쳐 준 고마운 '사수'였다. 회사에서 우리에게 준 기획은 간첩에 대한 것이었고, 나는 초기 조사부터 최초 시놉시스*까지 하나하나 심 작가에게 배우며 써 나가게 되었다. 최초 기획을 받아 자료를 조사하고 최초 시놉시스 몇 장을 쓰고 컨펌을

* 시놉시스. '전경' 혹은 '개괄'이란 뜻으로 영화나 드라마 따위의 간단한 줄거리나 개요를 말한다.

받고 다시 고치고 해서 그것을 트리트먼트 단계로 완성하는 프로세스를 배워 나갔다. 이는 시나리오 작업의 기초로 매우 중요한 가르침이었다.

심 작가와 함께 정리한 스무 장 정도의 시놉시스를 본 회사에서는 본격적인 개발을 확정했고, 〈이중간첩〉이란 프로젝트로 발전시켰다. 이후 〈공공의 적〉을 마친 세 명의 선배도 프로젝트에 합류하게 되어서 심 작가와 시불파 삼인방과 나 그리고 기획실 직원 한 명이 '간첩팀'이란 이름 아래 합숙을 하며 시나리오 작업을 하게 되었다. 입사한 지도 어느덧 5개월이 지나고 있었다. 회사는 압구정동의 개인주택을 사무실로 개조해 옮긴 상태였는데, 여기서도 작업은 2층에서 하고 숙식은 지하실에서 해결했다. 그때부터 시나리오가 투자를 받을 때까지 영화사에서의 무기한 합숙이 시작되었다.

여름이 지나가고 있었고, 나는 시나리오 막내작가라는 직함을 가지고 기라성 같은 선배들이 시나리오의 개요를 짜고 신 (scene)을 구성하고 캐릭터를 조율하고 하는 것을 스펀지처럼 흡수하며 배웠다. 숙식을 같이하니 잡일도 많았지만 심 작가와 형들 누구 하나 권위적이지 않아 같이 일하고 함께 생활을 하는 재미가 있었다. 하지만 합숙은 어쨌거나 개인의 자유를 제한하고 마감의 압박이 엄청나서 고단한 나날이기도 했다. 그럼에도 선배들의 도움과 시나리오 작업을 배운다는 즐거움이 커서 하루하루가 알차고 단단하다는 기분이었다.

나는 운 좋게 지금으로서는 상상하기 쉽지 않은 영화판 시나리오 도제 시스템의 끝자락에서 이 같은 경험을 몸소 겪을 수 있었다. 하지만 친구들로부터는 대체 어디에 취직한 거냐, 왜 술자리에 나올 수 없느냐, 월급 턱을 내기 싫어서냐, 라는 잔소리를 들어야 했다. 심지어 나중에 친구들 사이에선 내가 다단계에 끌려간 것 같다는 말까지 돌았다고 했다. 어찌 보면 다단계와 비슷할 수도 있다. 영화업계는 종종 다단계에 비유되곤 한다. 진입 장벽은 낮고 마지막까지 남는 성공한 자가 모든 걸 가지는 형국이므로. 비슷한 분야로 조폭 세계란 게 있기도 하다.

그 시절을 회상하면 즐겁고 힘들고 괴롭고 짜릿하고 지치고 빡세고 행복하고 그렇다. 젊은 시절 청춘의 모든 에너지를 짜 한 가지 프로젝트에 매달려 본 사람은 누구나 공감할 수 있을 것이다. 나는 좋은 선배들을 만나 함께 근사한 작품을 집필할 수 있었다. 그해 가을 80여 페이지의 〈이중간첩〉 트리트먼트를 읽은 한석규 배우로부터 캐스팅 오케이가 떨어진 날을 아직도 잊을 수 없다. 배우 콜이 났다는 소식을 듣고 선배들과 함께 감격의 하이 파이브를 하던 기억이 아직도 선연하다. 〈쉬리〉와 〈텔 미 썸딩〉 이후 4년간 공백이 있던 당대 최고 배우 한석규의 컴백작으로 내가 참여한 〈이중간첩〉이 낙점된 순간이었다.

한석규 배우 캐스팅으로 시나리오 작업은 더욱 가열하게 진행되었고 마감이라는 큰 산을 넘기 위해 팀 전체가 애를 썼다. 겨울 내내 작업을 하고 다음 해 봄이 되어서야 시나리오 제본고가 나왔고, 나는 회사를 그만두기로 했다. 제본고까지 참여했으니 내 임무는 다한 게 아닌가 생각했다. 심신이 지쳐 있었던 게 사실이었고 무엇보다 자꾸 머릿속을 간질이는 아이디어들 때문이었다. 의욕이 넘치는 초보 작가였던 나는 어느새 쓰고 싶은 나만의 이야기들이 떠올랐고 형들과 주변의 만류에도 나만의 작업을 하겠다고 나선 것이었다. 그때는 회사가 함께한다는 것이 얼마나 큰 힘인지, 회사의 도움 없이 혼자 작가로 선다는 게 얼마나 어려운 건지, 또 내가 그럴 역량이 얼마나 부족한지 판단할 능력이 전무했던 것이다.

프레데리크 마르텔의 《메인스트림》에 이런 대목이 나온다.

형편없는 시나리오 작가는 아이디어가 없다(그들에게는 슬픈 일이다). 좋은 시나리오 작가는 아이디어가 너무 많다(이건 그들의 한계다). 위대한 시나리오 작가─특히 창의성이 풍부한 작가─는 단하나의 아이디어만 갖고 있다.

당시의 나는 자신이 형편없는 시나리오 작가가 아니란 점에 고무되었던 것 같다. 하지만 그때 내가 가진 아이디어란 무척이나 허접해 지나고 보면 없는 것이나 다름없었다. 그럼에도 나는 아이디어가 너무 많은 시나리오 작가라고 스스로를 평가했다. 그것을 젊은 패기라고 볼 수도 있겠지만 사실 자아도취 작가병의 시작이 아니었나 싶다.

혼자 집에 틀어박혀 나만의 시나리오를 써서 팔겠다는 것은 역시 쉽지 않았다. 한석규가 출연하는 시나리오에 작가로 참여했다는 자부심과 자신감을 지닌 채 아이디어란 것들을 주무르며 시나리오를 써 봤지만, 쉽사리 진도가 나가지 않았다. 형들과 심 작가가 노련한 구성과 조율로 이야기의 큰 그림을 그렸고, 나는 그 안에서 디테일한 자료 조사를 하고 작은 꼭지 신과 대사를 쓰던 게 지난 작업의 패턴이었다. 내가 기계적으로 벽돌을 구워 올리면 형들과 심 작가가 그것을 새로 조합해 벽을 만들고, 결재하듯 고쳐 주고, 고쳐 써서 말이 되는 신으로, 시퀀스로, 한 편의 이야기로 완성해 왔던 것이다. 그걸 혼자 다할 수 있다고 자부한 것이야말로 만용이었다.

무엇보다 시나리오 쓰기는 혼자 쓰든 공동 작업이든 본질적으로 힘든 일이다. 생각해 보라. A4 70~80장 분량의 종이 뭉치로 최소 몇십 억의 투자를 받아야 하는 일이 결코 쉬울 리가 없지 않은가? 무명작가의 시나리오가 영화로 완성되어 전국 극장에서 개봉될 확률은 사법고시 합격률을 가뿐히 능가한다. 하지만 고시원에 들어가 시나리오를 쓰는 지망생이 얼마나 되는가? 시나리오 쓰는 일의 고됨은 그때도 지금도 여전히 저평가되고 있는 게 사실이다. 물론 뭣도 모르고 처음 쓴 시나리오로 대박이 나는 경우도 있지만 그 경우는 로또에 당첨된 것이

나 같고 계속 그런 운이 따르는 일은 거의 없다. 우리는 첫 작품이 (사실상) 마지막 작품이 된 수많은 작가를 알고 있다. 한 번쯤 잘될 수는 있어도 꾸준히 잘하기란 참으로 힘든 일이다. 그것은 시나리오 쓰기뿐 아니라 모든 창작과 일의 근본 생리다. 그리하여 말하자면 나는 시나리오를 배우는 것보다 일을 배우는 게 우선이어야 했다.

월드컵 열기로 한창 뜨거웠던 2002년 한 해, 나는 집구석에 처박혀 부모님의 걱정 어린 눈총을 받으며 세 편의 시나리오를 써 내려갔다. 가장 먼저 쓴 청춘물은 〈고양이를 부탁해〉의 남자 버전 같다는 주변의 피드백을 받았기에 〈고양이를 부탁해〉를 만든 제작사에 투고했다. 얼마 뒤 영화사 측은 정성스런 리뷰와 리뷰 내용을 반영해 고쳐서 보내 주면 다시 한번 검토하겠다는 답을 보내왔다. 결국 계약 이야기는 없었다. 기분이 안 좋았지만 이후 신인 작가의 투고 시나리오에 리뷰 글을 보내 주는 영화사는 양반이라는 걸 알게 되었고, 뒤늦게라도 감사한 마음을 갖게 되었다. 하지만 시나리오를 고쳐 보내지는 않았다. 다음 아이디어를 쓰고 싶었기 때문이고 '쓰기란 고쳐 쓰기'라는 걸 알 턱이 없는 애송이였기 때문이기도 했다.

두 번째는 SF였다. 원체 SF 영화를 좋아했고 아이템도 괜찮다고 생각했기에 호기롭게 작업을 시작했다. 그런데 초고를 거의 완성할 즈음 한국형 SF 영화라고 개봉한 작품들이 하나같이 흥행에 실패하고 있는 것이 아닌가? 〈예스터데이〉, 〈내츄럴 시티〉 그리고 〈성냥팔이 소녀의 재림〉. 그래서 당시 영화계 선배가 무얼 쓰느냐고 물어 SF 작품을 쓴다고 하면 선배도 웃고 나도 웃고 그냥 모두 마냥 웃을 수밖에 없는 상황이었다.

그럼에도 꾸역꾸역 썼다. 〈블레이드 러너〉와 〈터미네이터〉의 이종교배로 태어난 그 작품의 아이디어는 지금도 괜찮다고 생각한다. 하지만 완성하고 나서 영화사 여러 곳에 투고했지만 아무런 답도 들을 수 없었다. 'SF 영화가 다 망해 가는데 SF 영화 시나리오를 보냈네, 미쳤구만'이라는 답이라도 듣고 싶었다. 내가 미쳤다는 걸 누구라도 증명해 줬으면 하고 바랄 때였으니까.

미친 김에 세 번째 작업에 바로 돌입했다. 당시 인기를 끌던 영국 감독 가이 리치 스타일의 강탈극 영화에 반해 〈록 스탁 앤 투 스모킹 배럴즈〉의 한국판을 구상했다. 제대 후 할 일 없는 군 동기 세 명이 재벌의 별장을 털러 갔다가 별장은 못 털고 별장에 놀러 온 여가수를 납치하게 되는데, 알고 보니 여가수는 소속사로부터 탈출하고 싶던 차에 그들을 이용해 납치를 자처했고, 얼간이 세 명은 이 여가수에게 끌려다니며 오히려 그의 도피행을 돕게 된다는 설정이었다. 지금 기억을 더듬어 이 짧은 시놉시스를 쓰는데도 손가락이 오글거려서 차마 더 쓸 수 없을 지경이지만, 최대한 진솔하게 나의 작가 이력을 정리해야 한다는 사명감에 마저 힘을 내 손가락을 놀리고 있는 것임을 독자들은 알아주길 바란다.

이 작품과 〈록 스탁 앤 투 스모킹 배럴즈〉의 유일한 공통점
은 세 얼간이가 마지막 장면에 별장에서 훔친 물건 중 싸구려
양주라 여기고 마시려는 술이 사실은 수천만 원대 명품 위스
키라는 설정뿐이었다. 아무튼 이 작품은 이후 수차례 수정을
거치며 영화사와 미팅도 하고 했지만 결국 재생 불가의 쓰레기
로 남게 되었다. 이런 내 경험을 통해 강탈극은 보기엔 경쾌하
고 막나가는 것 같아도, 쓰는 건 매우 정교해야 하고 그에 따
른 내공이 필요하단 걸 독자들은 역시 알아주었으면 좋겠다.

그렇게 습작 지옥 속에서 세 편의 시나리오를 말아먹고 있던
2003년 초 〈이중간첩〉이 개봉했다. 시사회도 초대받지 못한
나는 퇴사한 영화사 동료 둘과 함께 극장에 갔다. 내가 참여한
최초의 영화가 대형 스크린에 걸렸고, 숨죽이며 두 시간 동안
영화를 목격했다. 시나리오와 몇몇 달라진 부분은 있었지만 대
체적으로 충실했고 (손이 안으로 굽어서인지) 내게는 무척이나 인
상적이고 충만한 시간이었다.

영화가 끝나고 나서 나는 두 가지 지점에서 큰 충격과 강한
인상을 받았는데 하나는 엔딩 크레딧에서 내 이름이 '시나리
오'가 아닌 '시나리오 진행'에 있었다는 점이다. '시나리오 진행'
이라는 크레딧은 한국 영화 크레딧에서 이후로도 본 적이 없
다. 다른 하나는 내가 이 일에서 빠져나갈 수 있겠냐는 두려움

이었다. 영화를 본 뒤 동료들과 자리한 호프집에서 나는 신앙 고백하듯 말했다.

"한석규 배우의 입에서 내가 쓴 대사가 거의 하나도 틀리지 않고 그대로 발음되었어. 내가 쓴 대사가 잘리거나 변형되지 않고 고스란히, 그의 입을 통해 내 귀로 들어왔다고!"

10개월여간 〈이중간첩〉 시나리오 작업을 하면서 수많은 신과 대사를 썼다. 그것들은 대부분 탈락되거나 선배 작가들의 손을 거쳐 좀 더 정교하고 훌륭한 것으로 완성되었다. 하지만 그것도 더 윗선에서 퇴짜를 맞거나 수정이 되어 변형되었다. 그러한 관문을 통과해 시나리오 제본고에 인쇄된 대사는, 다시 현장에서 배우의 애드리브로 변형되거나 이후 편집에서 감독의 재량으로 삭제되거나 했다. 막내작가로 내가 쓴 초벌 대사들이 그 모든 관문을 통과하고 살아남기란 결단코 쉽지 않은 게 현실이다. 그런데 그중 클라이맥스 부분의 중요한 대사 하나가, 아무 수정 없이 온전히 살아남아, 지금 스크린에서 좋아하는 배우의 입으로 똑똑히 발음되고 있는 것이었다.

내가 쓴 대사가 끝까지 살아 내 귀로 돌아온 그 경험은 살면서 결코 느껴 보지 못한 종류의 오르가슴을 느끼게 했다. 마치 천 개의 알에서 부화한 새끼 연어 중 살아남아 강으로 돌아온, 그 한 마리를 어루만지는 기분이었다. 그것은 영화를 계속 쓰고 싶다는 열망을 내게 안겨 주었다. 이 짓을 계속해야 할 것만 같은 계시이자 충격이었다. 세 편의 시나리오를 망치고 난 내게 영화는 그렇게 다시 손을 내밀고 있었다. 나는 시나리오 쓰기를 포기할 수 없었다.

그해 봄 청년필름에서 연락이 왔다. 예전에 투고해 놓았던 첫 번째 청춘물에 한 피디가 관심을 보인 것이다. 대학로의 한옥을 개조한 사무실에 들어선 순간, 피디의 성의 있는 리뷰와 세심한 말투에 감탄하는 순간, 나는 이곳과 일하고 싶다는 생각이 들었다. 피디는 이 청춘물을 계약할 순 없겠지만, 이 작품으로 당신의 필력을 알 수 있었다며 회사에서 개발하는 작품에 참여해 보지 않겠냐고 했다. 1년간 깨지고 부서지고 만신창이가 된 나에게는 심장이 다 뭉클한 제의였다. 작품으로 누군가에게 인정을 받는다는 것이 얼마나 소중한 경험인지도 알게 되었다. 무엇보다 〈이중간첩〉을 보고 나서 영화에 대한 갈증이 점점 커지고 있던 즈음이었다.

하지만 나는 그 제의를 거절했다. 보름 전 입사한 회사가 있었기 때문이다. 그곳은 내 두 번째 직장이자 두 번째 직업을 갖게 해 준 곳이었다.

2장

달콤 쌉싸름한
키친 테이블 라이팅·

• 키친 테이블 라이팅. 직업이 있어 퇴근 후 식탁 테이블에서 글을 쓰는 행위를
말한다.《해리 포터》의 조앤 롤링이 대표적인 키친 테이블 라이터다.

"

재능을 가진 사람은 많다.

하지만 얼마나 많은 이가 재능을 허비하는지 모른다.

중요한 사실은 재능을 갖는 것만으로는 충분하지 않다는 점이다.

재능을 가질 수 있는 재능도 가져야 한다.

– 루스 고든(영화배우/작가) *

"

• 바버라 애버크롬비, 《작가의 시작》, 책읽는수요일.

두 번째
직장은
출판사

ceejak.com이라는 곳이 있었다. 〈천하장사 마돈나〉, 〈독전〉 등을 연출한 이해영 감독님이 시나리오 작가 시절 운영한 개인 사이트로, 이곳의 자유게시판은 당시 푸념을 나눌 데도 정보를 얻을 데도 부족한 시나리오 작가와 작가 지망생들이 참새방앗간처럼 드나들던 곳이었다. 이곳에서 나 역시 많은 좋은 정보와 조언을 얻고 때로 글도 올리곤 했다. 당시 거의 유일무이한 시나리오 작가들의 허브였던 이곳을 운영해 준 이해영 감독님에게는 지금도 큰 고마움을 표하고 싶고 아마 나처럼 이 사이트에 빚을 진 사람이 꽤 있을 것이다.

거두절미하고 1장에서 언급했듯이 세 편의 오리지널 시나리오를 영화사에 보냈다가 모두 물을 먹고 이러지도 저러지도 못하는 습작 지옥에 빠진 내게 어느 날 ceejak.com 자유게시판에 올라온 글 하나가 눈에 띄었다. 대략 이런 내용이었다.

'대학로에 있는 출판사입니다. 오전에는 출판사 일을 돕고 오후에는 본인 책상에서 자기 시나리오 작업을 하시면 됩니다. 점심이 지급되고 70~80만 원의 급여를 생각하고 있으며 주 5일 근무입니다. 직원들이 시나리오에 관심이 있어 여기에 공고하게 되었습니다.'

정말이지 솔깃한 제안이 아닐 수 없었다. 2003년 봄 당시 나는 일 년째 수입이 전무한 백수였고, 뭘 쓴다고는 하는데 헛수고하고 밥이나 축내는 아들이었고, 집에서 작업을 하다 보니 집중력이 떨어져 어떻게든 나만의 작업 공간이 절실하다고 느끼는 작업실 없는 작가였다(이것은 작가들의 고질병인데 바로 작업 환경 탓을 하는 것이고, 물론 어느 정도 일리도 있다). 그런 내게 작업실과 점심이 제공되고 오전에만 일을 돕고 한 달에 70~80만 원이라는 당시 내게는 감지덕지한 액수의 월급을 받을 수 있는 곳이라니! 무엇보다 시대 흐름에 맞춘 주 5일이라는 근무 조건과 대학로라는 위치 역시 매력적이었다.

본격적으로 게시글을 분석했다. 게시자의 닉네임 '푸른바람'을 검색해 보니 출판사 '푸른바람(황매)'이라는 이름이 떴다. 오호라. 게다가 이곳에서 낸 책이 당시 여중고생들에게 폭발적인 인기를 얻고 있는 '귀여니'라는 작가의 인터넷 소설이라는 것도 알게 되었다. 좀 더 검색해 출판사 대표의 인터뷰를 읽을 수 있었는데 만화 스토리 작가 부부로 알려진 분이었다. 그제야 퍼즐이 맞춰졌다. 만화 스토리를 쓰던 부부가 출판사를 차려 히트작을 냈다. 만화 스토리를 쓰던 분들이라 영화 시나리오에도 관심이 있고 그래서 시나리오 작가를 파트타임 직원으로 들이려는 것이다. 분석을 끝낸 나는 게시판의 지원 메일로 최대한 성실하게 자기소개서를 적어 보냈다.

얼마 뒤 대학로에 면접을 보러 갔다. 혜화역 3번 출구로 나와 학림다방 옆 골목을 지나, 봉추찜닭에서 성균관대 쪽으로 넘어가는, 봄꽃이 흐드러지던 박석고개 길을 아직도 잊을 수 없다. 히트작을 낸 출판사답지 않게 소박한 사무실의 응접 테이블에서 대기하던 나는 잠시 후 큰 키에 마르고 잘생긴 중년 사내와 동그란 얼굴에 말투가 차분한, 사람을 절로 편안하게 만드는 여성분을 만나게 되었다. 자신을 정 사장이라 소개한 분은 내게 자기소개서의 여러 경험을 되짚으며 이런저런 질문을 했다. 나 역시 내가 무슨 일을 하면 되는지를 물었다. 정 사장은 중년 사내와 자신이 부부임을 밝히며 그가 담당할 만화팀 일을 도우면 된다고 했다. 중년 사내는 자신이 게시글을 올린 사람이고, 만화팀 일을 하면서 자신의 시나리오 작업도 도와주면 좋겠다고 말했다. 나는 흔쾌히 응했다. 그게 정 사장님과 노 선생님(이하 노 샘)과의 첫 만남이었고, 이후로 그들은 내 인생에서 가장 큰 구명정이 되어 주었다.

다음 날부터 나는 오전에는 만화팀 일을 돕고 오후에는 책상에서 습작을 할 수 있게 되었다. 참으로 매우 아주 훌륭한 작업 조건이자 근무 환경이었다. 정 사장님과 노 샘은 우리나라 1호 만화 스토리 작가 부부였다. 노 샘은 허영만 화실과 고행석 화실의 유명 스토리 작가였고 정 사장님 역시 고행석 화실에서 일한, 만화 스토리계에선 알려진 분이었다. 그런데 2000년대 초반 만화계의 불황이 지속되자 노 샘은 영화 시나리오로 진출하려 했고 정 사장님은 순정만화 쪽 스토리에 관심을 가지게 되었다. 그리고 순정만화 스토리 공부를 위해 귀여니의 인터넷 소설을 읽다 출간까지 제안하게 된 것이었다.

두 사람은 귀여니의 허락을 얻고 자신들이 만화 스토리 작가 시절 알던 출판사들에 출간 제안을 하지만 인터넷에 널린 공짜로 다 읽을 수 있는 걸 책으로 내서 뭐 하냐는 반응만이 돌아왔다고 한다. 결국 두 사람은 직접 출판사를 차려 귀여니의 소설을 출간하기로 마음먹는다. 그것이 황매의 시작이었고 귀여니 흥행 신드롬의 시작이었다.

정 사장님은, 말하자면 여걸이었다. 강단이 있고 담배와 술도 셌으며 사람들에 대한 배려가 넘치는 분이셨다. 처음 시작한 출판이지만 성의와 의욕으로 일을 밀어붙이셨다. 어느 날 출판사 영업부장이 대형 출판사 대표를 우연히 만났다. 그는 영업부장을 통해 이런 말을 정 사장님에게 전했다.

"귀여니의 소설을 다 내는 즉시 사업을 접고 출판계를 떠나

십시오. 열 권을 출간하면 한 권이 히트 치는 게 이 바닥인데, 첫 권에서 대박이 났으니 나머지 아홉 권은 망할 겁니다. 고로 돈 잃지 마시고 바로 떠나세요."

이에 정 사장님이 한 말을 나는 지금도 잊을 수 없다. 그는 이렇게 말했다. 다 잃어도 상관없다. 출판에서 번 돈은 출판에 다 써야 한다고 생각한다. 그러니 그런 걱정은 안 해도 된다고.

나라면 그 대형 출판사 대표 말을 들었을 것이다. 대박이 나면 모든 걸 정리한 후 멕시코 칸쿤 해변으로 갈 것이다. 하지만 정 사장님은 단호하게 자신의 길을 갔다. 나는 그게 직업윤리고 자신의 길을 스스로 만드는 사람들의 덕목이라고 생각한다.

어쨌거나 당시엔 그런 걱정을 할 때는 아니었다. 월요일에 출판사에 출근하면 갑자기 점심 회식이 잡힌다. 이유는 귀여니의 신작이 주말 판매 교보 베스트 1위란다. 그렇게 나는 처음 취직한 출판사에서 교보 베스트 1위를 그냥 막 쉽게 겨울 붕어빵 보듯 접하곤 했다. 이후로 한번도 그 근처에 가는 책을 만들지도 쓰지도 못하리란 걸 알지 못한 채, 초대형 베스트셀러의 탄생을 덤덤하게 옆에서 바라보며 콩고물을 먹은 셈이었다. 마치 첫 영화사에서 시불파와 심 작가라는 엄청난 선배들에게 큰 도움을 받았듯, 첫 출판사에서 귀여니라는 대형 콘텐츠와 정 사장님과 노 샘의 넉넉한 도움을 꿀꺽 받은 것이다. 지나고 나서 하는 말이 다 그렇지만, 그 시절이 아마 내 인생에서 가장 행운이 넘치던 때가 아니었을까 하는 생각이 자꾸 들어 타자를 치는 손가락의 관절이 시큰거리는 지금이다.

노 샘과 함께한 만화팀 일 또한 흥미로웠다. 만화팀 일이란 말하자면 이런 것이었다. 그나 나나 출판 전문가가 아니어서 초기에 우리 일은 귀여니 대박 소식을 듣고 찾아온 노 샘의 후배 만화가들 작품을 검토하는 것이 거의 전부였다. 이렇게 업무일지 쓰듯이 쓰긴 했지만, 쉽게 말하자면 만화가들과 점심에 반주를 하며 작품 이야기를 듣고 그게 저녁까지 이어지고 술이 술을 부르고 사람을 부르고 해서 수많은 만화가와 함께 연일 술자리를 갖는 것이 주 업무였던 것이다.

그런데 노 샘의 만화계 인맥은 실로 엄청난 것이었다.《불청객》의 고행석,《구르믈 버서난 달처럼》의 박흥용,《미생》의 윤태호,《도깨비 언덕에 왜 왔니?》의 김용회,《좀비콤비》의 김행장 등 당시에도 대단한 필력의 작가들이었다. 그리고 이후 나는 평소 존경하던 박흥용 작가의 신작《호두나무 왼쪽 길로》의 편집을 맡게 되었다.

출판사 일이 재밌기도 했고 함께하는 사람들이 좋기도 했다. 대학로의 작은 사무실에 모인 여덟 명의 사람이 직책에 딱히 얽매이지 않은 채 서로가 내고 싶은 책들을 열심히 만들고 팔아 보려 애쓰던 시간. 귀여니 콘텐츠의 힘으로 그런 여유를 부릴 수 있었고 신생 출판사답게 뭐든지 해 보자는 의욕과 에너지가 있었다. 구성원들도 저마다 개성이 넘쳤다. 한번은 점심을 먹는 식당에서 일하시는 아주머니가 다짜고짜 표를 달라고 하셨다. 표를요? 의문스러워하는 우리에게 아주머니는 "아니 극단 배우들 아니에요? 공연 하면 표 좀 달라니까"라고 해 황당한 웃음을 터뜨리지 않을 수 없었다. 아닌 게 아니라 회사가 대학로에 있었고 당시 나는 눈썹에 피어싱을 박은 상태였고, 노 샘은 배우 뺨치는 미중년이었고, 정 사장님은 어깨까지 긴 머리를 늘어뜨리고 있었으며, 영업부장은 털보에 편집장은 꽁지머리였다. 아무튼 출판사보다는 극단 쪽이 더 그럴듯한 풍경의 인적 구성이었다.

2003년 말경 사장님은 공격적인 경영을 하기로 하고 베테랑 편집주간을 영입했다. 그리고 2004년 초 회사도 출판사들이 많이 위치한 서교동으로 이사를 하게 된다. 이후 인력을 확충하고 출간 분야도 넓힌다. 소설, 만화뿐 아닌 에세이, 경제경영, 자기계발, 아동 등 거의 모든 분야의 책을 냈고 그렇게 종합출판사로 성장해 갔다. 나 역시 새로 영입된 서울문화사 출신 만화팀장과 함께 다양한 만화를 편집하고 좀 더 체계적으로 출판을 배워 나가게 되었다. 박흥용의 《호두나무 왼쪽 길로》와 토마의 《남자친9》 그리고 귀여니 원작에 김지은 만화가가 그린 《만화 그놈은 멋있었다》가 내가 편집한 대표적인 만화책이었다.

그럼 노 샘은 만화팀에서 무엇을 했냐고? 노 샘은 팀장이 오자 만화팀 고문으로 한발 물러선 뒤 술을 드셨다. 술을 많이 드셨다. 그리고 종종 내게 함께 시나리오를 써야 하지 않겠냐고 묻곤 하셨다. 당시 나는 한창 만화 편집과 출판 일을 배우느라 시나리오는 뒷전이었다. 출판사에 들어갔을 때 그의 시나리오 작업을 도우며 함께 시나리오 작가로 성장하자고 한 것은 잊힌 약속이 되어 가고 있었다. 영화 일에 늘 갈급하면서도 출판사에서 자리 잡고 어느 정도 안정이 되자 혹독한 시나리오 작가의 현실과 습작 지옥을 다시 경험하기 두려웠는지도 모르겠다. 아무튼 노 샘은 술을 많이 드셨고 나는 시나리오 쓰는 법을 잊어 가고 있었다.

만화를
쓰다

국가와 영토의 개념이 사라지고 전 지구적 연방정부하에 거대 회사, 즉 기업들이 세계 정세를 주도하는 근미래 극동 아시아 반도 지역. 여기엔 연방정부가 허락한 복제 사업의 유일한 독점권 회사 셰도우즈(SHADOWS)의 본부가 자리하고 있다. 셰도우즈는 반도 남쪽 끝에 복제인들을 생산하고 훈련시키는 비밀 공간을 만들어 놓았으니, 이것이 소위 복제섬이라 불리는 '실험인간지대'다. 복제섬은 철저히 육지로부터 고립되어 있으며, 섬 동쪽의 학교 지대와 서쪽의 게토 지대로 나뉜다.

학교는 생산된 우성의 복제인들을 훈련시켜 사회 각 분야로 투입시키는 셰도우즈의 핵심 공장이라고 할 수 있다. 한편 게토는 복제인 생산 과정에서 오차가 발생해 탄생된 열성의 복제인들이 학교에서의 대접에 불만을 품고 탈출해 독립된 구역을 장악하고 자신들의 세계를 구축한 곳이다. 이곳에는 복제 사업을 반대하는 조직 NCM(No Clone Movement) 4지구 대대도 있다. 이들은 게토의 열성 복제인들과 목숨을 걸고 섬에 침투해 학교를 수시로 견제하며, 차별 없는 복제인들의 생활과 복제 사업의 철폐를 위해 싸우고 있다. 물론 연합언론의 철저한 무시와 지상 사람들의 무관심 속에서……

앞서 습작 지옥 시절 SF 영화 시나리오를 썼던 일을 이야기했다. 한국 SF 영화들의 흥행 실패가 거듭될 무렵 쓴지라 제대로 '팔아 볼' 기회도 못 얻은 그 시나리오의 초반 설정이 바로 위와 같다.

출판사 직원이 된 지 2년이 다 되어 갈 즈음, 작가로서의 정체성이 점점 미미해질 즈음, 만화가들과 함께한 식사 자리에서 어떤 뉴스를 접했다. 그것은 만화의 도시 부천에서 대대적인 만화 스토리 공모전을 연다는 것이었다. 대상 상금이 무려 천만 원! 전체 만화가 아닌 스토리에만 천만 원을 주는 공모전은 처음이었던지라 만화가들 역시 자신들의 스토리를 공모전에 내겠다던 상황이었다.

순간 저 SF 영화 시나리오가 떠올랐다. 그래, 영화계는 당분간 SF 영화에 손도 안 댈 거다. 하지만 만화라면? 만화는 영화보다 예산의 제약이 적다. 게다가 SF 작품이 오히려 인기를 끄는 분야가 만화다. 생각이 그렇게 흐르자마자 나는 그날부터 퇴근 후 SF 영화 시나리오를 만화 스토리로 수정하기 시작했다. 다행히 콘티 원고를 내는 공모전이 아니라 대본형 만화 스토리를 내는 공모전이었기에, SF 영화 시나리오의 형식하에서 이야기의 완성도를 올리는 방향으로 수정을 하면 됐다. 그렇게 한 달 정도 수정을 해 SF 만화 스토리로 변신한 작품을 제1회 부천 만화 스토리 공모전에 응모했다. 그리고 몇 달 뒤 대상에 당선되었다. 참 쉽죠?

운이 좋았다. 일단 써 놓은 작품이 있었다(이래서 작가는 일단 작품을 쟁여 놓아야 한다. 재활용이 아니라 재가공이고 부활이다). 그리고 심사위원이 김형배, 이현세 선생님 등이었다. 김형배 선생님은 《20세기 기사단》으로, 이현세 선생님은 《아마게돈》으로 한국 SF 만화에 한 획을 그은 대가들이 아닌가. 그래서일까. SF 만화 스토리인 내 작품이 더 좋은 점수를 받지 않았나 한다.

시상식에서 나는 만화 편집자로 일하며 좋은 만화 스토리가 필요하단 생각에 힘을 냈다고 소감을 밝혔다. 습작 지옥 속에서 SF 영화가 줄줄이 망해 가던 시절에 쓴 SF 시나리오가 환골탈태해 큰 기쁨을 준 순간이었다. 무엇보다 작가라는 나의 정체성을 잊지 않게 해 준 자리였다. 또한 수상 덕분에 출판사에서도 어깨를 쫙 펼 수 있게 되었다. 뒤풀이에서 존경하는 김형배 선생님이 작품 칭찬을 많이 해 주셔서 감동이었다. 선생님은 다만 제목은 좀 수정을 하라고 하셨다. 이미 절감하던 바였다. 제목이 〈실험인간지대〉였다. 당선을 크게 기대하지 않았기에 제목에 공을 들이지 못했다. 부끄러웠다.

작가는 모름지기 제목을 최우선으로 신경 써야 한다. 이제 나는 제목이 나오지 않는 이야기는 쓰지 않는다. '가제'란 제목은 내 사전에 없다. 제목은 이야기의 돛대이자 나침반이어서 글을 쓸 때 이야기가 다른 길로 빠지지 않게 중심을 잡아 주고 창작자에게 초심을 잃지 않게 해 준다. 그러한 제목이 없이 글쓰기라는 험난한 항해를 시작하는 건 정말로 비추다. 아니, 출항 금지다.

제목을 제대로 못 고쳐서일까. 〈실험인간지대〉는 결국 만화로 완성되지 못했다. 대상 수상작이 만화로 완성되지 못해서 여러 가지로 미안함과 아쉬움이 앞설 뿐이다. 재미있는 것은 수상 이후 출판사 직원들이 비로소 나를 작가로 인정해 줬다는 점인데, 그 전에는 "김 대리가 예전에 무슨 영화 시나리오를 썼다는데…"로 이어지는 상당히 부정적인 평가와 짓궂은 농담을 들어야 했지만, 수상 이후에는 제대로 작가로 인정받게 되었다. 심지어 당선 턱을 내기 위해 회사 엠티도 겸해 군산까지 가게 되었다. 금요일 밤 차량 세 대로 나눠 탄 채 말이다. 나는 유명한 횟집에서 거하게 회를 샀는데 그 자리에서 한 직원이 "김 대리가 이렇게 작품이 당첨돼서 군산까지 와 회도 먹고…"라고 말했다가 "당첨이 아니고 당선입니다!"는 나의 항의를 들어야 했다. 여러 가지로 버라이어티하고 즐거운 시절이었다.

하지만 모두 즐거웠던 출판사 생활은 그리 오래가지 못했다. 2004년 후반부터 황매는 비싼 수업료를 치러야 했다. 바야흐로 스마트폰 시대가 시작되어 출판계 전체가 힘들어지기 시작했고 황매 역시 여러 시행착오를 겪으며 경영이 서서히 어려워지기 시작했다. 귀여니는 계약이 종료되었고 새로운 히트 작가를 찾는 것이 얼마나 어려운지를 모두 실감하고 있었다.

그나마 사장님이 발굴한 일본 소설들이 당시 시작된 일본 소설 열풍 덕분에 어느 정도 판매되고 있는 형국이었다. 하지만 앞으로 다가올 전자책이라는 보이지 않는 괴물의 소문까지 들려와 다들 가슴을 졸일 수밖에 없었다. 단행본 시장은 점점 더 어려워졌고 편집부 직원들의 숫자도 점점 줄어들기 시작했다. 이런 상황이다 보니 내가 직접 기획 편집한 만화책들이 초판도 안 팔리고 반품되어 파주 창고에 쌓여 있는 걸 보면 복장이 터져, 그걸 들고 어디든 나가 팔기라도 해야 할 듯한 기분에 휩싸였다.

당시 만화 일을 하던 소회를 이야기하고 싶다. 만화계 사람들은 영화계의 독한 크리에이터들에 비하면 정말 착하고 순박하기 그지없었다. 내가 만난 만화가는 대부분 그림밖에 그릴 줄 몰랐고 만화가 좋아 골방에 처박혀 데생에 또 데생을 하는 그림 기계들이었다. 그러다 원고 피드백을 듣기 위해 출판사에 한번 오는 날에는 들뜬 기색을 감추지 못하고 편집자가 권하는 술 한 잔에 즐거워하는 사람들이었다. 당시 잡지 만화는 끝물에 접어들고 웹툰이 대세였는데, 내가 만나고 담당한 만화가들은 잡지 만화에서 데뷔한 분이 대부분이었다. 이분들의 데생은 정말이지 아름다웠지만, 웹툰에서는 데생이 좀 거칠어도 스토리와 연출, 웹상에서의 표현이 더 중요했고, 그것이 추후 한국 만화의 대세가 되었다. 그리하여 내가 아는 만화가들 중 몇몇은 웹툰 작가로 변신에 성공하기도 했지만 대부분은 학습만화를 전전하거나 없어진 잡지 지면으로 인해 만화를 그릴 수 없게 되었다. 공룡의 몰락을 지켜보는 것 같던 시절이었다.

황매 역시 경영난으로 인원 감축이 필요한 상황이었다. 2004년 말이었고 만화팀에서 유일한 총각이던 나는 언제라도 그만둘 준비가 되어 있었다. "가정이 있는 분들이 남으셔야죠. 저는 시나리오 쓰면 돼요"라고 말하면 "너 나가서 시나리오 써 영화계에 피해를 끼치려는 거지?"라고 너스레를 떨며 자신이 그만두면 된다던 선배들이 있었다.

2004년이 끝나며 인원 감축이 일어났고 결국 만화팀은 사라졌다. 그리고 만화팀은 인원 그대로 단행본 편집팀이 되었으며 나는 소설팀장이 되었다. 팀원은 없지만 회사에서 나오는 소설을 온전히 담당하는 직책을 맡게 된 것이었다. 놀랐다. 부담스러웠다. 하지만 출판 일을 계속할 수 있다는, 책밥을 계속 먹을 수 있다는 게 좋았다. 그리고 내게 책 만드는 법을 알려 준 친애하는 선배들과 정 사장님과 노 샘과 계속 함께할 수 있어 좋았다.

그렇게 2005년이 시작되었다.

대중
소설의
힘

　　　　　　　　마치 처음 시작하는 것 같았다. 2005
년 초 황매출판사는 2003년 처음 입사했던 시절의 인원수로
소박하게 돌아가 있었다. 더 이상 귀여니라는 히트 작가는 없
지만 그동안 다양한 분야의 책 오십여 종을 출간한 출판사로
자리해 있었다.

　소설팀장으로서 나는 매일 이메일로 투고된 원고를 살폈고,
기존의 소설 판매도 살펴야 했다. 출판 에이전시에서 보내오는
해외 소설 리뷰를 검토했고, 관심 있는 책은 판권 구매를 의뢰
해 출간을 진행해야 했다. 그중 하나가 이탈리아 소설《단테의
모자이크 살인》이었는데, 나는 이 책의 홍보에 올인했고《다빈
치 코드》이후 불어온 팩션 열풍의 끝자락에서 제법 매출을 올

려 주었다. 이후 여세를 몰아 후속 편인 《단테의 빛의 살인》도 진행해 나갔다.

한편으로 회사의 주요 타이틀이 된 일본 소설의 출간 진행도 맡아서 진행해야 했다. 정 사장님이 직접 발굴해 큰 인기를 얻은 아쿠타가와 수상작 《발로 차 주고 싶은 등짝》 이후 이시다 이라, 오사키 요시오, 이사카 고타로, 미야베 미유키 등 계속 좋은 작가를 한국에 소개했다. 그중 특히 나는 이사카 고타로의 작품들을 좋아했는데 그의 데뷔작인 《오듀본의 기도》를 편집하게 돼 매우 기뻤다. 그의 소설은 마치 퍼즐 맞추듯 정교한 구성 아래 스릴러와 휴먼, SF와 판타지를 자유자재로 오가며 기묘한 스토리텔링을 보여 준다. 참으로 부러운 재능이었다. 《중력 삐에로》, 《골든 슬럼버》, 《집오리와 들오리의 코인로커》 등은 일본에서 영화로 만들어졌고, 이 중 《골든 슬럼버》는 한국판으로 리메이크될 정도로 고타로의 작품들은 콘텐츠의 힘이 있었다.

2006년 여름, 다른 출판사의 일본 소설 편집자들과 함께 동경 도서전에 가게 되었다. 한 날 저녁엔 아키하바라 이자카야에서 술 한잔을 하게 되었다. 다들 올해 나오키상 수상 작가를 궁금해했다. 한 편집자가 물었다.

"혹시 이사카 고타로 《사막》 판권 확보하신 곳 있어요? 이번에 그걸로 받을 것 같은데…"

나오키상 수상작은 한국에서도 팔린다. 고로 모두가 서로를 살폈다. 너무 오래 미적거릴 수는 없기에 나는 조용히 손을 들었고 다들 부러움에 날 바라보던 기억이 난다(하지만 그해 이사카 고타로는 나오키상을 수상하지 못했다는 사실!).

소설 편집자로 일하며 나는 여러 에이전시에서 보내 주는 짧게 정리된 '수많은 이야기'와 마주하게 되었다. 영미권 소설, 일본 소설, 유럽권 소설, 중국 소설, 인도 소설까지 다양했다. 세계 곳곳의 핫한 이야기들이 한국 출간을 위해 소개되고 있었다. 보통 에이전시에서는 소설의 주제와 줄거리를 짧게 정리해 보내 주는데 그 리뷰를 읽고 관심이 있으면 원서를 요청하고 번역가에게 샘플 번역을 의뢰했다. 이 일련의 과정에서 나는 세계의 소설, 소설의 세계를 조금은 엿보게 되었고, 흡입력 있게 읽히고 팔리는 대중 소설은 어때야 하는지를 배울 수 있었다.

그에 반해 한국 소설은 뭐랄까, 정체된 느낌이었다. 출판사로 투고되는 소설은 맞춤법부터 엉망인 아마추어의 것이거나 자신만의 개똥철학을 소설 형식을 빌려 풀어낸 것들 또는 《환단고기》 같은 야사나 특정 종교의 교리를 꿰어 맞춘 기괴한 것들이었다. 여러모로 아쉬울 수밖에 없었다.

한국 문단의 소설은 진지함과 무거움이 대세였다. 출판 시장의 세계적인 추세는 스토리텔링이 강한 대중 소설인데 우리는 깊은 문학성을 추구하는 것이 우선인 듯했다. 이렇게 시대 흐름을 비껴가서일까. 일본 소설과 영미권 소설들이 소설 시장을 장악했고, 국내 소설은 몇몇 인기 작가의 것만이 팔리고 있는 정도였다.

　이는 내게 큰 교훈이 되었다. 생각해 보면 나 역시 국문학도였다. 신춘문예까지는 아니지만 소설 습작을 하기도 했는데… 뭐랄까, 대학 시절에도 소설을 쓴다는 건 너무도 어려운 일로 느껴졌다. 재미있는 이야기를 쓰고 싶은 내게 한국 문학은 그것만 가지고는 안 된다고 계속 타이르고 있었다. 이런 생각 차이 때문이었던지 이후 나는 재미있는 이야기를 좀 더 핫한 방식으로 다루는 영화에 빠졌고, 영화 시나리오 작가로 사회생활을 시작하게 되었다. 하지만 소설팀장이 되어 살펴보니 세계 시장에서 거래되는 핫한 소설들은 대부분 스토리가 강한 대중소설이었다. 《해리포터》와 《다빈치 코드》를 비롯해 당시 마구 몰려들어 국내 독자를 사로잡은 일본 소설 역시 대부분 대중화법에 충실한 이야기들이었다. 최근 몇 년간 한국에서 유행한 북유럽 소설들 역시 같은 맥락이다.

　미국의 출판 편집자이자 스토리 컨설턴트인 리사 크론은 이렇게 말했다.

　　이야기가 아름다운 글을 이긴다. 언제나. 잘 쓴 글을 비난하려는 의도가 아니다. 나 역시 다른 사람과 똑같이 아름답게 쓰인 문장을 사랑한다. 그러나 혼동하면 안 된다. '잘 쓰는 법'을 배우는 것은 '이야기 쓰는 법'을 배우는 것과 동의어가 아니다. 잘 쓰는 것은 두 번째 문제다. 독자가 다음에 무슨 일이 일어날지 궁금해하지 않는다면, 잘 썼다는 게 무슨 의미가 있겠는가?[*]

이는 소설의 핵심이 '전진하는 이야기'라는 사실을 일깨워 주는 말이었고, 이후 소설가로 성장하려는 내게 큰 깨달음을 주었다.

2006년은 특히 일본 소설 전성시대였다. 누군가 장편소설을 쓴 뒤 저자 이름에 일본 이름을 달고 나오면 성공할 판이라는 농담이 돌곤 했다. 미야베 미유키의 사회파 미스터리 소설, 히가시노 게이고의 다채로운 추리소설, 오쿠다 히데오의 현실 웃음 터지는 유머 소설, 에쿠니 가오리의 섬세한 심리 묘사 소설, '이사카 월드'라 불리는 이사카 고타로만의 특유한 세계를 보여 주는 소설 등. 한국 독자들은 이들의 소설에 열광했고 국내 영상 제작사들은 이들 소설의 판권을 사는 데 열중했다.

이런 현상을 보며 나는 대중적인 스토리가 강한 소설은 분명 니즈가 있고 국내 독자들이 찾을 것이라는 확신이 들었다. 이는 내가 소설을 써 보겠다고 마음먹는 계기가 된다. 대학 시절 영롱한 문학성을 쥐어짜 넣어야 당선된다는 신춘문예를 포기한 이후 써 보지 않았던 소설을, 소설 편집자가 되어 시장을 보고서야 다시 써 볼 용기를 냈다. 나는 스토리텔링이 중요한

• 리사 크론, 《끌리는 이야기는 어떻게 쓰는가》, 웅진지식하우스.

영화 시나리오를 배웠고, 소설 역시 스토리텔링의 니즈가 있다면 한번 도전해 볼 수 있겠다고 생각한 것이다. 심오한 소설 대신 이야기가 재미있는 소설을 써 보겠다고 다짐했다. 이것이 내가 황매에서 소설팀장으로 일하며 얻은 교훈이었고, 이것이 결국 나를 소설가로 이끌어 주었다.

이사 온 첫날, 대학 신입생 시나는 이웃집 남자 가와사키와 처음 대면했을 때 그로부터 수상한 제안을 받는다. 서점 털기의 표적은 단 한 권의 사전. 사전 한 권을 훔치기 위해, 이런 말도 안 되는 계획을 정말로 실행한다고? 하지만 자기도 모르게 말려들고 만 시나. 정신을 차렸을 때에는 이미 모델 건 한 자루를 손에 쥐고, 서점 뒷문을 지키고 있었다.

서점을 턴 이후 차례차례 일어나는 신기한 사건들. 시나의 방에 갑자기 나타난 도둑고양이의 꼬리에 묶인 한 장의 복권과, 감쪽같이 사라진 책들, 그리고 우연히 마주친 펫숍 주인 레이코의 의미심장한 한마디에서 비롯된 2년 전 슬픈 사건의 진상. 평범한 대학생 시나와 수수께끼 같은 이웃집 남자 가와사키의 엉뚱한 나날, 그리고 마지막 순간 밝혀진 안타깝고 애틋한 진실은 과연 무엇인가?

밥 딜런의 노래를 들으면서 오늘도 누군가를 기다리는 가와사키. 밥 딜런의 노래를 부르다가 말려들고 만 시나. 두 사람이 만난 지금, 길고 긴 이야기가 시작된다.

《집오리와 들오리의 코인로커》의 책 소개글이다. 이사카 고타로의 작품 중 내가 제일 좋아하는 이 소설은, 판권을 사려고 무척 애썼지만 좀처럼 승인이 나지 않다가 2007년 1월 퇴사하고 난 뒤에야 후임의 메신저 메시지로 승인 소식을 듣게 된다.

"선배.《집오리와 들오리의 코인로커》판권 승인됐어요! 그런데 글은 잘 쓰고 계세요?"

그 무렵 나는 막 전업 작가 생활을 시작한 상태였다. 쉽지 않은 길이란 걸 자각하던 차에 편집자로서 애착을 가졌던 타이틀의 확보 소식을 들으니 적잖은 감동이 밀려왔다. 몇 달 후 국내판《집오리와 들오리의 코인로커》가 작업실에 도착했다. 단숨에 읽어 내려갔다. 여운이 좀처럼 가시지 않았다. 그런데 맨 뒷장에 이런 공지가 적혀 있는 게 아닌가.

"No animal was harmed in the making of this novel."

이 소설을 쓸 때 어떤 동물도 해를 입지 않았다는 말. 소설의 주 소재가 동물 학대에 관한 것이어서 이렇게 따로 재치 있게 적어 놓은 것이었다. 동물 학대 장면이 나오는 영화처럼 말이다. 우리는 안다. 영화는 시각 매체이기 때문에 오해의 여지가 많아 동물 학대에 관한 것이라면 그러한 공지를 해야 한다는 걸. 하지만 이건 소설인걸? 설마 소설가가 취재를 위해 동물을 실제로 학대한 후 묘사했을까 봐? 어림 반 푼어치도 없는 말. 그럼에도 작가는 능청스레 영화에서와 같은 공지를 남겨 놓았다. 위트이자 강조가 아니겠는가.

이래서 나는 그가 좋다. 그리고 그런 위트 있는 태도가 이사카 고타로의 이야기를 색깔 있게 만든다. 전업 작가로 발버둥 치던 그때, 저 공지를 보고 다시 웃을 수 있었고 행복했던 편집자 시절도 돌아볼 수 있었다. 하지만 웃음은 계속되지 않았다. '습작 지옥' 저리 가라 할 '전업 생존기'가 눈앞에 펼쳐졌기 때문이다.

3장

무지막지한
전업 작가 생존기

집필 생활은 본래 고독한 감금 생활이다.

이것을 제대로 다룰 수 없다면 시작할 필요도 없다.

— 윌 셀프(소설가) *

* 바버라 애버크롬비, 《작가의 시작》, 책읽는수요일.

작업실을
구해라

전업(專業): 명사. 한 가지 일이나 직
업에 전념하여 일함. 또는 그 일이나 직업.

2006년 12월, 나는 전업을 결정한다. 직업을 바꾸는 것이기
도 하고 한 가지 일에 전념하여 일하기로 결심한 것이기도 했
다. 전업의 뒤에 작가라는 말을 붙이면 이해가 쉽다. 전업 작가.
다시 작가 일에 전념하기로 결정한 것, 오직 글만 써 먹고사는
전업 작가가 되어 보겠다는 결정이었다.

술집에서 안주 고르는 것도 힘들어하는 우유부단한 인간임
에도 중요한 결정은 곧잘 하는 편이다. 시나리오 작가로 사회
생활을 시작했고 다시 출판사에서 책밥을 먹으며 상당히 안

정적인 직장인이 되어 있었다. 하지만 머릿속에서는 계속 쓰고 싶은 이야기가 맴돌았고 그 욕망은 눈덩이처럼 점점 불어 나갔다. 소화된 음식을 배설하지 못하면 탈이 나듯이 쓰고픈 이야기들이 생성돼 머리에 쌓여 갈수록 그걸 뽑아내지 못해 몸이 다 병드는 것 같았다.

인생의 중요한 순간이었다. 출판사 생활 4년 차. 소설팀장으로 자리 잡았고 회사에서도 인정받고 있었다. 나이는 어느새 서른둘. 이대로 안정된 삶을 향해 나아가거나 새로운 도전을 하거나를 결정할 타이밍이었다. 물론 글을 쓰고 싶다는 욕망은 출판사 생활을 하면서도 다스릴 수 있지 않을까? 이미 그렇게 하고 있었다. 퇴근 후 그리고 주말에 시나리오를 쓴 지 일 년이 넘어가고 있었다. 그렇지만 시나리오는 그렇게 써서 성과를 낼 정도로 만만하지 않았기에 전념해 쓰고 싶었고, 그렇다면 지금의 괜찮은 직업과 안정감을 잃을 것이었다. 그런데 퇴사라니? 그런데 전업이라니?

길게 보기로 했다. 지금은 괜찮지만 편집자로 오래 일해야 마흔 전후일 거라 생각했다. 마흔이 넘으면 스스로 출판사를 차려야 하지만 나는 무언가 경영하거나 우두머리에 서는 걸 질색하는 사람이다. 그럼 마흔에 전업 작가가 되면 어떨까? 마흔에 쓸 수 있는 글과 지금 쓸 수 있는 글은 다르다. 무엇보다 한 살이라도 젊을 때 글쓰기에 내 모든 에너지를 쏟아붓고 싶었다. 젊은 시절에 열심히 써서 마흔 전에 전업 작가로 서면, 이후에는 삶이 글을 써 줄 거라 생각했다. 늙어 가며 삶을 배움으로써 글쓰기도 더 수월해질 테고 말이다. 뒤늦게 시작하는 것보다 작가로 빨리 안착할 거라 생각했다. 또한 작가는 정년이 없지 않은가? 내가 열심히만 한다면 늙어서도 일하며 살 수 있는 직업 아닌가라는 생각에까지 이르렀다. 정말이지 길게도 보았다.

고민하다 영화계 지인에게 문자를 날렸다.

– 나 영화계로 돌아가려는데 어때요?

– 여기 지금 헬이에요. 그냥 출판사 잘 다니셈.

사실이었다. 내가 처음 영화를 시작한 2001년은 1999년 〈쉬리〉, 2000년 〈공동경비구역 JSA〉, 2001년 〈친구〉가 연달아 대히트를 치면서 돈이 넘쳐 들어오기 시작하던 때였다. 바야흐로 영화 산업이 주목을 받았고 창업투자사와 대기업이 영화에 달려들던 때였다. 그때부터 2005년까지 한국 영화는 호황을 누린다. 당시에는 '충무로 개도 감독 입봉을 한다'는 농담이 돌았을 정도로 준비 안 된 감독도 수준 낮은 시나리오로도 데뷔할 수 있는 기회가 있었다. 하지만 그 기회를 만들어 준 돈은 절대 호락호락하지 않았다. 부실하게 완성된 영화들이 적자를 안겨 주자 썰물처럼 돈이 빠져나가기 시작했다. 2006년 말은, 방만하게 돌아갔던 영화계가 그렇게 타격을 받고 있던 시기였고 이후로도 불황은 오래 이어졌다.

현실을 보자 전업을 재고해 볼 수밖에 없었다. 그런데 웬일인지 대책 없는 자신감이 돋기 시작했다. 어려울수록 더 좋은 작품을 찾을 것이고 그럼 더 좋은 작품을 쓰면 되는 것 아닌가? (그러면 안 됨에도) 단순하게 생각하게 되었다. 무엇보다 나는 키친 테이블 라이터로 쓰고 있는 시나리오가 있었고 소설을 써 보겠다는 의욕 또한 넘치고 있었다. 회사를 그만두고 쉬면서 설렁설렁 쓰는 게 아니라 당장 써야 할 시나리오가 있고, 영화계가 어려워 시나리오가 안 팔리면 소설을 쓰면 된다고 생각했다. 두 가지를 모두 쓸 수 있다면 적어도 굶어 죽지는 않을 것이라는 판단이었다.

결국 그렇게 마음먹었고 그해 말 편집장과 정 사장님에게 퇴사 의사를 밝혔다. 두 분은 일단 만류했지만 곧 내 뜻을 존중해 주셨다. 그리고 놀랍게도 사장님은 퇴직금으로 매달 150만 원을 일 년간 제공하겠다며 돈 걱정 말고 글쓰기에 집중하라고 하셨다. 사실 받아야 할 퇴직금은 그 정도가 아니었는데 입사 초기에 알바로 일한 기간까지 더한 것이라고 했다. 깜짝 놀랐다. 출판계도 불황인지라 황매출판사라고 여유가 있는 상황이 아니었기 때문이었다. 속에서 눈물이 났다. 사장님의 호의를 생각해서라도 열심히 쓰지 않으면 안 되게 되었다.

후임에게 업무 인수인계를 하며 2007년 1월을 보내고 2월의 첫날 본격적으로 전업 작가로서의 삶을 시작했다. 그저 전업만이 아니었다. 부모님의 마포 집에서 나와 동인천에 구한 나만의 집으로의 독립이기도 했다. 그 겨울 서른셋의 나는 드디어

부모 집에서 독립을 했고 일에서도 독립을 했다. 전업 작가. 그 무게감이 추위보다 강했고 그 의욕이 낯선 동네를 오랜 아지트같이 느껴지게 만들었다.

동인천에 집을 구한 건 우연이었다. 당시 내게는 삼천만 원 정도의 저금이 있었다. 작업실 겸 집에 대한 내 기준은 무조건 방이 두 개여야 한다는 것이었는데 삼천만 원으로 서울에서 그런 전셋집을 구하자니 상당히 힘이 들었다. 아예 지방으로 내려가는 것도 생각해 보았지만 시나리오 작업을 하려면 서울 언저리에 지내며 영화사를 오가야 했다. 그래서 내린 결론이 1호선 지하철 종점 도시 중 싸고 괜찮은 곳을 찾는 것이었고, 당시 내 고민을 접한 출판사 기획위원이자 인천 토박이인 김택규 선생님(이분은 국내 최고 중국어 번역가이기도 하다)이 동인천을 추천해 주셨다. 그는 직접 동인천과 자유공원, 차이나타운 일대를 돌아다니며 동네를 안내해 주었다.

동인천은 그의 젊은 시절엔 인천의 중심이었으나 인천의 도심이 구월동, 부평, 송도 쪽으로 옮긴 뒤로는 시간이 멈춘 지역이 되어 가고 있었다. 그래서인지 무언가 운치와 낭만이 느껴졌다. 개항장으로서 역사의 흔적이 넘쳐 났고 차이나타운과 자유공원은 산책하기에도 좋았다. 무엇보다 동인천에서 급행 지하철을 타면 신도림까지 30분 만에 도착할 수 있어 서울에서 많이 벗어나는 것도 아니었다.

작가에게 작업실의 존재란 무엇일까? 거의 전부라고 봐도 된다고 말하고 싶다. 마음 편하게 노트북을 펼칠 수 있는 책상 하나와 자신의 몸을 딱 맞게 지탱해 주는 의자 하나가 있는, 너무 좁지도 너무 넓지도 않은 혼자만의 공간. 그곳에서 안정 감을 느끼며 조용히 (혹은 좋아하는 노동요를 틀어 놓고) 글을 쓸 수 있다는 것은, 발사 준비가 완료된 우주선에 탑승한 우주인 이 된 기분이다. 머나먼 비행을 위한 최소한의 생존 조건이자 최대한의 엔진을 갖춘 것이다.

며칠 뒤 나는 자유공원 아래 송월동에 위치한 빌라를 계약 했다. 보증금 천에 월세 십만 원, 방은 두 개였다. 그곳이 내 첫 독립 공간이자 작업실이었다. 나는 독립군이라도 된 듯 비장하 게 이사를 했고, 계약 기간 2년 안에 반드시 전업 작가로 안착 하리라 다짐했으며, 작품을 팔아 번 돈으로 서울에 번듯한 작 업실을 구하겠다는 목표를 세웠다.

방이 두 개여야 하는 이유는 간단했다. 아침에 침실에서 일 어나면 트레이닝복 차림으로 집을 나선다. 자유공원을 산책하 고 와 씻고 식사를 하고 트레이닝복을 벗고 제대로 갖춰 입는 다. 그리고 옆방 작업실로 출근한다. 비록 작은 공간이지만 생 활과 작업을 분리해야겠다는 생각을 했다. 이 일을 오래 할 것 이기에, 전업 작가로 제대로 글을 쓰고 싶었기에, 생활과 글쓰 기 사이에서 나만의 리듬을 찾기 위해 애썼다. 그렇지만 지나 고 보면 글쓰기는 곧 생활이었다. 삶의 전 부분이 글쓰기와 닿 아 있고 그것에서 자유롭지 못한 게 전업 작가의 생활이었다.

2013년 아카데미 작품상을 받은 영화 〈아르고〉에서 제작자 캐릭터가 벤 애플렉에게 말한다.

"영화 일은 탄광 일 같아. 집에 와 아무리 씻어도 탄광 재가 안 떨어져."

나는 그것이 창작 분야 직업의 본질이라 생각한다. 삶과 분리될 수 없는 인생 전체로서의 작업. 그것이 창작자의 삶이자 예술가의 숙명이다. 나는 동인천에서 전업 작가로 집필을 해 나가며 완전히 새롭게 창작 인생의 본질을 깨달아 가기 시작했다. 많이 깨지고 많이 엎어지고 계속 무너지고 줄곧 망해 가며… 하지만 전업을 결심하고 출판사를 나와 혼자만의 거처이자 작업실을 얻은 2007년 초의 겨울은 결코 춥지 않았다. 어떤 엔진이 내 삶을 새로이 가동시키고 있었기 때문이다.

그리고 내게는 두 편의 시나리오가 있었다. 그 시나리오와 함께하는 두 명의 특별한 사람 역시.

동업자

　　　　　그는 '매직'이라고 자신을 불러 달라
고 했다. 대학 신입생 환영회. 보자마자 '쟤는 삼수다'는 말이
입에서 맴돌던, 삼수생 포스의 그는 농구를 좋아한다며 전설적
인 NBA 선수의 이름으로 자신을 불러 달라고 했다. '국문과'
에 입학해 '양키 고 홈!'이 여전히 입에 붙은 선배들 앞에서 영
어 이름으로 자신을 불러 달라는 녀석의 패기는 인정할 만했
다. 그는 그렇게 자신을 어필했는데 나중에 보니 삼수는커녕
나보다 생일도 4개월 뒤였다. 아무튼 첫인상만으론 그와 그리
친해질 일이 없겠다 생각했다.

　학내 영화동아리에서 그를 다시 만났다. 같은 과에 같은 동
아리라… 외통수다. 안 친해질 줄 알았는데 어느새 친해졌다.

그는 할리우드 영화와 홍콩 느와르의 광팬이었고 나 역시 할리우드 키드였으니 제법 죽이 맞았다. 영화라는 공감대 그리고 술이 우리를 한결 친하게 만들어 주었다. 우리는 동시에 군대를 갔고, 동시에 제대를 했다.

매직과 나는 복학을 기다리며 함께 무어라도 해 보자고 의기투합했다. 97년 여름이었다. 우리는 〈세븐 테러리스트〉라는 영화의 연출부에 함께 지원했다. 면접을 봤고 둘 다 떨어졌다. 또 다른 친구의 주선으로 시트콤 〈진짜 사나이〉의 대본을 쓸 기회를 얻었다. 우리가 쓴 초고는 즉시 거절당했다. 좌절한 나는 '듀스'를 패러디한 '쥬스'라는 듀오를 결성해 개그맨 시험에 나가자고 제의했고, 이번엔 매직이 거절했다. 지나고 보면 그의 거절은 현명한 결정이었고 우리를 거절한 앞의 두 작품은 모두 완성되지 못했다.

별 재미를 못 본 뒤 우리는 동업을 포기하고 각자 알바를 한 후 복학했다. 한 일 년 학교를 다니다 다시 비슷한 시기에 휴학을 했고 그는 아메리카로, 나는 유럽으로 긴 여행을 떠났다. 일 년 뒤 또 같이 복학을 하자 과 내 최고참인 우리랑 놀아 줄 후배는 많지 않았다. 그래서 우리는 둘이 또 놀았고 주변은 우리를 절친이라 불렀다.

2001년 졸업을 앞두고 매직은 스포츠 미디어 회사에 취직해 피디가 되었다. 결혼을 앞둔 그는 안정적인 직장이 필요했고 나는 아직 꿈꿀 기회가 남아 있었다. 나는 영화사에 들어가 시나리오를 쓰게 됐고 그는 스포츠 회사 피디로 야구 경기를 촬영하고 편집하다 유부남이 되었다. 그리고 2003년 내가 출판사에 취직할 무렵 매직은 불쑥 퇴사를 하고 영화감독에 도전해 보겠다고 했다. 그의 아내는 평소에도 '송 사령관'이라 불릴 정도로 통이 큰 편이었기에 남편의 꿈을 흔쾌히 지지해 주었다. 아내의 허락도 얻었으니 제대로 한번 영화 일에 매진해 보겠다는 그에게 내가 물었다.

"영화감독이 되려면 자기 시나리오가 있어야 될 텐데, 생각하는 아이템 있어?"

"내가 잘 아는 건 결국 야구와 영화잖아. 그래서 생각했어."

"뭔데?"

"야구감독이 영화감독이 되는 이야기."

"야구감독이 영화감독이라… 흥미 있네."

"그래? 괜찮아?"

"그런데 시나리오 쓰는 거 장난 아니다. 알지?"

"알지. 너가 좀 도와줘도 되고."

"야구감독이 영화감독 되는 이야기 시나리오를? 그럴까?"

"그럼 좋지."

이렇게 된 것이다. 지금도 난 야구감독이 영화감독이 된다는 로그라인*에는 훅(hook)**이 있다고 생각한다. 내 취향의 이야기이기도 하다. 다만 상업적으로 파워풀한 소재가 아니란 것은 인정한다. 하지만 그때는 친구가 다시 영화를 한다는 데 힘을 실어 주고 싶었고 나도 출판사 생활에 매몰되기보다 같이 시나리오를 쓰며 글쓰기를 놓지 않고 싶었다. 무엇보다 친구와 좋아하는 일을 함께한다는 것만큼 즐거운 일이 어디 있겠나. 우리는 그렇게 세 번째 동업을 시도했다.

한국 시리즈 7회 우승에 빛나는 명장 백대일 감독, 그는 7번째 우승 기자 회견에서 야구감독 은퇴를 천명한다. 그리고 영화감독이 되겠다고 선언한다. 야구계는 발칵 뒤집히고 영화계는 이를 비웃는다. 하지만 백대일 감독은 진지하다. 그는 영화감독이 되기 위해 밑바닥부터 하나씩 겪으며 온갖 고생을 하는데, 그럼에도 점차 특유의 승부사 기질을 발휘해 영화판을 헤쳐 나간다. 과연 그는 영화감독이 될 수 있을까? 그리고 대체 그는 왜 영화감독이 되려는 것일까?

이러한 시놉시스를 바탕으로 매직은 사이드 잡을 하며 오랜 시간 공을 들여 초고를 완성했다. 그의 초고를 받은 나는 출판사를 다니며 재고 작업을 했다. 둘 모두 다른 일과 병행하며

• 로그라인. 영화의 줄거리를 요약한 '흥미로운' 한 문장. 로그라인이 명확하지 않은 작품은 좋은 상업영화가 될 수 없다. 이것은 진리다. 지금이라도 자신의 이야기가 극장에서 볼 만한 두 시간짜리 영화가 될 수 있는지 가늠해 보려면, 그것을 한 문장으로 정리할 수 있고 그 한 문장이 흥미로운지를 판단해 보면 된다.

•• 훅. 말 그대로 '낚싯바늘'. 영화 기획에서 투자자와 관객을 끌어당기는 강렬한 무언가를 일컫는 표현.

시나리오 작업을 하느라 시간이 오래 걸릴 수밖에 없었다.

2007년 전업 작가가 된 후 나도 본격적으로 이 작품에 달라붙었고 그해 말 완고를 뽑았다. 제목은 〈명감독 백대일〉. 완성도는 둘째치고 함께 시나리오를 완성한 것에 매직과 나는 잔뜩 고무되었다. 그는 시나리오 집필 선배인 나의 잔소리를 견디며 묵묵히 작업을 해 주었고 나는 그가 쓴 초고의 장점을 보존한 채 디테일 수정에 힘썼다. 이제 우리에겐 함께 쓴 장편 시나리오가 있었다. 15년 전 대학교 같은 과, 같은 동아리에서 만나 오랜 시간 함께 영화인을 꿈꾸었던 시네필이 드디어 같이 무언가를 완성한 것이었다.

현실은 녹록지 않았다. 우리는 우리가 아는 모든 영화 쪽 채널을 통해 작품을 돌려 보았다. 하지만 돌아오는 건 상업성이 약하다, 영화계에선 스포츠물도 안 통하고 영화 만드는 이야기도 안 통한다, 시나리오가 나이브하다 등 부정적인 의견 일색이었다. 그렇다면 더 고쳐서, 업그레이드해 다시 런칭을 하는 게 맞지만 나는 당시 참여한 다른 작품 역시 고배를 마신 터라 멘탈에 커다란 싱크홀이 뚫린 상태였다. 매직은 이에 '시나리오 마켓'이라는 영화진흥위원회의 시나리오 허브에 작품을 올리자고 했다. 우리는 작품을 올렸다. 수백 편의 시나리오가 진열된 그곳에 우리의 작품 하나가 덩그러니 놓이게 되자 아이를 물가에 내놓은 듯한 걱정도 들었다. 다행히 얼마 뒤 〈명감독 백대일〉이 시나리오 마켓 분기 추천작으로 선정되었다. 우리는 누군가 우리 작품을 알아봐 준 것에 뭉클했고 보람도 느낄 수 있었다.

2008년 말 우리는 영화진흥위원회에서 주관한 시나리오 피칭 행사인 '아이 러브 프로젝트'에서 〈명감독 백대일〉을 피칭ᐧ 하게 되었다. 1회였고, 기성 시나리오 작가도 참여한 행사여서 수많은 영화 제작사가 참석했다. 매직은 직접 편집한 영상을 틀며 능숙하게 피칭을 수행했다. 그야말로 '매직'이었다.

피칭 후 두 군데 영화사와 비즈니스 미팅을 했다. 명필름과 싸이더스. 두 곳 모두 우선적으로 만나고 싶은 영화사였다. 우리는 담당자와 미팅을 마친 뒤 시나리오를 보내 주기로 하고는 행사장을 빠져나와 술집으로 향했다. 술이 달았고 아름다운 밤이었다. 그리고 얼마 뒤 두 곳 모두로부터 반려 통보를 받았다. 술이 썼고 지독한 밤이 계속되었다.

이후 〈명감독 백대일〉은 한 영화사와 계약을 하고 전면 재수정을 해 캐스팅 고ᐧᐧ를 뽑았다. 캐스팅 고를 돌렸으나 반응이 지지부진했고 그렇게 프로젝트는 무산되었다. 다행히 매

ᐧ 피칭. 야구에서 투수가 타자에게 공을 '던지는' 것이기도 하지만, 작가가 제작자들에게 아이디어를 '던진다'는 뜻으로도 쓰인다. 즉 작가들이 편성, 투자 유치, 공동 제작, 선판매 등을 목적으로 제작사, 투자사, 바이어 앞에서 기획개발 단계의 프로젝트를 공개하고 설명하는 것을 일컫는다.

ᐧᐧ 캐스팅 고. '배우 캐스팅을 위한 시나리오 원고'를 뜻하며, 초고부터 시작해 여러 번의 수정을 거쳐 완성된다.

직과 나는 그 난국을 보내며 소원해지지 않았다. 우리는 친구였고 동업자였고 영화 말고도 같이 나눌 인생이 있었다. 공동작가 간에 함께한 작품이 잘되지 않을 때 생기는 문제는 수없이 많다. 서로의 필력을 믿지 못하는 건 둘째치고 서로의 인격까지 믿지 못하게 될 때 관계는 소원해지거나 파국으로 치닫기도 한다. 공동작가는 일반적인 동업과 비슷하면서 미묘하게 다른 점도 있다. 공동작가가 되려면 작업 시에는 서로의 집필 단점을 보완해 주는 것이 중요하다. 그리고 유머 감각, 취향, 스타일, 정치 성향 등이 비슷해야 한다. 같은 지점에서 웃음을 터트려야 하고 세계를 바라보는 시각이 같아야 하며 오랫동안 함께 일해야 하기에 생활 습관도 비슷한 게 유리하다. 한마디로 공동 작업은 고되다. 최선의 파트너를 만나든가 지금의 파트너에게 최선을 다해야 한다. 그럴 자신이 없다면 홀로 하는 게 리스크를 줄이는 법이다. 매직과 나는 공동작가이기 이전에 오랜 친구였기에, 그 고단한 작업 과정을 겪으며 잇따라 거절을 당하는 좌절의 시간을 보내면서도 서로를 격려하고 덜 싸울 수 있었다.

〈명감독 백대일〉과 안타까운 이별 후 시나리오 말고는 할 게 없던 나는 계속 시나리오를 썼지만 매직은 영화 일을 접고 평소 관심이 있던 요식업계로 진출하겠다고 했다. 그는 가게를 차려 돈을 벌고 그 돈으로 독립영화를 찍겠다고 했다. 남의 투자를 기다리느니 자신이 직접 벌어 자기 돈으로 영화를 만들겠다는 것이다. 그리고 그 영화를 아무도 배급해 주지 않으면 유튜브라는 곳에 올리겠다고 했다. 나는 진심으로 멋지다고 생각했다. 그런데 친구 일단 먼저 가게가 성공해야…….

그는 원서를 뒤져 가며 미국식 바비큐와 수제버거를 공부했고 얼마 뒤 홍대에 수제버거집을 차렸다. 외국인들이 소문을 듣고 찾아올 만큼 맛은 있었지만 수입은 시원찮았다. 그러자 그는 가게를 맥줏집으로 바꿔 버렸다. 이번엔 수제맥주를 공부했고 얼마 후(어느새 공부하더니 어느새) 또 그쪽 바닥의 인기인이 되었다. 그러다 연남동에 수제맥줏집을 차려 동네의 맹주가 되었다. 평소 어디 가서 무얼 먹으면 나도 이 정도는 만들 수 있을 것 같다던 그의 허세 어린 자신감은 진짜였던 것이다. 그의 진정한 매직은 요식업계에 있었는지도 모르겠다.

2015년 겨울 그에게서 전화가 왔다. 지금 자기 맥줏집에 류승완 감독이 박찬욱 감독과 왔다는 것이었다. 나는 시나리오를 싸 들고 가겠다고 농담을 했다. 잠시 뒤 다시 전화가 와 봉준호 감독과 덩치 큰 누군가가 합류했다고 했다. 덩치 큰 분은 임필성 감독일 거라고 말한 뒤 나는 농담을 당장 실행해야 하지 않을까 하고 심각하게 고민을 했다. 결국 가지는 않았고 류승완 감독이 술값을 냈다는 후문만을 전해 들었다. 친구에게 말했다.

"네가 영화 일 할 땐 한 번 만나기도 힘든 분들을 술집을 차

리니 떼로 만나는구나. 성공했네."

그는 헛웃음을 지었다.

친구는 지금 '브루원'이라는 자신만의 맥주 양조장을 가진 사업가다. 아직 독립영화를 찍을 만큼 돈을 벌진 못했지만 한국 크래프트 비어계의 유명인으로, 여러 직원의 생계를 책임지는 사장으로 충실한 인생을 살고 있다. 그리고 내가 전업 작가로서 생존의 기로에서 고통받을 때 자신의 가게에 아르바이트 자리를 제공해 준 은인이기도 하다. 매직과 나의 동업이 언제 다시 이루어질지 모르지만 우리는 영화로 친해져 영화를 같이 했고 다시 영화로 함께할 꿈을 포기하지 않는다. 그는 내게 마술 같은 친구다.

상업영화의
힘

거인이 돌아왔다. 시불파의 거인, 현정이 형에게서 연락이 온 건 2006년 여름이었다. 형과 나는 '간첩팀'에서 함께 고락을 나눈 사이였지만 내가 회사를 나오고 나서는 만남이 뜸해진 게 사실이었다. 형은 〈이중간첩〉을 감독하고 다음 작품을 준비하느라, 나는 출판사 생활에 적응하느라 가끔 안부만 주고받고 있었다. 그런 형이 오랜만에 출판사가 있는 홍대로 놀러 왔고 우리는 오랜만에 맥주를 마시며 밀린 이야기를 나눴다. 〈이중간첩〉이라는 기대작의 신인감독으로 고군분투했지만 흥행은 쉽지 않았다. 형은 절치부심하면서 새 작품을 구상하던 중 내가 생각났다고 했다. 나는 형이 들려주는 작품 이야기에 매혹되었고, 우리는 의기투합했다.

매혹적인 이야기만이 공동 작업을 결심한 이유는 아니었다. 함께 일하던 시절 거인은 내게 할리우드 상업영화의 플롯과 구조의 중요성을 일깨워 준 멘토였다. 그는 〈터미네이터 2〉를 늘 예로 들며 3장 구조와 주요 플롯 포인트에 대해 알려 주었고 상업영화 시나리오가 갖춰야 할 덕목에 대해서도 설명해 주곤 했다. 3장 구조는 아리스토텔레스의 《시학》에서부터 언급된 '이야기의 뼈대'인데 거칠게 말하면 이야기는 시작, 중간, 끝의 3장으로 나뉜다는 것이다. 당연히 이야기는 시작이 있고 끝이 있고 그 사이에 중간이 있는 것이기에 뻔한 얘기 같지만 실제로 중요한 것은 바로 그 3장을 어떻게 나누느냐는 것이다.

할리우드 시나리오 '구루' 시드 필드가 《시나리오란 무엇인가》에서 강조한 3장 구조 역시 이야기에서 1장의 끝이 어디이고 2장의 끝이 어디며 2장에서의 중간점(midpoint)은 어디고 그 역할은 무엇이냐는 것이다. 이것을 이야기에서 제대로 짚어 내고 기능하게 하는 것이야말로 튼튼한 구조의 이야기를 만드는 능력이다. 시나리오의 구조는 마치 빨랫줄과 같아서 지지대를 설치해야 할 각 장의 끝을 잘 짚어 내야만 이야기를 팽팽하게 만들 수 있는 것이다. 형은 내게 각 장의 역할과 지지대를 설치해야 할 지점 그리고 중간점에서의 전환과 반전 등 상업영화의 플롯과 구조에 대해 처음으로 알려 준 사람이었다.

그에 더해 내가 코페르니쿠스적 발상의 전환을 하도록 이끈 사람 역시 그였다. 이전까지 나는 예술영화가 상업영화보다 우위에 있고 만들기도 더 어렵다고 막연히 생각하고 있었는데, 거인은 어느 날 내게 예술영화 못지않게 할리우드 상업영화의 구조와 플롯의 오래된 전통을 체화하고 구현하는 것 역시 힘들다고 말해 주었다. 영화를 예술로 배운 사람들이 상업영화를 쉽게 생각하다가는 큰코다칠 수 있다는 뜻이기도 했다.

실제로 그랬다. 상업영화는 더 많은 관객을 더 쉽게 이해시켜야 했고 공감이라는 교집합을 만들어 내는 데 엄청난 공정과 기술을 쏟아부어야 한다. 관객은 큰 노력 없이도 쉽게 이해와 공감이 되는 상업영화가 쉬워 보일 수 있다. 하지만 만드는 쪽은 그 반대인 것이다. 예컨대 예술영화를 감상하는 관객들은 숟가락 하나씩을 든 채 영화의 의미와 예술성을 맛보고자 능동적으로 숟가락질을 한다면, 상업영화를 보는 관객들은 손 하나 까딱하지 않고 오락으로서의 영화를 만끽할 수 있어야 하는 것이다. 그럼 숟가락은 누가 드냐고? 바로 상업영화를 만드는 사람들이고, 그들이 숟가락을 들어 관객들이 알게 모르게 떠먹여 주어야 하는 것이다.

거인의 이런 충고야말로 내가 상업영화에 제대로 도전해 보고 싶게 만든 불씨였다. 그리하여 시나리오를 그저 재미있는 이야기 덩어리가 아닌, 정교한 설계도로 이해하고 그것의 교과서 같은 할리우드 플롯과 구조의 기술을 배우는 데 매진하게 되었다. 그런 그와 다시 함께 작품을 써 보는 것은 공부할 기회이자 공부 그 자체였다. 다만 그는 속한 영화사가 없었고 나도 출판사를 그만둘 상황이 아니었기에 우리는 서로의 노동력을 반반씩 제공해 작품을 쓰기로 합의한 뒤 프로젝트를 시작했다. 얼마 뒤 그가 정리한 초안이 내게 도착했다. 거기에 의견을 첨가해 다시 보냈다. 그렇게 몇 번 시놉시스가 오가자 본격적으로 이 작품을 시나리오로 쓸 준비가 갖춰졌다. 2006년 말이었고, 전업 작가로 내가 쥔 두 번째 카드가 바로 이 작품이었다(첫 번째 카드는 매직과 함께 쓴 〈명감독 백대일〉).

17세기 후반의 조선. 신부(新婦) 행렬이 남도의 섬 길자도를 향해 먼 길을 이동 중이다. 신부는 길자도 도정서원에 칩거한 세력가 아들과의 정략결혼을 위해 떠난 길이었고, 이런 신부를 챙기기 위해 사촌언니 여진이 동행하고 있다. 여진은 병자호란 때 청에 끌려갔다 돌아온 환향녀로, 고단한 현실에도 의지를 잃지 않는 여인이다. 한편 신부 행렬을 지켜야 하는 호위무사 시영은 뛰어난 무술 실력에도 불구하고 세상 아무것에도 관심이 없는 한량이다. 그의 아버지는 병자호란 때 척사파로 자결을 했기에, 그는 대의고 어명이고 스스로 목숨을 끊을 바에는 개처럼이라도 살아야 한다는 주의다.

고된 여정 속에 남도 해변에 다다른 그들은 뱃사람들이 섬에 가는 것을 거부하는 것에 당황한다. 역병이 돈다느니, 왜구가 들이닥쳤다느니, 여러 풍문을 내세워 섬에 가는 배를 내어 주기 주저하는데…. 결국 우여곡절 끝에 웃돈을 주고 배를 구해 섬으로 향하는 일행들. 하지만 그 시각 길자도는 난파선에서 조선으로 표류해 온 서양 흡혈귀로 인해 이미 흡혈귀들의 소굴이 되어 버린 상황이었다. 신부와 여진, 시영은 그런 낯선 괴물들의 섬에서 살아남을 수 있을까? 그리고 신부 행렬에 동행해 온 비밀스런 목적을 가진 사람들의 정체는 무엇이고 길자도에 숨겨진 어명의 흔적은? 피로 가득한 섬에서 그들만의 목숨을 건 처절한 사투가 벌어진다.

〈조선흡혈잔혹사〉로 이름 붙인 이 이야기의 간략한 줄거리다. 2006년에 거인과 함께 시작한 이 프로젝트는 2007년 내가 전업 작가로 나선 뒤 구체화되어 2007년 말 초고를 뽑는다. 이후 2008년 내내 그와 함께 원고를 주고받으며 수정에 수정을 거쳐 4고까지 완성한다. 그때쯤 형과 나는 조심스레 주변에 이 작품을 돌려 보았지만 그다지 좋은 반응을 얻진 못했다. 반응은 늘 이랬다. 재미있고 기발하다, 신선한 설정과 호러액션의 유니크함이 돋보인다 등의 칭찬이 먼저 앞선 뒤 제작은 결국 쉽지 않겠다는 답이 돌아오는 식이었다. 무엇보다 흡혈귀라고 설정되었지만 액션은 좀비 스타일인 길자도의 괴물들에 대한 반응이 하나같이 부정적이었다. 한국에서 낯선 좀비 서사가 통하겠느냐가 핵심이었다. 뒤이어 사극이라는 예산의 부담감, 다중 캐릭터와 그로 인한 분량 문제도 지적되었다.

우리는 지쳐 있었다. 어떠한 지원도 없이 둘이 삼 년 넘게 끌어온 프로젝트인데 여러 현실적인 조건이 작품의 제작이 쉽지 않다고 말해 주고 있었다. 그렇게 답답하게 시간이 흐르던 2010년 CJ엔터테인먼트 컨텐츠개발팀에서 이 프로젝트에 관심을 보인다. 팀장은 우리에게 이 작품을 개발해 보자고 했으나 계약 과정이 지연되다가 결국 진행이 되지 않았다. 그리고 2013년 한 영화사가 다시 이 작품을 계약하고 싶다고 나섰지만 역시 여러 이유로 인해 무산되고 말았다.

2016년 〈부산행〉이 대성공을 거둔 이후 드라마와 영화에서 좀비 서사가 줄줄이 출몰하기 시작했다. 〈창궐〉, 〈밤을 걷는 선비〉 그리고 〈킹덤〉까지. 우리가 처음 시작했을 때와는 달리 이제 어느 콘텐츠보다 핫한 게 좀비 서사다. 〈부산행〉 개봉 후 나는 〈조선흡혈잔혹사〉를 다시 팔아 보기로 마음먹는다.

그러나 2008년보다는 훨씬 늘어난 내 영화사 라인업에도 불구하고 돌아오는 대답은 모두 〈창궐〉이란 작품과의 비교였다. 하지만 나는 조선 시대가 배경이고 서양에서 온 괴이한 크리처가 등장한다는 것 빼고는 두 작품이 상당히 다른 작품이라고 생각한다. 안타까운 점은 어떤 작품은 좋은 기회와 주인을 만나 영화로 제작되고 개봉도 하지만 어떤 작품은 운이 안 따라줘 제작도 개봉도 되지 못한다는 것이다. 나는 〈조선흡혈잔혹사〉가 꽤나 앞서간 작품이라고 생각하며 그래서 인정받지 못했고 뒤늦게 인정받기에는 타이밍이 너무 안 좋았다고 생각한다.

그럼에도 〈조선흡혈잔혹사〉는 결코 우리 둘에게는 잔혹사가 아니었다. 할리우드 시나리오 작법을 체화하고 장르 영화에 대한 애착을 지닌 채 그와 오랜 시간 개발한 이 작품은 내 필력을 독하게 성장시켜 주었고 시나리오뿐 아니라 작품 전체를 보는 눈을 향상시켜 주었다. 비록 한 푼도 얻을 수 없었지만 김현정 감독이라는 내가 존경하는 스토리텔러와 함께할 수 있어 행복했다. 그의 집에서 여러 할리우드 영화와 미드를 보며 창작에 대해 논하던 추억의 순간들을 어찌 잊을 수 있을까? 시나리오가 팔릴지도 계약될지도 영화가 될지도 안 될지도 모르는 막막한 상황에서 그저 그 이야기가 좋아 함께 몰입에 몰입을 거듭할 수 있던 거의 마지막이자 유일한 시절이 그렇게 지나가 버렸다.

　　이 작품을 개발하던 중 형이 할리우드 시나리오 작법 원서를 하나 가져왔다. 제목은 《더 시퀀스 어프로치》. 일반적인 시나리오 3장 구조가 아닌 '8장 시퀀스˙'로 시나리오를 분석하고 개발하는 작법에 관한 책이었다. 할리우드 무성영화부터 내려온 8장 시퀀스 개념을 정리한 학술적인 책이면서 〈토이 스토리〉부터 〈반지의 제왕〉까지 할리우드 주요 작품에 대한 8장 시퀀스 분석이 덧붙여진 매우 실용적인 책이기도 했다. 형은 자신이 이

˙ 시퀀스. 특정 상황의 시작부터 끝까지를 묘사하는 영상 단락 구분. 몇 개의 신(scene)이 한 시퀀스를 이룬다.

책을 번역할 테니 그 텍스트로 시나리오 작법을 함께 공부하자고 했다. 나는 이왕 번역하는 김에 책으로 출간하자고 했고 황매출판사에 출간 기획안을 보냈다. 기획안은 통과됐고, 나는 기획자로 형은 번역가로 이 작법서를 한국에 소개할 수 있었다.

번역된 책의 제목은 《시나리오 시퀀스로 풀어라》•이고 내가 쓴 메인 카피는 '3장 구조의 신화는 가라!'였다. 아이러니컬했다. 우리가 함께 쓴 시나리오는 영화로 완성되지 못했는데 그 시나리오란 걸 잘 쓰기 위해 공부 차원에서 번역한 이 책은 완성된 것이다. 《시나리오 시퀀스로 풀어라》는 우리가 만든 책이어서가 아니라 참으로 유용하다. 여러 교육기관에서도 교재로 구매해 가곤 했다.

사람들은 종종 내게 거인에 대해 묻는다. 거인은 히말라야에 사는 설인마냥 좀처럼 사람들에게 모습을 드러내지 않는다. 그는 지금도 구도자의 자세로 자신만의 역작을 위해 고독한 싸움을 벌이고 있다. 그에게 전화를 건다. 형 쓰고 있죠? 응 쓰고 있지. 형은 지금도 영화를 쓴다. 나도 계속 쓰고 있다. 풋풋하던 시절 직장 선후배로 만나 함께 일을 꾸미고 함께 인생을 나눠 온 그는 여전히 내게 거인이고, 내가 아는 최고의 할리우드 키드다.

• 절판돼 비싼 중고가로 거래되던 이 책은 2020년 9월 팬덤북스에서 복간되었다. 부디 3장 구조, 그중 2장이라는 늪에서 허덕이는 작가들은 이 책을 꼭 읽어 보기 바란다.

문우(文友),
이 세계의
동지

"여보세요."

"안녕하세요. 잘 지내셨습니까? 저 서진입니다."

"예?"

"전에 한 페이지 단편소설이랑 《하트 모텔》로 인사드렸죠."

"아! 서진 작가님 안녕하세요. 예, 잘 지내셨습니까?"

"예. 회사에 전화하니 퇴사하시고 개인 작업 하신다고 하더라고요. 그래서 바뀐 연락처 확인해 지금 연락드리게 됐네요."

"예. 제가 퇴사하면서 인사를 드렸어야 하는데… 지금은 혼자 글 쓰고 있습니다."

"그러시군요. 전화 드린 건 오랜만에 인사도 드릴 겸 감사의 말도 드릴 겸해서요. 저 이번에 한겨레문학상 받게 됐습니다."

2007년 초여름, 서진 군에게서 받은 전화 내용을 간략히 정리해 보았다. 서진 군의 대사 부분에 부산 사투리 억양을 잘 버무려 읽으면 더 정확해진다.

그 무렵 전업 작가 4개월 차로 접어든 나는 크나큰 혼란에 빠져 있었다. 친구 매직과 거인 선배의 시나리오를 번갈아 쓰고 있었고 돈도 벌어 보겠다며 영화사 한 곳의 시나리오 역시 맡았다. 동시에 세 작품에 매달리느라 정신이 없었는데, 세 작품 모두 술술 풀리는 것이 아니고 갈수록 태산으로 문제만 커지고 있어 고역이 이만저만이 아니던 때였다. 그런 사정인지라 써 보겠다고 구상하던 소설은 손도 못 대고 있는 처지였다.

또한 집은 여름이 되자 더위와 벌레에 무척 취약한 구조임이 밝혀졌고, 더위를 몹시 타는 나로서는 작업실 환경의 열악함이라는 본질적인 문제를 해결해야만 하는 상황에 처했다. 에어컨을 사자니 돈과 전기료가 걱정이고 도서관에 가서 쓰자니 집중력 문제가 걸렸으며 집에서 선풍기에 의지하자니 도저히 더위를 견딜 수가 없었다. 즉 작업실이자 거처의 한계와 내 글쓰기의 한계를 동시에 느끼며 한마디로 맛이 가고 있는 중이었다.

그러던 중에 받은 서진 군(유독 서진은 '군'이란 표현이 어울려 덧붙일 수밖에)의 전화는 충격 그 자체였다. 1) 반가웠다. 여전히 나를 기억해 주다니. 2) 근데 왜 내게 감사를? 3) 한겨레문학상 진짜? 오 마이 갓! 4) 돌아보게 되는 현실 타임. 5) 전화를 끊은 후 밀려드는 자괴감. 이러한 의식의 흐름이 전화를 끊고 나서 계속 이어졌다. 서진 군의 오랜만의 안부 전화이자 당선 소식은 죽비가 되어 내 어깨를 때렸고 나는 다시 힘을 내기로 했다. 그의 전화가 반가웠냐고? 물론이고 물론이다. 그는 문학상에 응모해 보라는 내 조언 덕에 한겨레문학상에 투고할 계획을 세우게 됐다며 고마워했다. 덕담을 나눈 것뿐이겠지만 그렇게 말해 준 것이 고마웠다. 나를 기억해 주고 시상식에 초대해 준 것도. 나는 시상식은 됐고 따로 한번 만나자고 했다. 그가 정말 만나고 싶어졌기 때문이다.

그를 처음 만난 건 2005년 만화팀에서 근무할 때다. 어느 날 노 샘이 《보일라(VOILA)》라는 부산 지역 문화잡지를 내게 건네며 이 친구들을 주목해 보라고 했다. 《보일라》는 '한 페이지 단편소설'이라는 프로젝트도 병행하고 있었는데, 노 샘은 잡지 관계자들을 한번 만나 책으로 낼 콘텐츠가 없는지 알아보라고 했다. 나는 연락을 했고, 《보일라》 편집장이자 한 페이지 단편소설 운영자인 분이 나를 만나러 서울의 출판사로 찾아왔다. 그가 서진 군이었다.

부산대 공대 대학원에서 인공지능을 연구하다가 소설을 쓰고 잡지를 편집하게 됐다는 그의 첫인상은 공대 모범생 그 자체였다. 그런데 살짝 다르긴 했던 것이 분명 모범생인데 노트를 살펴보면 필기보다는 이상한 낙서나 해괴한 글이 더 많이 끄적거려져 있고, 얼핏 보면 똘똘이 스머프인데 얘기를 나누다 보면 수다쟁이 아줌마 같은 사람이었다. 그날 우리는 회사 부근 카페에 가서 무람없이 이야기를 나눴고 둘 다 척 팔라닉*의 팬이라는 사실에 의기투합했다. 나이도 비슷하고 좋아하는 소설가가 일치하자 이야기가 불타올랐다.

그를 두 번째 만난 건 얼마 뒤 소설팀장이 된 후 그의 자비 출판 소설 《하트 모텔》을 검토하고 나서였다. 이번엔 내가 부산으로 내려갔다. 서진 군과 《보일라》 대표이자 서진 군의 여자친구인 강선제와도 인사를 나눴다. 인간 강선제는 실로 매력이 넘치는 어마어마한 물건이어서 나는 그가 서진 군의 비선 실세가 아닐까 하고 즉시 의심하게 되었다. 우리는 《보일라》 사무실 부근 장전동 일대에서 출판과 잡지, 글쓰기와 인생에 관해 좀 떠든 후 허심탄회해졌다. 나는 서진 군의 재능을 좋아했다. 한 페이지 단편소설 운영자로서보다 소설가로서 그를 더 좋아했다. 그날의 만남 이후 책을 내는 데 확신이 들었고 서울로 올라온 나는 회사에 정식으로 《하트 모텔》 출간을 제안했다.

하지만 《하트 모텔》은 편집장과 정 사장님 모두에게 반려되었다. 두 사람 모두의 거절에 더 이상 밀어붙일 동력이 없어진

---

* 척 팔라닉. 미국의 소설가. 대표작 《파이트 클럽》으로 여러 상을 받았다. 영화로도 만들어져 브래드 피트와 에드워드 노튼 등이 출연했다.

나는 미안한 마음을 담아 그에게 소식을 전할 수밖에 없었다. 서진 군은 개의치 않고 계속 안부를 나누자고 했다. 나는 그가 서운해할 줄 알았고 더 이상 연락을 안 할 수도 있겠다 여겼지만 웬걸, 이후로도 서진 군과 선제는 서울에 오면 꼭 출판사에 놀러 와 시간을 보내다 가곤 했다. 아, 이 사람들은 빈말이 없는 사람들이구나. 좋은 사람들이라고 생각했다. 한번은 서진 군 혼자 서울에 온 일이 있는데 이날 서진 군은 나와 노 샘과 술을 먹고는 출판사 지하 숙직실에서 하룻밤 묵고 갔다. 그때쯤이었을 것이다. 공대 출신이라 소설가 데뷔 루트를 잘 모르는 그에게 투고보다는 장편 공모전을 준비해 보라고 조언했던 것이. 공모전에서 상을 받아야 그나마 소설가로 인정받기 좋다고. 그는 그 말을 새겨들었는지 이후 한겨레문학상을 목표로 소설을 썼던 것이다.

그 정도면 허물없이 지낼 만도 한데 좀처럼 사람들과 말을 못 놓는 나는 서진 군과도 존대하며 지냈고 퇴사 후 전업과 독립을 하느라 정신이 없어 그에게 연락하는 것도 잊었다. 그런 내게 그가 먼저 연락을 준 것이다. 한겨레문학상 당선(당선작은 《웰컴 투 더 언더그라운드》)이라는 놀라운 소식을 가지고. 자, 인생은 이렇게 수렴된다. 내가 편집자로 조언을 주던 소설가 지망생은 소설가가 되었고, 이후 나는 소설가 지망생으로 소설가가 된 그에게 조언을 듣게 된다. 그럼에도 질투도 꼬임도 없다. 이는 선천적으로 그가 맑은 사람이고 나도 담백한 편이기 때문일 것이다(웅?).

이후 서진과는 동인천으로 그와 선제가 놀러 오고, 다시 내가 부산으로 놀러 가면서 더할 수 없는 친구 관계가 되고야 만다. 우리는 말을 텄고 함께할 수 있는 재미있는 것을 기획해 나갔다. 나는 《보일라》의 외부 필진이 되었고 선제가 기획한 미술전시에 텍스트 작가로도 참여했다. 전업 작가 1년 차라는 고된 시절, 그의 전화와 이후의 친교는 내게 큰 힘과 위로가 되었다.

우리는 계속 나눴다. 작품을, 인생을, 시시콜콜한 잡사를. 매년 부산에 가서 서진 군과 선제의 아지트를 접수하고 그들의 고양이, 강아지들과도 놀았다. 광안리에서 맥주도 나누어 마셨다. 그러다 보면 '참힐링'이 되었다. 두 사람 또한 상경할 일이 있으면 내 거처에서 머물며 서울에서의 일들을 처리하고 함께 늦잠을 자고 해장을 했다. 서진 군은 소설가로 빠르게 진화해 나갔고 나는 무명작가의 길을 계속 걸었다. 그럼에도 그들은 한번도 나의 재능을 걱정하거나 의심하지 않았다. 내 부족한 소설 초고를 읽고 농익은 모니터를 해 주며 격려를 덧붙었다. 마침내 내가 소설가가 된 데에는 이들의 역할이 컸음을 밝힌다.

서진 군과 나 사이에서 재미있고 유익한 일은 끊임없이 이어졌다. 내가 출간하려 했던 그의 소설 《하트 모텔》은 2011년

《하트브레이크 호텔》이란 이름으로 위즈덤하우스에서 업그레이드되어 출간된다('모텔'이 '호텔'이 되었으니 이는 업그레이드임이 분명하다). 한편 나는 《하트브레이크 호텔》속 단편 〈두 번째 허니문〉을 원작으로 만든 영화 〈태양을 쏴라〉의 시나리오를 쓰게 되는데, 서진 군이 판권을 산 영화사에 시나리오 작가로 나를 추천해 이뤄진 일이었다. 여기에 더해 서진을 통해 《하트브레이크 호텔》을 편집한 위즈덤하우스 한수미 분사장과 인사를 나누게 되어 이후 함께 일하게 되었다. 이런 걸 경제 용어로 '윈윈'이라고 하는가? 공학 용어로 '시너지'라고 하는가? 마피아 용어로 하자. 우린 '좋은 친구들'이다.

내 인생에 문우가 있다면 바로 서진 군이 그 말에 어울리는 사람일 것이다. 우리는 작가 지망생과 편집자로 만나 소설가 선후배가 되었고, 언제라도 상대방의 작품을 검토해 줄 수 있는 얼마 안 되는 소중한 서로의 모니터 요원이다. 문우는 지금 또 다른 내 친구 선제와 함께 제주도 표선에 살며 동화와 청소년 소설을 쓰고 있다. 대도시에서 고단하게 빌빌거리는 날이 오래될 때면 불쑥 김포로 달려가 그의 섬으로 가고 싶어질 때가 있다.

이 책이 나오면 그에게 여행을 가고 싶다. 수줍은 소년 같은 미소와 그 뒤에 아줌마의 수다를 지닌 부산 아재 서진 군과 함께 여행을 다니며 이 책을 팔고 함께 글쓰기의 지난함과 인연의 특별함을 술잔에 녹이고 싶다.

막다른
책상에서
노트북
닫기

　　2007년 회사를 그만두고 서울을 떠나 동인천에 집(이자 작업실)을 얻었다. 보증금에 월세가 '천에 십'인 송월동의 방 두 칸 빌라. 그곳에서 삶과 일의 독립을 배웠다. 자유공원과 차이나타운을 걸으며 이야기를 떠올렸고 글이 안 써질 때면 삼치구이 골목에서 취했다. 술 마신 다음 날 아침이면 화평동 냉면과 진흥각 짬뽕, 본가우동 중 무엇으로 해장을 할지 고민하였고 화도진 도서관에서 소설책을 찾아 읽으며 무언가를 지망했다. 그러다 날이 추워지면 구제거리에 가서 빈티지(라기보단 중고) 재킷을 사 입었다.

　　제물포 사는 후배가 넘어오면 애관극장에 가 5천 원 하는 조조영화를 보고 신포시장에서 장어튀김에 낮술을 먹었다. 서울에서 누군가 차를 몰고 오면 연안부두에 가 밴댕이회 무침을 먹으며 밴댕이만도 못한 놈들을 씹었다. 한동안 놀며 쓰며 가난해지다 마침내 돈이 떨어지면 헌책방 거리에 가서 책을 팔았다. 주로 소설이었다. 이야기를 팔아 이야기를 만들었다. 그렇게 2년을 보내고 더 팔 책이 없어질 때쯤, 아니 팔고 싶지 않은 책만 남았을 때쯤 동인천을 떠나 서울로 돌아왔다.

가끔 그곳이 몹시 그립다. 내 습작의 광야.

몇 해 전 페이스북에 쓴 '동인천 시절'에 대한 단상이다. 이 글처럼 내 첫 작업실이 자리한 동인천에서의 2년은 한마디로 실패의 계절이었다. 〈명감독 백대일〉은 여러 영화사에서 반려되었고 〈조선흡혈잔혹사〉도 팔리지 못하고 지지부진한 상태로 고에 고를 맴돌기만 할 뿐이었다. 소개받은 영화사의 시나리오 작업은 6개월간 참여해 초고까지 완성했지만 진행비 60여 만 원을 받은 게 전부였다. 그곳은 초고가 나올 때까지 계약을 차일피일 미루더니, 완성된 초고의 부족함만 거론하며 계약이 미뤄진 것에 대해선 아무런 사과도 없었다(이래서 언제나 계약을 하고 글을 써야 합니다. 저도 초보 때는 이렇게 당하곤 했어요). 그래서 그 일도 엉망이 되었고 충격이 고스란히 내게 돌아올 무렵 2007년이 지나갔고, 정 사장님이 후원해 준 1년간의 퇴직금도 모두 소멸되었다.

생활고가 눈앞에 다가온 2008년부터 닥치는 대로 돈 되는 일을 해야 했다. 《KBS 저널》을 편집하는 후배가 의뢰한 드라마 프리뷰와 배우 탐구 기사를 썼고, 후배의 영화사가 개최한 온라인 공모전 담당자로 진행 알바를 해야 했다. 《성공적인 미국 이민의 비법》이라는 책의 윤문 작업을 하다가 미국 이민을 진지하게 고민하기도 했고, 해병대 도솔산 전투 전승 행사 구성 시나리오를 써 주다 해병대 정신에 고취되기도 했다. 한편으로 출판사 인맥을 통해 들어오는 교정·교열 외주 일도 주는 대로 넙죽 받아 했다.

결국 전업을 하며 준비한 세 가지 카드(〈명감독 백대일〉, 〈조선 흡혈잔혹사〉, '소설 아이템') 중 두 개는 난망해졌고 하나는 손도 못 댄 채 '글품팔이' 생활을 하게 된 것이었다. 나는 어떻게든 두 개의 시나리오를 팔아 보려 애썼지만 결국 쓰는 것 못지않게 파는 것도 힘든 일이란 교훈만 얻고 말았다. 소설 《향수》로 유명한 독일 작가 파트리크 쥐스킨트 역시 한때 시나리오 작가였는데, 그는 시나리오 작가 시절에 대해 쓴 에세이 〈친구여, 영화는 전쟁이다〉에서 이렇게 말하고 있다.

영화라는 나비로 재빨리 변신하지 못한 시나리오는 징그러운 나비 유충처럼 기껏해야 소수 곤충 학자들의 미학적 대상이 될 뿐이다.*

실로 경험하지 않고서는 나올 수 없는 처절한 표현이었고 내게도 나비인지 나방인지 모를 하여간 유충 두 개가 노트북에서 꼬물대고 있어 바라보기만 해도 한숨이 절로 나오는 시절이었다.

막막하기 그지없었기에 세상도 잿빛으로 보였다. 운치 있고 글쓰기 좋은 호젓한 도시였던 동인천이 칙칙하고 낙후된 맥 빠지는 동네로 느껴졌고, 점점 혼자 술 마시는 시간이 늘어났으며(동인천까지 찾아올 친구가 많지 않기에 당연한 결과) 회사를 박차고 전입을 선택한 걸 후회하는 일도 잦아졌다. 외주 일들은 입금이 늘 늦어지기에 카드 결제일이면 매번 애를 태워야 했고 지인들에게 5만 원, 10만 원을 빌리는 달이 늘어나기 시작했다.

시불파의 또 다른 선배 백승재 작가에게 연락을 했다. 형은 당시 한겨레문화센터에서 시나리오 강의를 하고 있었고 여러 영화사와 다방면으로 관계를 맺고 있었기에 나는 염치 불고하고 일감을 구해 달라고 부탁했다. 형은 내게 CJ 엔터테인먼트 컨텐츠개발팀을 소개해 주었다. 당시 CJ는 이미 한국 영화계의 맹주로 자리 잡은 상태였는데 형은 나를 컨텐츠개발팀에서 뽑

• 파트리크 쥐스킨트, 《로시니 혹은 누가 누구와 잤는가 하는 잔인한 문제》, 열린책들.

는 1기 개발작가에 추천해 주었다. 한숨 돌렸다. 대기업 CJ와 일할 수만 있다면 이 모든 고난이 해소될 것만 같았다. 나는 포트폴리오를 보냈고 얼마 뒤 컨텐츠개발팀과 미팅을 했다.

개발작가는 한 달에 한 번 정도 컨텐츠개발팀에서 제안하는 아이템(한 장에서 두 장 정도의 영화 로그라인과 줄거리)을 받은 뒤, 그것을 다섯 장 정도의 시놉시스로 개발해 보내 주고 고료를 받는다. 이 시놉시스가 통과되면 트리트먼트와 시나리오 작업까지 맡아 할 수 있는 기회가 주어졌다. 시나리오 개발 공정을 나누고 분업을 통해 기회를 늘리는 방식이었다. 잘 진행되면 작가와 작품이 함께 클 수 있는 시스템이라고 생각했고 나는 흔쾌히 작가로 활동하기로 했다.

이후 한 달 혹은 두 달에 한 번씩 지령이 떨어지듯 아이템이 왔고 나는 시놉시스를 개발해 보냈다. 고료가 세진 않았지만 원고를 보내면 다음 날 바로 입금을 해 주었고, 그건 내게 소중한 금액이었다. 무엇보다 CJ와 일한다는 일말의 설렘이 계속 작업을 기다리게 만들었다. 하지만 일이 너무 뜸했다. 나 말고도 개발작가는 여럿이 있었고 내 작업의 결과물이 그들의 선택을 주저하게 만들었을지 모른다. 원샷원킬로 시놉시스가 바로 통과되고 트리트먼트와 시나리오까지 전진해서 영화로 이어지는 하이웨이를 탈 수 있다면 좋겠지만, 쉽지 않았다. 나는 다시 내 능력의 한계를 절감해야 했다.

승재 형의 도움과 CJ 컨텐츠개발팀과의 작업은 감사한 일이었지만 결국 생활고를 해결하기에는 충분치 않았다. 그리하여 상황이 극한에 다다랐을 때 책을 팔아 치우기 시작했다. 그 작은 거처에서 재산이라곤 책밖에 없다는 걸 깨달은 것이다.

동인천에는 배다리 골목이란 전통 있는 헌책방 골목이 있다. 나는 아침 산책 때에 책 서너 권을 지니고 그곳으로 가 하루 식비를 확보하곤 했다. 출판사 생활 4년 동안 증정받거나 모은 책 수백여 권이 그렇게 몇 개월 만에 사라졌다. 가끔씩 출판사에서 보내 주는 신간이 도착하면 반나절 만에 읽어 치워 헌책으로 만들어 버렸다. 헌책이 되면 팔 수 있으니까. 그렇게 헌책이 라면 두 개와 소주 한 병으로 보이는 순간이 될 즈음, 나는 두 손을 들게 되었다.

실패다. 2008년이 다 지나가고 있었고 2년간의 전업 작가 도전은 완벽한 실패로 돌아가고 말았다. 청사진은 늘 빛난다. 문제는 사람의 일은 계획대로 되지 않고 특히 작가의 삶은 한두 해 만에 열리는 길이 아니라는 것이었다. 가족, 친구들과 진지하게 내 현실을 놓고 얘길 나누었고 홀로 다시 고민에 빠지기도 했다. 진퇴양난이었다. 돈이 없어 사람이 추해지고 사회성이 결여되는 게 스스로의 눈에도 보이기 시작했다.

유일한 버팀목은 안 긁은 마지막 카드, 장편소설을 쓰는 것이었다. 그때부터 나는 하루에 한 끼 반만 먹어 가며 노트북에 머리를 박고 소설을 쓰기 시작했다. 그렇게 3개월여를 가열 차게 써 내려간 소설은 어떤 유령작가(대필 작가를 뜻함)에 대한 것이었는데, 자전적 요소가 꽤나 들어간 졸작이었다. 그럼에도 완성을 하니 기쁘고 기대가 되었기에 마침 응모 기간이던 세계문학상에 투고했다.

2009년이 되었고 세계문학상이 발표되었다. 떨어졌고 본심평에서도 내 작품의 흔적은 전혀 찾아볼 수 없었다. 당연한 결과였다. 그리고 그 결과가 내게 이제 그만둘 때라는 걸 알려주고 있었다. 준비했던 세 가지 카드는 모두 소멸되었다. 퇴직금과 생활비도 전멸되었다. 더 이상 버틸 힘도 의지도 파멸되었다. 유일한 탈출구는 출판계로 돌아가는 것. 서른다섯. 아슬아슬하게 삼십대 후반이 아닌 나이… 아직은 나를 불러 줄 곳이 있을 것 같았다. 부모님 역시 작가 생활로 피폐해진 내게 출판사로 돌아가기를 권하셨다. 그러려면 동인천 생활을 청산해야 했고 내게는 최후의 보험으로 보증금 천만 원과 저축해 놓은 이천이 있었다. 그것만큼은 굶어 가면서도 없는 돈이라 생각했기에 지켜 낼 수 있었다. 여기에 작가 생활을 접고 출판계로 돌아간다는 조건으로 부모님이 주신 약간의 돈을 얹어 합정동 당인리 발전소 쪽에 작은 전셋집을 얻을 수 있었다. 그렇게 동인천 시절을 끝맺고 다시 출판계로 돌아가게 되었다.

합정동에 집을 얻은 뒤 열흘쯤 지났을까? 여러 출판사에 부지런히 이력서를 넣던 오후, 불쑥 전철을 잡아타고 동인천으로 향했다. 자유공원에 올라 인천 앞바다를 바라본 뒤 신포동 진홍각에서 짬뽕밥을 먹었다. 송월동 거리를 거닐며 작업실이었던 빌라 4층을 하릴없이 올려다본 뒤 화도진 도서관까지 걸었다. 낮술로 얼큰해졌던 삼치구이 골목을 지나 헌책방 골목까지 다다라서는 내가 판 책이 여전히 남아 있는 걸 쓸데없이 확인했다. 그렇게 내 창작의 광야를 순례하고 동인천역으로 돌아와 용산행 급행에 몸을 실었다.

잠시 뒤돌아봤지만 역시 보이지 않았다. 진심을 다해, 전력을 바쳐 노력했지만 아무것도 손에 쥘 수 없었던 시절. 그때를 추억이 아닌 참으로 유익했던 시간으로 기억할 날이 올까? 실력이 있다고, 재능이 있다고 생각했지만 패를 까 보니 철저하게 무능할 따름이란 게 밝혀진 순간. 그 순간을 인정하고 다시 실력을 쌓을 용기가 내게 남아 있기나 한 것일까?

작가로서 나는 끝난 것이나 다름없다고 생각했다. 옛 애인의 집에 미련이 남아 찾아가 본들 무슨 소용이 있겠는가. 이제 동인천에는 다시 가지 않겠다고 마음먹었다. 합정동 집으로 돌아온 나는 무력감에 빠져 잠이 들었다.

4장

혼자 쓰기, 같이 쓰기,
닥치는 대로 쓰기

"

무슨 일을 하던 고집을 꺾지 마라.

업계의 권력자들은 많은 것을 빼앗아 갈 것이다.

그들은 당신의 시나리오를 산 다음 당신을 해고할 수도 있고

그것을 멋대로 바꿔 쓸 수도 있지만,

당신이 다시 일어나 덤비는 것까지 막을 수는 없다.

– 블레이크 스나이더(시나리오 작가) *

"

• 블레이크 스나이더, 《SAVE THE CAT!》, 비즈앤비즈.

작가병 :
심각성과
처방에 대하여

       새로 입사한 출판사는 동교동에 있었기에 합정동에서 걸어서 출근할 수 있었다. 물론 걸어서 출근이 가능하다는 건 이 출판사가 가진 장점 열 가지 중 하나에 불과했다. 그곳은 두 해 전 백만 부 베스트셀러를 출간했고 오십만 부 넘게 판매되고 있는 타이틀도 보유하고 있었다. 자기계발서 분야에서 독보적인 성과를 내고 있었고 젊고 신선한 감각으로 시장을 주도하고 있었다.

   만화와 소설밖에 편집해 본 적이 없는 내가 혹시나 하고 이력서를 넣은 출판사였다. 면접을 보러 갔더니 편집장은 자신과 면접할 필요 없다며 바로 대표님 방으로 나를 보냈다. 대표님은 앞으로 자기계발 분야 외에도 소설, 만화 쪽으로도 종수를 늘릴 계획이라 나를 주목했다며, 일 년간은 자기계발서 편집을 하며 회사에 적응하고 이후로 내가 하고 싶은 분야에 매진해 보라고 했다. 경력 사원으로서 직급과 연봉도 나쁘지 않았다. 2년간 업계를 떠나 있던 나에게는 과분한 대우였기에 나는 글쓰기의 미련을 접고 새 회사에서 열심히 일하겠다 절로 마음먹을 수 있었다.

회사에 적응하는 일은 쉽지 않았다. 다시 출근하는 생활도 익숙지 않았다. 그러나 다양한 회사 복지에 감탄을 하고, 세련되고 매너 있는 동료들을 보면서 나 역시 분발하지 않을 수 없었다. 자기계발서 편집 역시 처음에는 낯설고 어려웠지만 차츰 적응해 나갔다. 곧 직장은 긴장과 흥미가 넘치는 새로운 경험을 쌓는 곳이 되었다. 무엇보다 이런 곳이 바로 회사라는 것이구나, 라는 걸 느끼게 해 준 곳이었다. 첫 직장 영화사는 벤처 프로젝트 집단 느낌이었고 두 번째 직장 출판사는 뜻이 맞는 사람들의 그룹 같은 느낌이었다. 하지만 이곳에선 비전과 미션을 선언하고 매출과 성과를 수시로 확인하며 직장의 구성원으로서 나와 개별 인간으로서의 나를 철저히 구별하고 지켜야 했다. 책이나 인터넷 게시판에서 읽던 회사 생활의 엄정함과 긴장감이 무엇인지를 피부로 느끼게 되었다. 그리고 대부분 회사원이 이런 환경에서 일한다는 사실에 놀랐고 존경심이 일 지경이었다.

입사한 지 한 달 남짓 되었을 때, 회사에 잘 적응하는 것 같으면서도 이상하게 불안감이 들기 시작했다. 직장 생활이 만만 치 않다는 걸 다시 느꼈고 자기계발서 편집 일이 힘들다는 것 도 느꼈다. 대표님은 일 년만 자기계발서 작업을 하며 적응을 한 뒤 내게 맞는 분야를 선택하라고 하셨지만, 겨우 한 달 다 녔음에도 남은 11개월이 까마득하게 느껴졌다. 좋은 회사였고 풍요로운 근무 환경이었으며 동료들도 친절히 대해 주었지만 점점 아침에 출근하는 게 힘들어졌다.

두 달이 지나갈 무렵에야 불안과 힘듦의 실체를 알 수 있었 다. 회사가 이전 회사보다 빡센 것도 알겠고 일이 익숙지 않은 분야인 것도 맞다. 그러나 내가 느낀 무력감은 결국 두고 온 것들에 대한 미련이 여전히 남아 있기 때문이었다. 두 달 치 월 급이 쌓이자마자 퍼뜩 떠오른 생각은 이 돈이면 한 5개월 아무 것도 안 하고 소설이든 시나리오든 한 편 잘 쓸 수 있을 것 같 다는 것이었다. 그리고 그걸 팔아서 번 돈으로 다음 작품을 쓸 시간을 벌 수 있을 것 같았다. '같았다'만으로도 갑자기 흥분이 돋고 당장이라도 기똥찬 작품을 완성할 수 있을 것만 같았다. 〈명감독 백대일〉도 다시 팔 수 있을 것 같았고 〈조선흡혈잔혹 사〉도 다시 수정할 수 있을 것 같았으며 망한 소설의 초고도 고치면 당선될 수 있을 것 같았다.

이른바 작가병이 도졌다. 지금 하는 일이 힘들어서 도피하려 는 건지 진짜로 다시 글을 쓰고 싶어서인지 따져 보는 데에만 일주일이 걸렸다. 그리고 내린 결론은 나는 더 이상 다른 일을 하고는 살 수 없는 팔자가 되었다는 것이었다. 망했고, 망가졌고, 지독하게 좌절해 포기한 그 글쓰기를 다시 생각하는 것만으로도, 글 쓸 환경이 살짝 갖춰진 것만으로도, 가슴이 설레고 심장이 두근대고 머리가 맑아지며 손이 근질근질해졌다. 불과 넉 달 전 빠졌던 좌절의 구렁텅이를 향해 추가 보급을 받았다며 밧줄로 몸을 묶은 뒤 뛰어들고 싶어졌다. 그야말로 터무니없는 작가병이자 구제불능의 불치병이었다. 대표님과 면담을 했다. 기대에 부응하지 못해 미안하고 다시 글을 써야겠다는 내 말에 그는 흔쾌히 퇴직을 수락했다. 이전 다른 편집자들이 글 쓰겠다고 회사를 그만둘 때는 늘 말렸는데 김 대리는 그게 맞는 것 같네, 라며 오히려 내 결정을 지지해 주었다. 고마운 말씀이었다.

회사를 그만두고 다시 작가 지망생 백수가 되자 후폭풍이 불기 시작했다. 출판계 지인들은 그 좋은 회사를 왜 그만뒀냐며 타박을 했고 부모님은 왜 버티지 않고 그만뒀냐며 화를 내셨다. 주변에서 나를 사회 부적응자 혹은 구제불능자라 여기는 듯했고 나 역시 그만둘 때와는 또 다른 불안감과 긴장에 주춤할 수밖에 없었다. 하지만 용기를 내기로 했다. 재도전이자 패자부활전이었다. 꼬박 모은 두 달 월급은 최대한 아껴야 5개월을 버틸 수 있었다. 나는 지난 실패를 돌아봤다. 동인천 시절에 부족했던 집필 습관을 체크하고 재조정해야 했다. 일단 체력. 책상에 오래 앉아 집중력 있게 집필을 하는 데에는 상당한 체력이 요구되었다. 오전에는 한강을 달렸고 저녁에는 동네 헬스장에 다니며 체력을 길렀다.

두 번째는 루틴. 동인천 시절에는 방만했던 게 사실이었다. 처음 일 년은 일상을 지키려 애썼지만 이 년째 생계가 곤란해진 뒤엔 닥치는 대로 잡문을 쓰며 불규칙한 마감 생활을 해야 했다. 자잘한 마감에 맞춰 쥐어짜 글을 쓴 뒤 곧바로 퍼지는 최악의 날들을 보내곤 했다. 역시 루틴이 중요했다. 일할 때 마시는 음료, 글이 잘 안 써질 때 듣는 음악 리스트, 하루에 정해 놓은 웹 서핑 시간, 구상을 위한 산책로 발굴 등 효율적인 글쓰기에 필요한 것들을 준비해 놓고 일상의 루틴을 실천해 나갔다.

마지막으로 독서에 심혈을 기울였다. 동인천 시절에는 영화와 미드를 보느라 독서에 소홀했던 게 사실이었다. 물론 그건 그것대로 의미 있었지만 독서야말로 작가의 집필 근육을 단련해 주는 즉효약이란 걸 깨달았다. 이후 밀도 있는 독서를 통해 어휘력을 업그레이드했고 간접 체험을 늘렸으며 사람과 세상에 대한 이해와 공감을 확장시킬 수 있었다. 나는 당시 신설된 마포서강도서관에 가 최고 대출 한도인 다섯 권을 빌린 뒤 대여 기간 보름 안에 무조건 다 완독하기로 마음먹었다. 이렇게 하니 한 달에 열 권, 일 년에 백이십 권은 기본으로 읽게 되었다.

그렇게 우여곡절 끝에 합정동 집을 새 작업실로 삼은 전업 작가 생존기 시즌 2가 시작되었다. 주어진 기간은 길어야 5개월. 일단 세계문학상 공모에서 떨어진 장편소설 〈유령작가〉를 고쳐 쓰기로 했다. 서진 군과 선제 그리고 매직 등에게 보여 주고 피드백을 받은 뒤 전면 재수정에 들어갔다. CJ 컨텐츠개발팀에도 다시 일하고 싶다는 의사를 전달했고 이후 종종 개발작가 일감을 얻을 수 있게 되었다.

한편으로 작업실이 필요한 선배가 있어 작업실로 쓰는 내 방 책상 반대편에 선배의 책상을 들이기로 했다. 선배는 황매출판사에서 내 상사였던 편집장이었다. 그는 출판사를 나와 일본어 번역가로 한창 일하던 중이라 내 방을 작업실 삼아 출근하기로 했다. 워낙 성실해서 선배 덕분에 나도 직장 생활 하듯 일과를 수행할 수 있었다. 선배와 나는 작업실에서 함께 점심도 차려 먹었다. 선배는 소정의 작업실 이용비와 간식 역시 책임져 주었다. 이제는 내게 형이라 불리는 그는 내 인생에서 가장 특별한 선배이자 멘토에 다름 아니다.

새 작업실과 작업실 동료에 루틴한 일상이 더해지자 글이 점점 나아지는 게 느껴졌다. 무엇보다 이 두 번째 기회를 허투루 보내지 말아야겠다는 다짐과 잠시지만 진짜 회사 생활을 통해 내가 잘할 수 있는 일이 글쓰기밖에 없다는 깨달음이 큰 영향을 끼쳤다. 2년 전 전업을 선언할 때는 도망갈 궁리도 10퍼센트 정도 차지하고 있었는데 이제는 그 씨알조차 없어진, 그야말로 건널 수 없는 강을 등진 작가의 삶이 펼쳐진 것이었다.

그래도 심각함과 비장함은 몸에 해로우니 최대한 유연함을 잃지 않기로 마음먹었다. 시나리오가 영화가 되어 히트 작가가 되면 좋겠지만, 시나리오만 쓰며 나 하나 건사할 수 있으면 그걸로 족하다고 생각했다. 소설이 당선되어 소설가로 데뷔하면 좋겠지만 그렇게 되지 않더라도 소설 쓰기를 취미이자 글쓰기 근육을 단련하는 활동으로 생각하면 되었다.

나는 〈유령작가〉를 다시 고치며 새 시나리오의 아이템도 동시다발적으로 구상해 나갔다. 그렇게 작품 몇 개를 저글링하듯이 개발하던 중 평소 호감이 있던 감독님이 작가팀을 꾸린다는 소식을 듣게 되었다. 포트폴리오로 〈조선흡혈잔혹사〉와 〈명감독 백대일〉을 보낸 일마 뒤 프로듀서와 면접을 보았고, 이어 감독님과도 만났다. 두 작품은 여러 영화사에서 외면을 받고 있었지만 고맙게도 내 필력을 보여 줄 수 있는 작품으로서의 역할은 충실히 해 주고 있었다.

나는 합격했고, 두 명의 동료 작가 그리고 프로듀서와 한 팀이 되어 감독님의 차기작을 준비하게 되었다. 당시 감독님은 800만 명 이상의 관객을 동원한 〈국가대표〉라는 영화를 찍은 뒤였고 우리 팀이 써야 할 프로젝트는 그의 차기작 중 하나였다. 2009년 가을 나는 김용화 감독님 작가팀이 되어 본격적으로 전업 작가 생존기 시즌 2를 살아가게 되었다.

팀 작업 :
시나리오를 어떻게
같이 쓰냐고요?

　　　　　　　　　　영화사는 강남구 삼성동에 있었다.
선릉과 삼성의 중간에, 강남의 고급 주택가와 상업 지구 사이
5층 건물의 두 개 층을 쓰고 있었다. 김용화 감독님과 강제규
감독님이 함께 차린 영화사였다. 우리는 분주한 사무실의 한
회의 공간을 작업실로 사용하게 되었다. 메인스트림. 드디어
메인스트림에 입성한 기분이었다. 김용화 감독님은 첫 영화 〈
오! 브라더스〉로 관객 수 300만, 두 번째 영화 〈미녀는 괴로워
〉로 600만, 〈국가대표〉로 800만이 넘는 흥행 성적을 거두었다.
첫 영화가 흥행에 성공하면 다음 영화는 말아먹기 쉽고 첫 영
화가 부진하면 절치부심해 다음 영화에서 성공하는 경우가 있
는데, 감독님은 첫 영화부터 성공했고 이후 다음 영화를 찍을

때마다 거의 300만 단위로 스스로의 흥행 기록을 갱신한, 당시로서는 최동훈 감독님과 함께 유이(有二)한 3연속 흥행 감독이었다.

그의 영화는 휴먼 드라마에 기반한 발랄한 코미디 감각과 살가운 캐릭터의 향연이 빛나는 작품들이며 관객의 마음을 사로잡는 강렬한 클라이맥스를 보여 주곤 했다. 휴먼 드라마, 휴먼 코미디 분야는 내 주 전장이어서 감독님과의 작업이 더 큰 의미로 다가왔다.

팀원은 다음과 같았다. 유 피디는 김용화 감독님과 KM컬처 시절부터 인연이 있었던 베테랑 피디로 매우 섬세하고 차분한 성격이었다. 그동안 만난 피디들은 주로 작가들을 휘어잡으려고 하거나 기싸움을 하려는 마초 스타일이었는데, 유 피디는 작가들을 세심하게 배려하고 도와주는 것을 우선시하는 게 느껴졌다. 이 작가는《씨네21》'막동이 시나리오 공모전'에 당선된 바 있고 일찌감치 현장에 진출해 여러 영화의 연출부와 조감독으로 활동했던지라 경력과 인맥이 어마어마했다. 취재력도 압권이어서, 레스토랑 주방을 취재하다가 거기서 바로 며칠 일을 할 정도로 적극적이었다. 나는 그를 통해 발로 뛰는 작업에 대해 고민하게 되었고 또한 그의 해박한 영화 지식과 순발력에 감탄하곤 했다. 경 작가는 영화아카데미를 나온 재능 넘치는 감독이자 작가로 나라면 절대 생각 못할 아이디어를 툭툭 던져 놀라게 했다. 내가 가지지 못한 작가로서의 재능과 스타일을 가지고 있었고, 그것이 내 글 작업과 매치업되면 좋은 결과물이 나오리라는 기대도 품게 했다.

나 역시 분발하지 않을 수 없었다. 감독님이 직접 뽑은 실력 있는 작가들과 함께 일하며 자극만 받을 수는 없는 노릇이었다. 팀에 도움이 되는 글을 써 보려 노력했고 시너지가 나는 작업을 할 수 있도록 회의에도 열심히 임했다. 시나리오팀은 글쓰기도 글쓰기지만 회의를 많이 하는데, 일단 회의에서 많은 의견을 내고 그 의견을 동료들에게 설득시켜야만 글 작업을 할 수 있다. 혼자라면 일단 마음껏 써 보고 나중에 지적을 받아 고치거나 할 테지만, 공동 작업에서는 서로가 쓸 내용을 혹은 같이 쓸 내용을 먼저 대화와 토론을 통해 합의하고 써야 한다. 그것이 때론 창작의 독창성을 무뎌지게 하지만 공감대와 개연성이 중요한 상업영화의 내용을 미리 검증해 볼 수 있다는 점에서 반드시 필요한 과정이다.

팀 작업 초기엔 일주일에 세 번 출근해 자료 조사와 회의를 하고, 함께 풀어야 할 과제를 정한 뒤 다음 출근 전까지 그것에 대한 글 작업을 공유하는 방식으로 운영되었다. 'J 프로젝트'라 명명된 이 작업은 새로운 소재와 특별한 기획을 바탕으로 했기 때문에 취재할 것과 준비할 자료가 많았다. 다행히 그럴 만한 충분한 시간이 주어졌다. 그 과정에서 우리는 팀원들 간의 글쓰기 스타일을 점검하고 서로 시너지 효과를 낼 방법을 찾아 나갔다. 시놉시스를 각자 써 와 통합하기도 하고, 캐릭터별로 다르게 힘을 주어 각각 작업을 해 보기도 했다. 이렇게 작품 내외적으로 충분히 시간을 들이며 협업하고 작품의 가능성을 올리는 작업은 매우 고무적이었다.

그렇게 8개월을 감독님의 지원을 받으며 동인천 시절과는 확연히 다른 환경에서 즐겁게 일할 수 있었다. 월급을 꼬박꼬박 받았고, 조사하고 배우며 쓸 수 있었으며, 동료들과 작업을 나누며 시너지를 낼 수 있었다. 무엇보다 감독님의 차기작을 쓴다는 자부심이 있었다. 그러나 결국 감독님은 우리 프로젝트보다는 '고릴라 프로젝트'(〈미스터 고〉)를 연출하기로 결정하셨고, 우리 프로젝트는 언제일지 모르는 다음을 기약하게 되었다. 아쉬움이 앞섰지만 감독님의 선택을 존중해 드릴 수밖에 없었고, 전업 작가가 된 이래 가장 환경이 풍요로웠던 시절도 8개월 만에 마무리하게 되었다.

이후 모두 알다시피 〈미스터 고〉는 흥행 부진을 겪었으나 이때의 경험으로 감독님은 덱스터 VFX 스튜디오의 역량을 끌어올릴 수 있었고, 그 힘을 바탕으로 〈신과 함께〉 1, 2편을 연출해 '쌍천만 감독'이 되셨다. 붙임성이 없는지라 좀처럼 연락을 드리지 못했지만 마음으로 늘 감독님께 응원을 보내고 있다. 감독님 덕분에 다시 시작한 전업 작가 생활이 궤도에 오를 수 있었다. 또한 유 피디, 이 작가, 경 작가와 함께한 팀 작업은 상업영화 시나리오는 방향을 잡고 함께 머리를 맞대 쓰면 더 좋아질 수 있다는 걸 다시금 깨닫게 해 주었다.

작가팀 생활이 끝나자 다시 홀로 버텨 내야 할 시간이 찾아왔다. 나는 다시 CJ 측에 연락을 했고 컨텐츠개발팀과 드라마 제작국이 함께 개발하는 TV무비 시리즈 한 편을 작업하게 된다. 몇 개월간 매진한 이 작업에서는 트리트먼트까지 집필한 후 프로젝트에서 빠지게 되었다. 이 작품은 〈소녀 K〉라는 이름으로 OCN TV무비 시리즈로 방영되었다. 여러모로 내겐 아쉬움이 남는 작품이었다.

작가팀으로 활동하고 TV무비 작업을 하면서도 각종 공모에 쉬지 않고 지원했다. 이전에 써 놓았던 시놉시스, 트리트먼트 등을 공모 접수가 뜨면 가리지 않고 지원했다. 역시 모조리 떨어졌다. CJ 스토리업은 두 번 떨어졌다, 대한민국 스토리 공모대전도 두 번 떨어졌다. 롯데 시나리오 공모전도 두 번 떨어졌다. 전면 재수정한 장편소설 〈유령작가〉 역시 일 년 반 동안 대한민국의 모든 장편소설 공모전을 순례하며 우수수 떨어졌다. 세계문학상은 또 떨어져 두 번 연속 탈락이라는 훈장을 추가했다. 도대체 공모전에 당선되는 사람들은 누군가? 불을 켜고 살펴보았지만 누가 어떻게 당선이 되는 것인지 도무지 알 수가 없었다.

시간이 지나고 나도 이곳저곳에서 당선을 많이 경험해 보고 나서야, 당선은 운이 많이 따르는 일이고 다만 그 운을 얻을 기회가 될 수준까지 작품을 완성해야 한다는 걸 깨달았다. 그리고 약간의 노하우? 말하자면 2007년에서 2011년 초까지 줄

줄이 탈락한 내 작품들은 운을 얻을 기회를 얻기에는 모자란 작품들이었다. 공모전 도전도 도전이지만 일단 작품의 질을 올리는 게 중요했다. 그런데 작품의 질을 올리는 건 계단식이 아니어서 계속 걸어 올라간다고 해서 올라가지지 않았다. 그것은 물이 끓는 것과 같아서 밑바닥에서부터 온도를 올려야 했고 끓는점이 될 때까지 땔감이란 땔감은 다 쏟아부어야 하는 것이었다. 99도에서 더 이상 안 끓는다고 멈춘 건 아닌지 늘 고민해야 했다. 나는 오늘도 끓는점을 체크하는 게 일 중의 일이다. 하지만 온도계 따윈 없어서 생살을 집어넣어야 알 수 있다는 게 문제일 뿐이다.

유명 감독의 작가팀 활동, CJ 개발작가 활동 등으로 합정동 시절은 동인천 시절보다는 덜 궁핍하게 보낼 수 있었다. 하지만 여전히 이곳저곳에서 작품이 엎어지고 차이는 무명작가의 만신창이 상태는 변하지 않았다. 그럴 때마다 충무로로 향했다. 충무로에는 시불파의 맏형 모피어스의 개인 사무실이 있었다. 모피어스 형 역시 고독한 작가의 길을 걷고 있었기에 내가 망조가 든 표정으로 찾아가면 두말 않고 술을 사 주었다. 그는 선택은 없다는 듯 빨간 뚜껑 소주와 파란 뚜껑 소주를 가리지 않고 내게 따라 주며 선택의 시간은 끝났고 쓴 소주를 들이킬 시간만 남았다는 사실을 일깨워 주었다. 형과 나는 매트릭스 현실을 잊게 만드는 그 투명 액체를 마시며 시절을 버텨 나갔다.

술 한 잔으로 좌절의 기운은 털어 낼 수 있었지만 어김없이 찾아오는 생활고는 벗어날 수 없었다. 가난은 영혼을 잠식했고 망가진 영혼에 깃든 불안은 언제라도 글쓰기를 불가능하게 만들 수 있는 전염병과 같았다. 나는 손발이 묶인 채 글을 써야 하는 이상한 고문을 당하는 심정이었고, 글을 쓸 수 없으니 침대에 누워 죽은 듯 잠들어 있는 시간이 늘어났다.

그 무렵 매직이 가게를 차렸다. 홍대 앞에 차린 수제버거집은 근사했다. 슬럼프에 빠진 김 모 작가는 글쓰기를 작파하고 점점 그곳에 머무르는 시간이 많아졌다.

주필야알 :
낮에 글 쓰고
밤에 알바하기

        홍대에 차린 매직의 가게 이름은 '페퍼그릴'이었다. 준비 기간만 2년 가까이 쓰며 야심 차게 내놓은 메뉴는 수제버거였다. 당시 한국에는 크라제버거라는 수제버거 체인점이 있는 정도였는데 매직은 미국에서나 먹을 수 있는 다채롭고 새로운 수제버거를 제공하고자 했다.

  그는 1) 패티를 직접 갈아 당일 소진하고 2) 패티의 굽기를 스테이크 먹듯 레어, 미디엄, 웰던으로 선택할 수 있게 했으며 3) 숯불로 굽되 숯은 최상급인 아르헨티나산 케브라초 숯을 쓰며 3) 시그니처 품목은 고추의 맵기 역시 강, 중, 약으로 조절하게 하였다. 여기에 토핑으로 계란, 치즈, 베이컨 등을 또 선택할 수 있으니 손님 입장에서는 다양한 선택을 통해 자신만의 굽기, 맵기 조절이 가능한 숯불 수제버거를 만들어 먹을 수 있었다. 물론 만드는 사람에게는 반대의 상황이다. 패티 굽기를 매번 조절해야 하고 맵기 역시 매번 조절해야 한다. 주문받는 쪽에서는 주문 내용이 복잡해서 오래 걸리고, 주방에서는 버거 하나하나를 일일이 체크해야 하니 로드가 걸린다. 하지만 고객 입장에서는 맛도 만족도도 엄지였다. 외국에 나가 먹은 어떤 수제버거 못지않고 다채로운 선택의 즐거움도 주었기 때문이다.

가게 초반은 '개업 빨'로 장사가 곧잘 되었다. 친구는 오전 11시에 오픈해 점심 장사를 하고 브레이크 타임 없이 저녁 11시까지 가게를 열었다. 상당히 고된 일정이었음에도 기합이 제대로 들어 열심히 가게를 운영했다. 나는 이삼 일에 한 번 가게에 지인을 데려가거나 혼자 찾아가 지인 할인 가격으로 버거를 먹곤 했다. 저녁에 손님이 많을 때면 스스럼없이 일어나 서빙이나 설거지를 도와주기도 했다. 당연히 글 쓰는 고통보다 가게에서 몸을 써 일하는 노동이 훨씬 편안한 기분이었다.

친구의 가게 이야기가 길어지는 이유는 이곳이 내 전업 작가 생존기 시즌 2의 핵심이기 때문이다. 비교적 안정적이던 일감이 떨어지고 다시 생계를 고민하던 찰나에 친구가 연 페퍼그릴은 내게 큰 버팀목이 되어 주었다. 글쓰기는 글쓰기만으로 이뤄지지 않는다. 생활에 닿아 있고 사람에 닿아 있다. 글쓰기를 안정시킬 생활이 필요하고 글쓰기를 안정시키는 걸 도와줄 사람이 필요하다. 친구는 다시 한번 내게 '마술'이 되어 주었다. 한마디로 비빌 언덕이었다.

페퍼그릴은 슬슬 맛집으로 알려졌고 외국인 단골도 여럿 생겼다. 와서 먹어 본 지인은 물론 손님들 모두 빈말이 아닌 진심으로 친구의 음식을 칭찬했다. 하지만 수제버거를 아무리 좋아해도 한 달에 한두 번 방문이 전부였기에 결국 가게가 위치한 홍대 상권을 고민하지 않을 수 없었다. 좋은 재료와 다양한 메뉴, 토핑으로 인기가 있었으나 경영에는 부담이 되는 요소들이었다. 하지만 가격을 올리기에 홍대 상권은 가로수길이나 청담동이 아니었다. 결국 친구는 용단을 내렸다.

대학 상권에선 오직 술이다! 한번의 시행착오로 깨달은 교훈을 바탕으로 친구는 신선한 생맥주를 제공하는 법을 연구한 뒤 페퍼그릴을 맥줏집으로 바꿨다. 이름하여 펍원(Pub One). 한 가지 맥주만 팔고, 한 가지 안주만 팔고, 사장 혼자 일한다는 모토로 그는 새 가게를 꾸렸다. '잘 관리한 맥스 한 잔 열 아사히 안 부럽다'는 말이 돌 정도로 특히 생맥주 관리에 힘을 기울였다. 안주는 끓인 맥주에 데친 비어 소시지 하나. 그야말로 순발력 있는 사업 전환이었다. 맥주 하나에 안주 하나까진 좋았지만, 혼자 일하는 건 반대였는데… 내가 할 일이 없어졌기 때문이다.

맥줏집 오픈 첫날, 느지막한 오후 작업실 동료 번역가 선배와 펍원으로 향해 개시 손님이 되어 주었다. 다른 지인도 한두 테이블을 차지했다. 그런데 곧 손님이 손님을 불렀다. 지나가던 대학생이나 일반인들이 새로 생긴 맥줏집에 관심을 보이고 속속들이 들어오는 것이 아닌가! 나는 만면에 미소를 띤 채 술자리를 박차고 일어나 혼자 끙끙대는 사장을 도왔다. 혼자 어떻게 일하겠다고 그랬냐? 나는 맥주를 나르고 주문을 받고 설거지를 하며 그렇게 다시 내 보직을 차지했다.

친구의 맥줏집은 대박이 났다. 냉각기를 통하지 않고 맥주 냉장고에 저온 숙성되었다가 신선하게 제공되는 펍원의 맥스는 지금 생각해도 목구멍까지 시원해진다. 게다가 미세거품기를 통해 만들어진 크림 같은 거품이 맨 위를 채우니 거품 좀 많이 따라 달라는 손님이 생길 지경이었다. 당시 크림생맥주 유행을 선도한 게 바로 펍원이었고 곧 펍원은 맥덕들의 성지가 되었다.

그즈음 나는 합정동에서 성산동으로 이사를 갔는데, 낮에 집에서 글을 쓰다 친구의 가게로 출근하러 홍대까지 걸어가던 그 오후들을 잊을 수가 없다. 즐거웠다. 친구에게 도움도 되고 용돈도 벌고. 무엇보다 그 노동은 이전 다른 알바들처럼 글 작업을 방해하지 않아 좋았다. 작가는 책상에 붙어 지내는 시간이 많기에 가능하다면 매일 일정 시간 육체노동을 무리하지 않는 선에서 해 주는 게 좋다고 생각한다. 육체를 쓰며 잠시 머리를 쉬게 해 주어, 꼬이고 엉켜 있는 창작의 매듭을 느슨하게 해 줄 필요가 있다. 동인천 시절에는 내 글을 쓰느라 골머리를 앓았고, 외주 원고인 남의 글을 써 주느라 또 골치가 아프곤 했다. 그러다가 밸런스가 무너지고 말았고 결국은 노트북을 접지 않았던가.

그렇게 친구의 가게에서 일 년 남짓 알바를 하며 시절을 버텼다. 한편으로 오리지널 시나리오에 대한 의지가 넘쳐흘렀다. 〈명감독 백대일〉과 〈조선흡혈잔혹사〉 모두 파트너의 아이템에서 출발한 작품이었고, CJ 개발작가는 아이템 자체가 회사에서 제공되는 것이었으며, 작가팀 작업 역시 감독님의 아이템에서 출발한 것이었다. 그리고 보니 줄곧 타인의 아이템을 써 주고 있었다. 타인의 아이템, 타인의 기획, 타인의 이야기를 받아 시나리오로 완성해 주는 일을 4년째 해 오고 있었던 것이다. 유일한 내 오리지널인 소설 〈유령작가〉는 여전히 공모전에서 고배를 마시고 있었고 지원 사업 등에 낸 시놉시스나 트리트먼트는 내 아이템이긴 하나 영양가가 없거나 덜 익은 기획이었다 (그랬으니 떨어졌겠죠!).

2002년 습작 지옥 1년 동안 세 편의 오리지널 시나리오를 썼고 하나는 만화 스토리로 개작해 당선도 되었다. 나머지 두 편도 영화사에서 관심을 보일 정도는 되었다. 이는 내 아이템 기획이 엉망은 아니라는 뜻인데…. 나름 분석을 해 보니 아이템을 숙성시켜 작업할 '시간'이 문제였던 것이다. 덜 숙성된 상태에서 공모전에 내고 탈락하면 접어 버린 기획들이 아깝고 안타까웠다. 하지만 이제 시간을 들여 물을 끓여야 했다. 100도로 펄펄 끓는 물만이 재료를 요리로 만들 수 있다는 사실을 깨달았다.

무엇보다 나만의 아이템이란 내가 정말 하고 싶은 이야기가 아닌가. 내 코드와 취향과 목소리를 관객에게 잘 전달해 공감을 얻는 것, 이것이 시나리오 작업의 기쁨일진대, 너무도 먼 길을 돌아온 것 같았다. 나만의 오리지널 아이템을, 제대로 된 기획부터 완성까지 철저히 수행해 보자. 이후 곧바로 몇 가지 아이템을 지인들에게 피칭한 뒤 무엇이 가장 경쟁력이 있을지, 어떤 게 가장 개발해 볼 만할지 피드백을 받았다. 그리고 하나를 선정해 써 나가기 시작했다.

오리지널 작품을 쓰는 자는 결국 자신과 만나게 된다. 이 작품은 내가 어떤 작가인지 어디에 있는지를 정확하게 알려 주고야 만다.

오리지널 : 당신은 오리지널이 있는가

　　　　이것은 대한민국이 최초로 참가한 올림픽에 대한 이야기입니다. 청년 손기정이 일장기를 달고 금메달을 딴 1936년의 베를린 이후 올림픽은 2차 대전의 포화 속에 두 차례나 취소됩니다. 그리고 1948년, 12년간 열리지 못했던 올림픽이 런던에서 개최됩니다. 우리나라는 미군정 시절이었음에도 해방된 독립국가 '코리아'를 알리고자 참가를 결정하고 국민적 힘을 모으게 됩니다. 올림픽 후원권(대한민국 최초의 복권)이 발행되고, 선수들도 대한민국 첫 국가대표란 자부심을 품고 훈련했으며, 출국 일엔 덕수궁에서 시민 환송 대회까지 열렸습니다.

　　　　총 67명으로 구성된 대한민국 첫 올림픽 대표 선수단은 기차와 배, 비행기를 번갈아 타며 부산-후쿠오카-요코하마-홍콩-방콕-카라치-카이로-암스테르담-런던에 이르는 19박 20일의 여정을 거쳐, 마침내 런던에 입성합니다. 여정 중에도 훈련을 해야 했기에 선실에서 역기를 들고, 갑판을 돌며 마라톤 훈련을 하고, 홍콩에서는 현지 대표팀과 축구 연습경기(대한민국 최초의 A매치)를 갖기도 합니다. 이윽고 런던 웸블리 경기장에서 열린 올림픽 개막식에서 대한민국 선수단은 태극기를 앞세운 채 올림픽 무대에, 국제 사회에 신생국으로서 첫선을 보입니다.

이 이야기는 1948년, 런던 올림픽 대한민국 선수단의 일원이었던 한 기자를 중심으로, 그와 선수들이 나눈 열정과 감동의 기나긴 여정을 보여 줍니다. 승리와 애국심에만 몰입하기보다는, 낯설고 힘겨운 도전에 나선 해방 조국의 청년들, 그들 하나하나의 싸움을 유쾌하고 진지하게 보여 주고자 합니다. 그리고 2012년 여름, 런던 올림픽이 다시 우리를 찾아옵니다. 60년이 넘는 세월, 그동안 우리는 얼마나 변했고 또 얼마나 여전한지를 살펴보며 감동할 수 있는 그런 작품이 되기를 희망합니다.

베이징 올림픽이 끝날 때쯤 차기 올림픽인 런던 올림픽에 대한 한 신문 기사에서 이 아이템을 떠올렸다. 19박 20일에 걸쳐 런던에 갔다고? 컨디션은 다 망가졌겠군. 그럼에도 마라톤과 권투, 역도 등에서 메달을 기대했다고? 미쳤군. 그런데 정말

메달을 땄다고? 대단하네. 역시 스포츠 강국 대한민국. 처음엔 그렇게만 생각했다. 하지만 2009년 여름 〈국가대표〉의 흥행 성공에 고무되어 스포츠 휴먼 드라마를 쓰고 싶어질 찰나 이 기사가 다시 떠올랐다. 워낙 스포츠를 좋아하고 당시 하프마라톤까지 뛰던 시기라 마라톤팀을 중심으로 해서 이 이야기를 시나리오로 써 보고 싶었다. 하지만 1948년의 런던을 재현하는 것부터 제작상 예산이 많이 드는 어려운 프로젝트임이 분명했다.

그런데 살펴보니 2012년 런던에서 올림픽이 다시 개최될 예정이었고 그때 이 작품이 개봉하면 시의적절한 기획이 될 수도 있겠나고 여겨졌다. 그리고 업계에서도 점점 텐트 폴(tent pole) 영화˙를 찾고 기획하는 추세였기에 이야기만 단단하면 한번 도전해 볼 만하다고 생각했다. 무엇보다 자료를 조사하다 보니 재미있는 이야기가 너무 많았다. 손기정이 코치임에도 떠밀리다시피 기수가 되어 런던 웸블리 경기장에 앞장서 입장한 것이나, 역도의 노장 김성집은 전성기 시절 8년간 올림픽이 안 열려 기회를 못 찾다가 마침내 참가할 수 있게 되었고 동메달을 따 대한민국에 첫 메달을 안겨 줬다는 점도 흥미로웠다. 특히 남과 북, 좌익과 우익으로 대립과 갈등이 첨예하던 미군정 시

˙ 텐트 폴 영화. 유명 감독과 배우, 거대 자본을 투입해 제작하는 흥행이 확실한 상업영화를 이르는 말. 영화사 입장에서는 수익을 보장해 주는 영화기 때문에 한 해 사업 계획의 지지대 역할을 해 준다.

절임에도 올림픽 출전에 대한 의지만으로 한 배를 타게 된 사람들의 모습이 어떠했을지 궁금했다.

미국 범죄소설계의 마스터 도널드 웨스트레이크는 《뉴욕을 털어라》의 〈작가의 말〉에서 "나 자신도 내용이 어떻게 될지 궁금해 계속 쓰다 보니 이 소설을 완성하게 되었다"고 밝힌 바 있다. 나 역시 점점 궁금해졌다. 과연 1948년 대한민국 그 혼란의 정국 속에서 어떻게 똘똘 뭉쳐 올림픽 출전을 꿈꿀 수 있었을까? 19박 20일간의 여정은 얼마나 고됐을까? 그리고 그 모든 걸 기록한 사람이 혹시 있지 않았을까?

그래서 캐릭터 하나를 떠올렸다. 그는 대한민국 최초의 하계 올림픽 출전 과정을 기록하려는 기자다. 사실은 올림픽이라는 특수를 노리고 한탕 치려는 사기꾼이지만 말이다. 대한민국 최초의 복권인 올림픽 후원권을 위조해 판매하고 대한민국 최초의 스포오-츠 신문을 창간한답시고 투자금을 받아먹으려는 사기꾼. 그는 투자자들 앞에서 기자로 사칭하기 위해 런던행 배에 올랐다가 내릴 타이밍을 놓쳐 의도치 않게 배에 남겨진다. 그리고 어찌어찌하다 보니 진짜 기자로 오해받게 되고⋯. 우여곡절 끝에 런던에 가기로 마음먹는다.

스포츠 영화에서 선수가 주인공이 아니란 건 큰 단점이 될 수 있지만 나는 구애받지 않고 기자가 주인공인 이야기에 도전해 보기로 했다. 그 시절 선수들과 선수단을 바라보고 기록할 수 있는 입장의 기자 캐릭터가 이 방대한 이야기를 잘 전달해 줄 수 있다고 생각했다. 단점을 보완하기 위해 나는 기자와 교분을 나누는 마라톤팀의 서브플롯 그리고 동료 기자인 여주인공 캐릭터의 서브플롯을 강화해 주인공이 혼자 겉돌지 않게 장치했다.

이를테면 진짜가 되는 것에 대한 이야기를 하고 싶었다. 가짜 기자가 진짜 기자가 되는 이야기이고, 미군정 아래 정식 국가로 인정받지 못하던 대한민국이 런던 올림픽을 통해 진짜 국가로 알려지게 되는 이야기. 이렇게 캐릭터와 대주제까지 정해지자 이야기는 힘을 받았고, 자료 조사를 마치자마자 서슴없이 이야기는 달리기 시작했다. 19박 20일간 긴 여정을 떠나는 올림픽 대표팀처럼 2010년의 어느 날 나 역시 이 방대하고 긴 이야기의 배를 띄워야 했다.

친구의 가게에서 일하며 꾸준히 썼다. 이 작품만 쓰며 그해를 넘겼고 다음 해인 2011년 봄에 3고를 뽑았다. 3고를 마친 날을 정확히 기억한다. 밤을 꼬박 샌 뒤였고 뿌듯함에 냉장고에 있는 캔맥주를 꺼내 동 트는 해를 바라보며 비운 기억. 나는 이미 런던에 다다라 있었고 누가 뭐라고 하든지 내 안에서 시작한 온전한 하나의 이야기를 시나리오라는 형식에 담아냈다는 충만감으로 가슴이 벅찼다. 설령 작품이 영화로 완성되지 못해도 나는 이 이야기를 쓸 수 있어 흡족했다고 말할 자신이 있었다.

서둘러야 했다. 2012년 여름에 런던에서 올림픽이 열린다.

적어도 2011년에는 영화 제작이 구체화되어야 2012년 런던 올림픽 특수를 노릴 수 있다. 마치 1948년 런던 올림픽 특수를 노리는 주인공 캐릭터처럼, 나 역시 런던 올림픽 개막을 염두에 두지 않을 수 없었다. 더 이상 런칭을 미룰 수 없다고 판단한 나는 시나리오를 돌렸고 머지않아 답들이 돌아왔다. 큰 회사들은 이미 큰 라인업들이 있다고 했고 작은 회사들은 자신들이 감당하기엔 너무 큰 프로젝트라고 했다. 어떤 감독은 왜 선수를 주인공으로 하지 않았냐고 충고해 주었고 어떤 피디는 이 프로젝트를 제작할 수 있는 사람은 대한민국 스타 감독이나 스타 제작자다, 다 해서 열 명도 안 된다며 그런 사람들은 자기 프로젝트로 바쁘니 어려울 거라 일침을 놓았다.

역시 쉽지 않았다. 쓰라렸다. 거의 일 년을 온전히 이 작품에 쏟아부었는데 결국 아무런 수확도 거둘 수 없었다. 잘못된 기획이었던가? 어리석은 도전이었던가? 계속 자책이 들었다. 그럴 때마다 내가 쓴 〈1948, 런던〉을 다시 읽어 나갔다. 더 고칠 게 없는지, 근본적으로 수정되어야 할 큰 문제가 무엇인지, 그럼에도 지켜야 할 좋은 점은 무엇인지.

있다. 고칠 건 언제든지 있다. 시간이 없고 기회가 없을 뿐이다. 그렇다면 이 이야기는 언제 마무리되어야 하는 것인가? 그때 나는 깨달았다. 이 이야기를 같이 끌고 가 줄 사람들을 만나지 못한다면, 내가 마무리 짓는 그 순간이 끝이란 걸.

깨달음 이후 〈1948, 런던〉을 더 고칠 것인가 말 것인가를 조금 더 고민한 뒤, 마무리 짓기로 했다. 그러자 그동안 쓰고도 영화화되지 못한 작품들이 마치 죽음을 앞둔 사람에게 나타난다는 생의 하이라이트 필름처럼 스쳐 지나갔다. 〈철없는 녀석들〉, 〈실험인간지대〉, 〈런 포 유어 라이프〉, 〈명감독 백대일〉, 〈조선흡혈잔혹사〉 그리고 회사와 작가팀에서 작업한 수많은 아이템… 여기에 〈1948, 런던〉이 추가되는 것인가.

추가되었다. 하지만 내가 얻은 교훈은 컸다. 그것은 자신감이었다. 내게 시간이 있고 그 시간 동안 내가 원하는 단 하나의 이야기를 쓸 수 있다면, 그 이야기만큼은 충분히 내 것으로 만들 수 있다는 자신감. 그리고 그 하나의 이야기야말로 나만의 단단한 세계란 걸 깨달았다. 비록 팔리지 않더라도, 인기를 끌지 못하더라도, 쉽게 깨지지 않는, 내가 창조한 하나의 세계라는 믿음을 얻었다. 나는 작가다. 내가 원해 쓰는 건 내 것으로 온전할 것이다. 그걸 사 주고 사랑해 주고는 당신들 몫일 뿐이다.

온전한 한 세계를 그려 보지 못하면 그러한 자신감은 생기지 않는다. 〈1948, 런던〉 덕분에 나는 충만한 자신감과 작가로서 자존감을 갖게 되었다. 무명작가였고 안 풀리는 작가로 종종 아니 자주 주눅 들기 일쑤였다. 어디 가서도 작가라고 말하기가 민망했고 쓴 작품을 (딱히 거론할 것도 없어서) 말하기도 애매했다. 하지만 이 스포츠 휴먼 드라마를 쓰고 나서 당당해졌다. 개봉작 없다. 히트작 없다. 그럼에도 난 5년째 전업 작가 생활을 해 오고 있지 않은가? 잘나가는 작가가 계속 쓰는 건 쉽지만, 못 나가는 작가가 계속 쓰는 거야말로 진짜 대단한 것 아닌가? 적어도 그만의 세계는 있다는 거니까.

2020년 도쿄 올림픽이 코로나로 연기되었고 2012년 런던 올림픽은 한참 전의 과거에 다름 아니며 〈1948, 런던〉은 여전히 팔리지 않고 있다. 괜찮다. 할리우드의 유명한 스토리 컨설턴트 존 트루비는 이런 말로 작가들에게 용기를 주었다.

> 인생을 바꿀 시나리오를 써라. 그것을 팔지 못하더라도 최소한 당신의 인생은 바뀌었을 것이다. *

그의 통찰 넘치는 격언처럼 〈1948, 런던〉은 제대로 된 내 첫 오리지널이었고, 오리지널을 품자 인생이 조금은 달라진 느낌이었다.

그리고 이 작품은 내 포트폴리오를 갱신시켰고 마침 새로운 작가를 찾는 프로듀서 한 분에게 보내진다. 프로듀서는 강제규 감독님의 새 프로젝트를 위한 작가팀을 꾸리는 중이었다.

• 윌리엄 에이커스, 《시나리오 이렇게 쓰지 마라!》, 서해문집.

궁금증 :
스토리의 비밀,
세상사의 비밀

매년 여름의 절정기인 7월 말이 되면 음악감독에게서 전화가 온다.

"잘 지내셨나요? 요번에 가실 거죠."

"물론이죠."

대화는 간결하게 끝나고 우리는 8월 초에 만난다. 그의 차로 평택의 한 추모공원으로 향한다. 막걸리와 담배 클라우드 나인 그리고 작은 꽃 한 송이를 들고.

그러기를 올해로 10년째다. 2020년 기일이 어느새 10주기다. 노 샘이 돌아가신 그 뜨거운 여름이 얼마 안 지난 것 같고 언제라도 옆에서 말꼬리를 잡으실 것 같은데, 그는 이제 아니 한참이나 부재중이다. 여전히 믿을 수 없는 그의 죽음. 삶의 허무함과 인생의 쓸쓸함에 나는 자꾸만 뒤척인다.

음악감독은 나와 동년배로 그와 나는 모두 노 샘에게 빚진 게 있다. 출판사 시절 노 샘은 나를 발탁했고 자신과 함께 시나리오를 쓰자고 했다. 나는 흔쾌히 응했고 출판사에서 4년간 행복하게 책밥을 먹을 수 있었다. 음악감독 역시 출판사의 여러 프로젝트에 참여하고 도움도 받고 했기에 노 샘에게 각별한 마음을 갖고 있었다.

우리는 매년 같이 혹은 따로 노 샘의 기일에 납골함 아래 선다. 처음 그와 같이 간 2011년의 여름이 생각난다. 1주기였고 이루 말할 수 없는 더위가 추모공원 특유의 서늘함마저 잠식하고 있었다. 나는 막걸리를 대신 마셔 드렸고 음악감독은 담배를 대신 피워 드렸다. 그를 추모하는 건 잠시 그가 되어 보는 것이다. 노 샘은 나와 음악감독에게뿐 아니라 수많은 사람에게 기쁨과 웃음, 영감을 준 사람이다. 나는 그를 통해 이야기의 비밀을, 세상사의 비밀을 한 가지씩 훔쳐 볼 수 있었다. 이제부터 그 이야기를 할 생각이다.

그는 대체적으로 나른했고 마음 가는 대로 살았다. 만화방이 청소년은 물론 성인들의 최고 휴식처이던 80년대, 그는 잘나가는 만화 스토리 작가였다. 당시 만화 스토리 작가는 대기업 부장급 월급을 벌 정도로 벌이가 좋은 직업이었다. 그는 허영만의 《담배 한 개비》, 《2시간 10분》 등을 작업했고 전설적인 SF 만화 《기계전사 109》의 작가이기도 했다. 이후 90년대에는 고행석의 《불청객》 시리즈를 집필했는데 한번은 그에게 불청객 시리즈 어떤 편을 쓰셨냐고 물었더니 이렇게 대답했다.

"그 많은 걸 어떻게 다 기억하냐? 그냥 시리즈 중 재밌는 건 다 내가 쓴 거라고 보면 돼!"

2000년대 들어 그는 영화 시나리오에 도전했지만 좀처럼 잘 되지 않았고 그러던 중에 나를 만나서 의기투합했다. 하지만 도움을 줄 줄 알았던 나는 출판사 정직원이 되어 버렸고 그는 홀로 시나리오를 쓰는 둥 마는 둥 했다. 시나리오를 쓰셔야 제가 봐 드리죠, 하면 그는 같이 안 쓸 거면 말도 말라며 술잔을 건넬 따름이었다. 지금 생각하면 눈 질끈 감고 그의 작품을 써 줬어야 하지 않았나 하는 생각도 든다. 하지만 그는 내가 쓴 자기 작품에 결코 만족하지 않았을 거란 점에서 굳이 그럴 필요가 없는 일이었으리라는 생각이 든다.

그와는 여행을 많이 다녔다. 합천, 남해, 도쿄, 앙굴렘, 속초, 제주도…. 그에게 낚시도 배웠고 맛있는 음식을 찾아 먹는 법도 배웠다. 그는 날 때로는 조카 취급, 때로는 동생 취급, 때로는 친구 취급했고 난 그를 작가 선배이자 스승으로 생각했으나 종종 친구 같다 느꼈다. 그는 매사에 권위가 없었고 자기 풍자에 능했으며 사람들의 위선을 못 견뎌 했다. 아이처럼 자신이 좋아하는 것이라면 보고 싶어 하고 지키고 싶어 했다.

술을 많이 마셨지만 애주가는 아니었다. 그가 마시는 술은 화풀이 같기도 하고 대화 같기도 했다. 술을 마셔야 사람들에게 자기 푸념도 하고 농담도 짙어지는 수줍은 사람이었다. 대학로, 홍대 밤거리를 함께 다니며 새 술집을 찾고 헌 술집을 또 찾고 사무실로 돌아와 사무실을 술집으로 만들곤 했다. 그와 술을 마시며 이야기를 나누다 보면 세상 걱정은 다 쉽게 해결될 것 같았고, 과거 만화계 이야기부터 해서 자신이 살아온 이야기를 풀어놓을 때면 녹취해서 자료로 남겨야 하지 않을까 하는 생각이 들 정도로 그는 천부적인 이야기꾼이었다.

2009년 합정동에 집을 잡고 나서 보니 노 샘이 옆 동네 망원동 옥탑에서 지내고 계셨다. 동인천 시절에는 자주 인사도 못 드렸던지라 종종 자전거를 타고 지금은 망리단길이 된 그 거리를 달려 그의 옥탑을 찾곤 했다. 그의 작업실이자 거처였던 옥탑방에 술과 안주를 사 들고 가 이런저런 이야기를 하며 옥탑 마당 너머로 지는 노을을 바라보곤 했다. 때로는 함께 광장으로 나가 광우병 촛불 집회에 참가하기도 했고 때로는 망원시장에서 부침개에 막걸리를 마시기도 했다. 당시 노 샘은 집필을 할 수 없는 상태였는데 그럼에도 무어라도 써 보고자 애를 쓰고 계셨다. 나 역시 잠시 다닌 출판사를 그만두고 다시 막막한 전업 작가 생존기를 시작하던 상황인지라 딱히 도움을 드리기도 뭣한, 드릴 수도 없는 형편이었다. 그리고 그도 나도 안다. 글은 결국 혼자 쓰는 거라는 걸. 그가 내게 내보인 괴로움을 안다. 오랫동안 쓰지 않아 굳어 버린 자신의 필력을 끌어낼 수 없음에, 작가로 재기하는 것이 마음처럼 안 된다는 사실을 인정할 수밖에 없음에, 그는 안타까워했고 괴로워했다.

이제 짐작하는 분들도 계시리라. 내 데뷔작《망원동 브라더스》의 싸부, 세 번째 소설《고스트라이터즈》의 오진수는 모두 그의 잔영에 다름 아니다. 싸부의 허허실실과 오진수의 촌철살인 모두 내 안에서 소화된 그의 모습이다. 특히《고스트라이터즈》는 그가 들려준 만화계의 여러 풍문 속에서 태어났고《망원동 브라더스》는 그의 옥탑을 드나들다 떠오른 아이템이다. 나는 한번도 망원동에 살아 본 적이 없다. 그의 옥탑이 거기 있었을 뿐이다.

싸부는 정답을 말하진 않지만, 오답으로 사람들을 즐겁게 할 수 있는 사람이다.

《망원동 브라더스》에 나오는 문장이다. 이것이 정확히 그를 대변한다. 노 샘은 늘 그랬다. 여유로운 뻔뻔함을 지닌 채 유쾌한 거짓말을 남발했다. 그런데 그 유쾌한 거짓말이란 게 돌고 돌아 내게 어떤 진짜를 떠올리게 하고, 나는 그럴 때마다 그를 존경 어린 눈으로 바라보았다. 그럼 또 우쭐해하며 오버가 가득한 구라를 펼치시는데, 이번엔 반응이 안 좋아 주위가 썰렁해지면 맹렬히 수줍어하셨다.

"까라 그래. 내가 쓰는 만화 스토리는 딱 하나야. 자고로 스토리는 재밌어도 안 되고 웃겨도 안 돼."

"뭐라고요?"

"재밌는 것도 웃기는 것도 다 필요 없다고."

"그럼 뭔데요?

"궁금해야 돼."

"예?"

"궁금해야 된다고. 만화책 아무리 재밌어 봐, 〈무한도전〉 하면
책 던져 버린다. 웹툰 아무리 웃겨 봐, 여친 카톡 오면 창 닫고
카톡질한다. 근데 궁금하면? 궁금하면 카톡 씹고 본다고. 〈무
한도전〉? 재방송으로 보고 만화책 붙잡는다. 핵심은 뭐야? 궁
금할 것! 뭐든 이야기는 궁금해야 하는 거라고."

《고스트라이터즈》 속 이 대사 역시 노 샘의 말이다. 그는 세
상에 재밌는 게 참 많아서 궁금하지 않은 만화책은 언제라도
던져 버려질 수 있다고 말했다. 만화 스토리 수백 편을 쓴 그
의 통찰이었다. 깜짝 놀라는 나에게 그는 뭘, 그 정도 가지고,
라는 듯한 눈길을 보내고는 먼 산을 바라보았다. 이것이 그가
내게 알려 준 스토리의 비밀이다.

세상사의 비밀은 그가 언젠가 이야기해 준 소박한 에피소드
일 따름인데, 그가 해 준 이 이야기는 내 마음속에 꽤 깊게 자
리 잡고 있어, 우리의 부박한 일상에 이런 일도 있기를 희망하
게 만든다.

노 샘이 제주도에 기거하던 시절, 나를 호출했다. 제주도엔 멋진 옷이 없으니 홍대에서 몇 벌 사서 날아오라 그랬다. 마침 휴가 기간이어서 제주도로 갔고 그는 내가 사 온 옷을 입고 서울 건달처럼 제주 시내를 활보했다. 그날 밤 그는 내게 갈치회를 사 줬는데 생전 처음 먹어 본 살살 녹는 갈치회에 소주 속 알코올도 녹는 듯했다. 내가 안부를 묻자 그는 제주도에서도 글이 잘 안 써진다며 낚시만 했다고 밝혔다.

"낚시해서 고기 잡으면 어떻게 했어요?"

내 물음에 그가 담담히 말했다.

"방파제에서 낚시를 해. 고기가 잡히면 모아 뒀다가 처음엔 놔줬어. 근데 방파제 뒤로 횟집이 하나 있더라고. 그래서 다음 날부터는 잡은 고기를 거기 갖다 줬어. 그렇게 며칠 했더니 어느 날 부르더라고. 와서 저녁 드시라고. 그래서 고기 잡아 갖다 주고 밥 먹고 그렇게 지냈어."

참고로 그는 낚시를 꽤 잘한다. 그런 그가 잡은 고기를 그냥 다 줬으니 횟집에서 밥을 차려 줄 만도 하다. 그가 말한 이 상황은 단편영화처럼 내 머릿속에서 드문드문 떠오른다. 마치 그라는 이야기가 내 속에 자리 잡았다는 것을 증명이라도 하듯이. 그는 마냥 낚시를 했고 그냥 밥을 대접받았다. 어떠한 장치나 계획이 없다. 그냥 그런다. 그렇게 주변과 살아갔다.

그는 그렇게 살며 새로운 이야기를 계획했다. 하지만 계획이 어울리지 않는 사내에게 그런 이야기는 계속 주어지지 않았다.

그 대신 내가 바통을 이어 받아 꽉 쥐고 오늘도 쓰고 있다. 그를, 그의 몫을.

일희일비 :
희망과 절망의
롤러코스터

〈48시간〉과 〈다이하드〉의 시나리오 작가로 유명한 스티븐 드 수자는 이런 말을 했다.

결국 문제는 기회를 줄 수 있는 사람들에게 당신의 존재를 끊임없이 인식시키고, 당신이 무엇을 할 수 있는지를 보여 주어야 한다는 것이다. 이를 위해서는 묵묵히 일하면서 때를 기다리는 것이 중요하다. 그것은 의도적으로 되는 것이 아니다. 내 경우에는 〈볼링 포 달러〉의 일이 〈바이오닉 우먼〉의 일로 연결되었고, 그런 과정을 통해 빠르게 도약하여 에디 머피와 함께 일하게 되었다. 다만 나도 모르는 사이에 그런 일들이 일어났을 뿐이다.˙

스티븐이 묵묵히 일하다 자신도 모르는 사이에 당대 최고의 배우 에디 머피를 만난 것처럼 나 역시 내 것을 쓰고 보여 주고 어필하려 애쓰다 보니 자연스레 기회를 얻게 되었다. 2011년 여름, 김용화 감독님 작가팀에서 함께 일했던 유 피디에게서 전화가 왔다.

"김 작가님. 강제규 감독님이 차기작 작가팀을 꾸리는데 한번 지원해 보시겠어요?"

오 마이 갓! 나는 현실로 터져 나오는 탄성을 꾹 누른 채 지원에 응했다. 유 피디는 나를 추천하겠다며 사기, 강탈, 액션이 키워드인 프로젝트이니 그쪽 톤 앤 매너(Tone and Manner)**의 작품을 포트폴리오로 보내라고 조언했다. 다행히 내겐 사기꾼이 주인공인 따끈따끈한 오리지널 시나리오가 있었다. 나는 그에게 고마움을 표한 뒤 〈1948, 런던〉을 보냈다.

얼마 뒤 면접을 보러 간 곳이 2년 전 'J 프로젝트'를 진행했던 바로 그 삼성동 사무실이었기에 절로 마음이 편해졌다. 송 피디는 첫 만남에서 〈1948, 런던〉을 재미있게 읽었다고 밝히며, 다만 이 작품이 영화화되기는 쉽지 않을 테니 강 감독님의 프로젝트에 작가로 합류할 것을 제안했다. 당연히 수락했고, 초가을 강제규 감독님의 새 프로젝트팀에서 작가로 일하게 되

• 칼 이글레시아스, 《할리우드에서 성공한 시나리오작가들의 101가지 습관》, 경당.

•• 톤 앤 매너. 그 영화가 추구하는 분위기와 스타일을 뜻한다.

었다.

당시 강제규 감독님은 장동건과 오다기리 죠 주연의 한중일 합작 영화 〈마이웨이〉의 촬영을 마치고 연말 개봉을 목표로 후반 작업을 하고 있었다. 차기작인 'L 프로젝트'도 준비 중이었다. 프로젝트팀은 강제규 감독님과 피디 하나, 조감독 하나, 그리고 두 명의 작가로 구성되었는데 앞서 나를 면접한 송 피디와 전 조감독은 모두 〈마이웨이〉 때부터 감독님과 호흡을 맞춘 사이였다. 그리고 작가로 나와 다른 한 명이 발탁되었는데, 송 피디가 처음 그 작가에 대해 말할 때 나는 잠시 당황해 말문이 막힐 수밖에 없었다.

"같이 일하실 작가분은 〈괴물〉 작업하신 분이에요."

"〈괴물〉요? 봉준호 감독 〈괴물〉 말입니까?"

"예."

"……."

거침없는 민망함이 감돌았다. 팀에서 제일 중요한, 함께 손을 맞춰야 할 동료 작가의 대표작은 〈괴물〉인데 나는 딱히 크레딧이 없는, 〈이중간첩〉에 참여한 것이 이력의 전부였기 때문이었다. 내 당혹감이 느껴졌는지 송 피디는 두 분 나이도 같고 잘 맞으실 거예요, 라며 격려를 해 주었지만 그럼에도 크레딧이 너무 차이 나 부담되는 게 사실이었다. 그리고 얼마 뒤 마치괴물이 모습을 드러내듯 천만 영화의 시나리오 작가가 내 앞에 등장했다.

그의 첫인상은 스마트함이었다. 하여간 무지 똑똑해 보였다. 안경 너머로 마치 《삼국지》에나 나올 것 같은 책사의 눈빛이 빛났고, 단정한 옷차림과 평범한 체구는 그 안의 괴물을 숨기기 위한 위장처럼 보였다. 백철현 작가라고 자신을 소개한 그에게 나도 나를 소개했다. 그렇게 긴장 속에 백 작가를 처음 만났다. 이후로 그가 내 작가 인생에 (넘기 힘든) 벽이자 (기댈 수 있는) 벽이 되어 주리란 걸 아직 깨닫지 못한 채.

팀이 결성되자 백 작가와 나, 송 피디와 전 조감독은 본격적으로 L 프로젝트를 가동시켰다. 감독님이 제안한 기획을 바탕으로 자료 조사를 시작하고 작품의 전체 윤곽을 잡아 나가야 했다. 우리는 브레인스토밍을 하며 작품에 대해 알아 가기 시작했고, 서로에 대해서도 하나둘 알게 되었다. 〈이중간첩〉 때도 그랬고 'J 프로젝트' 때도 그랬지만 팀 작업은 팀원 서로의 스타일을 알아야 한다. 서로의 성향과 작품에 대한 태도가 어떤지를 파악하고 싱크를 맞추는 것이 매우 중요하다. 출근이 시작되고 함께 생활하며 참고할 작품들을 나눠 보고 영화에 대한 여러 감상도 나누다 보니 어느새 상대방의 스타일을 파악할 수 있었고, 무엇보다 세 명 모두 막힘이 없고 마음이 열려 있어 팀 작업에 시너지가 있으리란 믿음이 생겼다. 나와 동갑이지만 아이 둘의 아버지였던 백 작가는 확실히 어른스러웠다. 나는 그에게 많이 물었고 그러면 그는 재치 있게 답해 주거나 반문을 통해 질문을 곱씹을 기회를 주었다. 나는 그의 대화 방식이 마음에 들었고 사람을 재거나 우위를 따지지 않는 소탈한 성격에 마음을 놓았다.

그는 〈괴물〉의 시나리오 작가였을 뿐 아니라 〈살인의 추억〉의 연출부이기도 했기에 그에게서 내가 추앙하는 영화 〈살인의 추억〉의 후일담을 추렴해 듣는 즐거움도 컸다. 그 역시 별다른 크레딧 없이 지금까지 이 세계에서 버텨 온 내 이력을 궁금해했고, 나는 짠내 가득한 생존기를 들려주었다. 그렇게 친해졌다. 서로의 살아온 이력을, 작업해 온 영화 이야기를 나누며 팀원들 사이는 끈끈해졌다. 그리고 그 주 주말, 감독님이 미팅에 합류했다. 2년 전 'J 프로젝트' 때문에 이 사무실을 드나들 때는 눈도 잘 마주치지 못했던 감독님을 이제는 코앞에서 마주 보면서 함께 시나리오를 개발해야 하는 것이었다. 신기하고 놀라웠다. 우리 세대에게 강제규 감독님은 말하자면 스티브 잡스 같은 존재다. 한국 영화를 산업의 경지에 올려놓은 인물. 흥행불패. 한국 영화 최다 관객 동원 경신. 우리 아버지도 아는 영화감독. 뭐 더 이상의 수식어가 필요 없는 분이었다.

나는 그의 필모그래피를 온전히 목격하며 자란 사람이다. 한국 영화도 할리우드 무비처럼 만들 수 있다는 증거를 보여 준 데뷔작 〈은행나무 침대〉부터 말이 필요 없는 〈쉬리〉와 한국전쟁과 전쟁영화 두 가지를 완벽하게 다룬 당시 최고 흥행작 〈태극기 휘날리며〉까지…. 나는 그의 영화에 열광했을 뿐 아니라 그가 개척해 나간 한국 영화의 지평에서 뛰어놀 수 있는 혜택을 받은 세대였다. 〈태극기 휘날리며〉 이후 감독님은 할리우드에 진출했지만 여의치 않았고 다시 돌아온 한국에서 〈마이웨이〉를 완성하며 차기작을 준비하는 중이었다. 거기에 내가 같이하고 있는 것이다. "한 분야에서 자신이 존경해 온 사람과 함께 일하게 된 순간이 바로 성공의 순간이다"는 글귀를 읽은 적이 있다. 그렇다면 지금의 나야말로 성공한 사람이 아닌가? 아무튼 감독님을 마주하고도 마냥 이런 상념에 빠져 있었다.

감독님은 마치 오래전부터 알던 사람인 듯 내게도 백 작가에게도 편하고 따뜻하게 말을 건네셨다. 그러자 용기가 났다. 바로 이분이 나를 발탁했으니 내게도 할 수 있는 일이 있을 것이다, 해낼 수 있는 능력이 있을 것이다, 마음먹었다. 의욕이 솟자 의견도 많이 내게 되었다. 감독님이 함께한 이날 이후 프로젝트의 윤곽이 서서히 그려지기 시작했다.

백 작가와도 점점 손이 맞아 가기 시작했다. 우리 둘은 프로젝트의 초기 시놉시스를 잡아 나갔고, 송 피디와 전 조감독도 자료와 아이디어를 계속 제공하며 후방 지원을 했다. 바야흐로 팀 작업이 제 궤도에 올라선 것이다. 우리는 더욱 힘을 냈고 그렇게 석 달이 흘렀다. 시놉시스가 트리트먼트가 되고 트리트먼트가 더 정교한 트리트먼트가 될 때까지 다듬었다. 하지만 감독님은 영화 개봉을 코앞에 둔 때인지라 프로젝트에 신경을 많이 쓰기는 힘들었다.

크리스마스를 앞두고 〈마이웨이〉가 개봉했다. 예상과는 달리 관객 동원이 시원치 않았다. 크리스마스와 주말이 지나며 관객 수가 줄어들었고 결국 영화는 흥행 부진을 겪어야 했다. 영화사의 송년회는 우울했다. 프로젝트팀도 테이블 한쪽에서 아쉬움과 답답함을 느끼며 잔을 비워 나갔다. 2차 장소에서 송 피디는 백 작가와 내게 프로젝트가 종료됐음을 알렸다. 겨우 석 달이(이제 3개월이) 지났을 뿐이고 지금까지 작업 결과물이 나쁘지 않은데…. 예상보다 이른 결정이어서 백 작가와 나는 한동안 멍할 수밖에 없었다. 하지만 모두가 힘든 시기였다. 모두 쓴 술을 계속 들이켰다.

밤늦게 귀가해 뻗은 다음 날 아침이 되자 숙취를 능가하는 회한이 몰려들어 왔다. 영화는 결국 감독이 만든다. 시나리오 작가로 십 년간 십여 편의 작품을 썼지만 불운하게도 내 시나리오를 영화로 만들어 줄 감독을 만나지 못했다. 하지만 이제 고진감래 끝에 내 불운을 잠재워 줄 '끝판왕'을 만났다고 생각했다. 어제까지 감독님과 일하고 있었고 프로젝트도 팀도 만족스러웠다. 하지만 허무하게 끝나 버리고야 말았고, 나는 송년회에서 일을 잃은 외주 작가에 불과했다.

정신을 차릴 수가 없었다. 당시 유행하던 '멘탈 붕괴'라는 걸임상 체험을 하는 듯했다. 시나리오 작가 생활 내내 다양한 고초를 겪었다. 아무도 알아주지 않는 습작기를 견뎌야 했고, 오래 공들여 쓴 작품이 냉대를 받았으며, 6개월간 일하고도 돈을 못 받는 사기를 당했고, 참여하던 프로젝트에서 중도에 하차한 적도 있었다. 생활고는 말할 것도 없이 늘 허기졌고 삶의 품위나 재미는 늘 뒷전이었다. 그럼에도 영화가 좋았고 영화를 쓰는 일이 재미있었다. 힘들지만 재미있었기에 버텼고 언젠가는 기회가 올 거라고, 잘될 거라고 믿었다. 오직 의지와 오기가 날 여기까지 오게 만들었고, 그것만이 내세울 것 없는 무명작가의 유일한 장점이라 여겼다.

그러나 이제 내 안의 무언가가 무너져 내린 느낌이었다. 계속 작가로 사는 게 가능하기나 할까? 왜 나는 최고의 감독이란 분과 일해도 안 되는 걸까? 왜 나는 이렇게 불운한 걸까? 처음 쓴 시나리오가 영화가 되고 흥행도 되는 작가도 있던데 나는 왜 이런 걸까? 왜 이렇게 불공평한 걸까? 그런 의미 없는 물음들 속에 놓인 채 누구의 답도 들을 수 없는 공허의 시간이 나를 잠식하고 있었다.

그때 전화가 왔다. 백 작가였다. 그는 내 안부를 묻고는 자신도 실감이 좀 안 난다고 했다. 그러면서 짧은 기간이었지만 우리 둘의 호흡이 잘 맞지 않았냐고 물었다. 내가 동의하자 그가 말했다.

"그럼 내년에 우리 둘이 하나 해 보면 어떨까요?"

그제야 멘탈 붕괴의 싱크홀에 갇힌 내게 서서히 동아줄이 내려오는 게 보였다. 나는 그 줄을 덥석 잡았다.

시너지 :
공동 작업의
즐거움

　　　　　　　　　　2012년 1월 3일, 강남의 한 커피숍
에서 백 작가와 마주했다. 연말을 며칠 앞두고 통화한 뒤 둘
은 서로의 노트북 속에 고이 간직하고 있던 아이템 파일을 공
유했다. 그리고 새해가 시작되자마자 만나 솔직하게 느낀 점
을 털어놨다. 사극, 스릴러, 휴먼 드라마, 스포츠물 등 장르도
다양했고 시놉시스 단계, 트리트먼트 단계에 있는 것도 있었으
며, 파일 한 장으로 된 아이템과 스크랩해 놓은 기사들도 있었
다. 우리는 누구의 것인지에 구애받지 않고 냉정하게 볼 때 가
장 팔릴 가능성이 큰 작품을 뽑기로 했다. 나는 여전히 생계형
작가였고 그는 두 딸의 아버지였다. 우리는 팔릴 수 있는 작품
을 써야 했고, 함께 투자하는 필력의 기회비용을 낭비할 한 치

의 여유도 없었다.

우리가 선택한 아이템은 반 장 정도의 실화 기사와 그걸 토대로 영화 개발 방향을 정리한 세 장 정도의 문서로 묶인 백 작가의 것이었다. 시대극이었고 스포츠물이었으며, 청춘물이자 휴먼 드라마였다. 우리는 이것을 작품으로 함께 개발해 보기로 했다. 일단 1월에는 자료를 조사해 시놉시스를 쓰고 2월에는 트리트먼트를 개발해 3월에 있을 영화진흥위원회 기획개발지원 사업에 제출하는 것을 목표로 잡았다.

한창 일제 강점기인 1933년, 경성. 스물두 살 건달 김창엽은 자신의 동네인 수표교 앞에서 주먹질 판이 벌어지는 광경을 목격한다. YMCA가 주최한 '뽁싱'이라는 신문물 스포츠의 시범 행사였다. 김창엽은 다짜고짜 링에 올라가 어디서 주먹질이냐며 선수를 공격한다. 그리고 번쩍. 정신을 차려 보니 그는 기절해 있었고 그때부터 그는 권투에 대해 진지하게 생각하게 된다. 조선권투구락부에 입단해 본격적으로 권투를 배우게 된 김창엽은 역경을 딛고 조선 최고의 권투선수가 되고, 마침내 필리핀에서 열린 동아시아 대회에 출전해 금메달을 딴다.

여기까지가 실존 인물 김창엽에 대한 내용이다. 백 작가와 나는 이 김창엽이란 인물을 따라가며 그와 조선권투구락부를 중심으로 벌어지는 한 편의 스포츠 휴먼 드라마를 짜기 시작했다. 김창엽의 라이벌로 설정한 이찬수는 링에 올라 행패를 부리던 김창엽을 한 방에 잠재운 인물로, 둘은 마치 강백호와 서태웅을 연상시키는 구도를 유지하며 스포츠물에 필요한 서로의 라이벌로 성장한다. 한편으로 시대가 시대이니만큼 최고의 적은 결국 일본 선수가 될 것이고 김창엽과 이찬수, 조선권투구락부는 청춘의 주먹으로 시대의 한계를 극복하며 최고의 적과 맞서게 되는 길을 가게 된다.

조선권투구락부 관장은 말한다. 세상은 불공평해도 이 사각의 링만큼은 공정하다고. 권투엔 양반도 상놈도 없고 일본인도 조선인도 없으며, 오직 선수와 선수만 있을 뿐이라고. 이에 김창엽과 이찬수는 오직 스스로의 주먹과 의지를 믿고 링에 선다. 하지만 현실은 녹록지 않다. 일제 강점기란 시대 현실과 계급의 편견은 기울어진 링을 만들고야 말고…. 맨손을 불끈 쥔 청춘들은 그 불공정한 세상을 향해 주먹을 날린다. 이러한 설정은 지금 청년들에게도 와닿는, 충분히 젊은 관객들의 공감을 얻을 수 있는 대주제라 생각했다.

기획과 구상을 정리한 후 바로 같이 시놉시스를 써 나가기 시작했다. 협업 과정은 매우 순조로웠는데 일단 내가 먼저 시놉시스를 써서 백 작가에게 보내면, 백 작가는 그것을 다시 정리해 내게 보내 주었다. 이 공정이 효율적인 이유는 둘의 작법 스타일이 다른 데 있다. 나는 큰 그림만 잡히면 일단 이야기를 써 나가고 본다. 좌고우면 않고 이야기를 확장하고 진행시켜 어떻게든 최대한 빨리 완성하는 스타일이었다. 반면 백 작가는 큰 그림을 그린 뒤에도 계속 가늠한다. 바둑의 고수가 몇 수 몇 수까지 내다본 뒤 돌을 내려놓는 것처럼 신중하게 이야기를 짜내는 편이다. 그래서 그는 정교하지만 시간이 걸리는 편이고, 나는 빠르지만 방만한 이야기가 나오는 경우가 많았다.

모름지기 바람직한 협업 관계란 상대방의 스타일을 서로 보완해 주는 것이다. 백 작가는 나의 이야기를 뽑는 스피드와 추진력을 높이 샀고 나는 그의 정교한 이야기 배치와 편집에 감탄했다. 감독이기도 한 그는 큰 그림과 구성, 편집에 강했고, 이야기꾼인 나는 이야기를 줄줄이 사탕으로 늘어놓는 데 강점이 있었다. 그리하여 내가 먼저 이야기를 뽑아내면 그가 이야기를 정리하고 첨가하며 예각을 세웠다. 이 공정은 꽤나 효율적이었고 그와 내가 함께 좋은 작업을 할 수 있었던 이유였다.

나중에 백 작가는 내게 '팔 힘으로 쓰는 작가'라는 별칭을 붙여 주었다. 그는 프로젝트팀 시절 자신은 어떻게 쓸지 고심하는 있는데 나는 별 고민 없이 죽죽 이야기를 써 내려가는 게 신기했다고 말했다. 반면 나는 써 놓은 이야기에서 좋은 부분과 나쁜 부분을 재배치하고 객관화하는 게 약했기에, 그의 날카로운 눈썰미와 판단력에 혀를 내두르곤 했다. 좀 더 들어가 보자면 나는 도제로 시나리오 작가 일을 배워 일단 빨리 많은 원고를 뽑아 선배들에게 건넸다. 그러면 선배들은 마치 연금술을 부리듯 내가 건넨 재료를 재가공해 훌륭한 대본으로 완성해 나갔다. 그러한 공정에 익숙한 글쓰기라 나는 초고를 쓰는 게 빨랐고, 반대로 한예종 영상원에서 연출을 전공하고 봉준호 감독님의 연출부로 업계 일을 시작한 백 작가는 이야기를 바라보는 감독으로서의 관점이 출중하지 않았나 한다. 그렇게 우리는 서로의 장점을 공유해 빠르게 이야기를 궤도에 올렸다. 2월 초에 이미 트리트먼트가 나왔고 백 작가의 소개로 합류한 이 피디가 작품에 힘을 더해 주고 있었다.

3월에 우리는 영진위 기획개발 지원 사업에 작품을 제출한다. 제목은 〈경성의 주먹〉. 그리고 1차 지원에 선정되어 천만 원의 개발 지원금을 받았다. 또한 〈경성의 주먹〉은 전라북도에서 주관하는 '영화인 레지던스 제공 사업'에도 선정되어 3개월간 전라북도 순창 지역에서 숙식을 지원받을 수 있게 되었다. 지원 사업이란 지원 사업은 족족 떨어지던 내게 한 달 간격으로 들려온 선정 소식은 참으로 놀라운 일이 아닐 수 없었다. 당연히 우리가 쓴 〈경성의 주먹〉 트리트먼트와 지원서가 충실했을 것이다. 하지만 간과할 수 없는 것은 함께하는 사람이었다. 당시엔 작품 선정 기준에 작가의 이력이 반영되었기 때문인데, 크레딧이 일천한 나와는 달리 백 작가의 크레딧은 충분히 심사위원들에게 어필할 만한 것이었기 때문이다.*

결국 혼자 했으면 안 됐을 것이다. 그와 같이하고, 협업할 수 있어 일이 수월해졌다. 영화 일이란 혼자서 할 수 있는 게 거의 없음에도 어느 순간부터 나 혼자 해 보겠다고 상당 시간 발버둥을 쳐 왔다. 그제야 나는 좋은 파트너를 만난 기쁨을 만끽할 수 있었고 가장 힘든 시절 내게 손을 내밀어 주고, 작품을 함께 공유해 준 백 작가에게 깊은 고마움을 느꼈다.

우리는 트리트먼트를 가지고 순창 강천산 아래 펜션에 자리 잡은 뒤 작업을 시작했다. 5월과 6월이 순식간에 지나갔다. 글을 쓰다 지치면 강천산 맑은 계곡에 발을 담그고 막걸리를 마시며 여유를 부렸고, 다시 쓰다가 안 풀리면 순창 읍내 커피숍에 가 커피도 마시고 잡담도 나눴다. 그렇게 전라북도의 융숭한 지원 속에 마저 스퍼트를 올려 7월 초 초고가 나왔다. 이후 서울에 돌아와 교대로 쓰며 고에 고를 더해 갔다. 교환일기 쓰듯 주고받은 시나리오는 이후 영진위 기획개발 2차 지원 사업에서도 통과돼 천만 원을 더 지원받을 수 있었다. 〈경성의 주먹〉은 코너에 몰린 그와 내가 뻗은 통쾌한 원투펀치였다.

흥미로운 에피소드 하나가 떠오른다. 읍내 커피숍에서 백 작가, 이 피디와 커피를 마시고 있는데 주인아주머니가 어떻게들 이 동네에 오셨냐고 물으셨다. 우리는 일이 있어 강천산 밑에서 숙식하며 지낸다고만 답했다. 그러자 아주머니는 아, 공사일 오셨구나, 라며 종종 커피도 마시러 오라고 하셨다. 우리는

• 현재 영진위 기획개발 지원 사업은 작가의 이력을 보지 않고 심사하는 방식으로 바뀌었음을 밝힌다.

웃었다. 물론 셋 중 내가 가장 공사 일을 연상케 하는 외모였다. 그리고 아주머니가 말한 공사 일이 그 공사 일은 아니지만 사실 시나리오라는 게 영화의 설계도를 만드는 것이고, 그 설계란 것이 공사 일과 별다를 게 없다는 사실도 재미있었다.

2012년이 빠르게 흘러갔다. 두 번의 영진위 지원과 전라북도 레지던스 지원으로 그해 나는 경제적 어려움을 덜 수 있었다. 전업 작가가 된 이래 가장 궁핍하지 않게 글을 썼고 파트너라는 존재 덕분에 시너지 효과를 느끼며 시나리오를 쓸 수 있었다. 이런 배경 덕분에 나는 다른 걸 좀 더 쓸 여유를 얻게 되었다. 내가 넘긴 시나리오를 백 작가가 쓰는 동안, 써 보고 싶었던 이야기를 새로 써 내려가기 시작한 것이다. 그리고 그해 말 그 이야기를 다시 한 번 세계문학상에 투고했고, 소설가가 된다.

이후 백 작가와는 함께 시나리오를 쓰지 않았다. 나는 소설가가 되었고 그는 그대로 감독 데뷔를 준비하게 된다. 다시 호흡을 맞추지는 못했지만 우리는 여전히 서로의 작품을 보여주고 말을 더해 줄 수 있는, 몇 안 되는 사이다. 지금도 나는 그의 아이템을 들으면 감탄부터 하고 의견을 덧붙여 준다. 한편 그가 내 작품에 대해 정확하게 말해 줄 때는 속이 다 시원하고 배가 다 부르다. 무엇보다 이 일이 힘들 때, 인생사에 지칠 때, 그와 만나 한잔 나누는 술은 기막히게 맛이 있다.

《캐릭터 중심의 시나리오 쓰기》의 저자로 유명한 앤드루 호튼은 이렇게 말했다.

> 기억하라. 두 사람이 모이면 당신을 그리고 서로를 위한 지원 그룹을 갖게 되는 것이다. 작가가 소름 끼치게 두려워해야 하는 것은 지독한 두려움 그 자체인 고립이다. 당신과 똑같은 피를 가진 자를 체포하라.[*]

우리는 서로를 '체포'했고 막다른 골목에서 벗어나 함께 해냈다.

〈경성의 주먹〉은 2015년 한 영화사에 팔려 마침 결혼을 준비하던 내게 다시 한번 단비가 되어 주었다. 이후 백 작가는 직접 이 작품의 감독이 되기로 하고 영화사와 작업을 진행하고 있다. 현재 캐스팅 단계에 있는 이 작품의 새 제목은 〈뽁서〉다.

• 앤드루 호튼, 《캐릭터 중심의 시나리오 쓰기》, 한나래.

크레딧 :
당신의 신용을
저축하라

　　〈경성의 주먹〉의 막바지 작업이 한창이던 2012년 8월, 서진 군에게서 전화가 왔다. 그는 《하트브레이크 호텔》의 영화 판권이 팔렸다는 기쁜 소식을 전하며 그 영화사에 나를 시나리오 작가로 추천했다고 했다. '음. 일이 이렇게도 들어올 수 있구나. 역시 소설가 친구는 많이 알아 둘수록 좋겠군'이라고 생각한 뒤 영화사를 물으니 김태식 감독이란 분의 영화사라고 했다. 순간 내 머릿속에 꼬마전구가 켜졌다. 나는 김태식 감독님의 〈아내의 애인을 만나다〉를 극장에 찾아가서 본 사람이다. 그 반짝이는 로드무비를 꽤나 좋아했다. 흥미로운 설정과 배우들의 열연, 아름다운 미장센 등 여러 면에서 배울 점이 많았던 그 영화를 감독한 분이라면 함께 일해 보고 싶어졌다.

얼마 뒤 김태식 감독님에게서 전화가 왔고, 감독님의 영화사가 있는 신사동 사무실에서 첫 만남을 가졌다. 감독님은 최근에 어떤 작업을 했는지 물으셨다. 영진위 지원을 받은 작품을 쓰고 있다는 말에 그는 자신이 이번 영진위 기획개발 심사위원이었다면서 작품 제목을 물었고, 심사 때 〈경성의 주먹〉을 읽었다며 웃으셨다. 그렇게 해서 포트폴리오를 본 것이나 다름이 없게 되었고 덕분에 순조롭게 일이 진행되었다.

〈경성의 주먹〉을 마친 후 나는 바로 감독님 신작에 합류했다. 감독님은 연작 장편 《하트브레이크 호텔》의 한 부분인 〈두 번째 허니문〉을 느와르 형식의 작품으로 풀어 보고 싶다고 하셨다. 그런데 〈두 번째 허니문〉은 배경이 미국 샌프란시스코였다. 배경을 한국으로 바꾸는 거죠? 감독님은 놀랍게도 미국 배경 그대로 가겠다고 하셨다. 그래서 나는 한 번도 가 보지 못한 미국을 시나리오로 그릴 기회를 얻게 되었다.

한 노인이 샌프란시스코에 도착한다. 그는 이혼 후 사별한 중국인 아내와 허니문으로 와 머물렀던 호텔을 찾는다. 하트브레이크 호텔. 노인은 호텔에 투숙하고, 아내와의 시절을 회상하며 자살을 위해 'Chew-X'라는 약을 먹고 눕는다. 그런데 눈을 뜨자 신혼 시절로 시간을 거슬러 와 있다. 옆에는 사랑스러운 부인이 누워 있고 그는 앞으로 다가올 아내와의 이혼을 막고 싶은 생각에 사로잡힌다.

이런 원작 소설의 줄거리를 바탕으로 감독님은 이야기의 톤 앤 매너를 어두운 느와르풍으로 만들자고 하셨다. 나 역시 느와르 영화는 한번 꼭 써 보고 싶었기에 그때부터 참고하면 좋을 영화들을 보면서 이야기를 확장하고 조절하며 새로운 캐릭터와 설정을 잡아 나갔다. 감독님과의 작업은 정해진 플롯 규칙을 맞춰 나가기보다는 좀 더 창의적이고 신선한 것을 끄집어내는 과정이었고, 그런 새로운 과정에 고무된 나는 의욕적으로 작품을 구상하며 글을 써 나갔다.

나는 〈태양을 쏴라〉로 명명되어진 이 작품을 2012년 하반기에 집중적으로 작업하였고 2013년 1월에 탈고한 뒤 내 손에서 떠나보냈다. 그리고 몇 달 뒤 윤진서 배우와 안석환 배우의 캐스팅이 확정되었다. 투자도 진행되었고 다시 얼마 뒤 강지환 배우와 박정민 배우가 합류하면서 크랭크인 날짜가 잡혔다. 무려 미국 올 로케이션이었다. 나는 감독님의 배려로 배우들과 만나는 자리와 시나리오 리딩 자리에도 합류할 수 있었고 영화의 프리프로덕션(pre-production)˙을 처음으로 가까이서 보

˙ 프리프로덕션. 드라마나 영화 따위를 제작할 때, 대본이나 시나리오가 완성된 후 촬영을 준비하는 일. 제작진 구성, 배역 확정, 각종 장비 준비, 스토리보드·콘티 작성 따위의 작업을 통틀어 이른다.

게 되었다. 시나리오 작가로 활동하면서 최종고를 보내고 나면 더 이상 영화사에 갈 일이 없었는데 김태식 감독님은 나와 많은 것을 나누었다. 심지어 작가 겸 연출부로 미국 현장에도 같이 가자고 하셨지만 촬영이 진행되는 2013년 여름은 내 첫 책이 출간되던 시점이어서 갈 수는 없게 되었다. 지금도 나는 시나리오 작가를 프리프로덕션에 동참시키고 촬영 후 편집본도 먼저 보여 주신, 작가에 대한 감독님의 배려와 마음씀씀이에 고마움을 느낀다.

2013년 여름 촬영을 마쳤지만 개봉은 차일피일 미뤄졌다. 영화는 기다림의 예술이다. 제작자는 작가의 시나리오를 기다리고, 시나리오가 나오면 배우들의 캐스팅과 투자를 기다리고, 영화가 촬영되고 나서도 개봉 일을 기다리고 정산 일을 기다려야 하는 것이다. 나 역시 단독 각본으로 처음 완성까지 이어진 이 작품이 극장에 걸리길 손꼽아 기다렸다. 하지만 작품이 개봉하기까지는 2년이란 시간이 더해져야 했다.

〈태양을 쏴라〉는 2015년 3월에 개봉했다. 흥행과 평 모두 좋은 평가를 받진 못했다. 나 역시 스크린에 펼쳐진 내가 쓴 대사와 상황을 보며 많은 감정이 폭발했다. 더 끈질기게 이야기를 파고들지 못한 점에 자책도 했다. 이 작품의 이야기가 부족한 것은 모두 작가인 내 탓이 크다. 첫 크레딧이고 단독 크레딧이었지만 부족함에 고개가 숙여졌다. 그럼에도 각본의 힘은 무시할 수 없었다. 그것은 화려하게 빛나진 않지만 직접 깎

아 만들어 달고야 만, 작은 훈장이 되어 주었다.

크레딧은 말뜻처럼 '신용'이고 이 세계에서 자신의 몸값과 가치를 정하는 기준이 된다. 실제 여러 지원 사업의 자격이나 시나리오 작가조합˙ 정회원 가입 기준이 되기도 하고 누군가에게 자신을 소개하는 명함이기도 하다. 그런데 한국 영화계에서 시나리오 작업에 부여되는 크레딧의 기준은 여전히 불분명하다. 할리우드에서는 미국작가조합(WGA)이 이것을 관장하고 문제 제기가 있을 때엔 '크레딧 조정위원회'가 발동될 정도로 중요한 문제임에도 우리는 아직도 제작자가 한번 크레딧을 정하면 그것으로 끝이다. 영화인 누구나 한국 영화계는 좋은 시나리오가 더 필요하고, 좋은 시나리오를 위해 시나리오 작가의 처우가 개선돼야 한다고 말한다. 그렇다면 시나리오 작가의 몸값과도 같은 크레딧을 부여하는 일도 더 중요하게 판단되고 운영되어야 하지 않을까?

2012년은 참으로 분주하게 지나갔다. 연초부터 백 작가와 의기투합해 〈경성의 주먹〉을 잡아야 했고 상반기를 보내자마자 〈태양을 쏴라〉의 작업에 참여했다. 그리고 종종 친구 매직의 가게 일을 봐주며 용돈도 벌었다. 이런 일들 덕분에 다시 소

˙ 시나리오 작가조합. 정식 명칭은 (사)한국 시나리오 작가조합(SGK, Screenwriters Guild of Korea). 대한민국 시나리오 작가의 권익을 옹호하고 이해를 대변하기 위해 탄생한 대표적인 시나리오 작가 조직이다.

설을 쓸 찬스를 얻게 되었다. 그해 내내 나는 틈나는 대로 새 소설을 차곡차곡 써 내려갔다.

2010년으로 돌아가 보자. 당시 합정동 내 작업실에 사람들이 모이곤 했다. 교수는커녕 강사 자리도 얻기 어려운 대학원생, 일감을 부지런히 찾아야 하는 프리랜서 번역가, 스스로를 '펭귄 아빠'•라고 부르는 기러기 아빠, 쓰는 족족 엎어지는 무명 시나리오 작가, 이제는 다른 일로 먹고살아야 하는 만화가 등. 나와 내 주변의 못난 남자들은 종종 모여 세상의 혹독함에 한풀 두풀 꺾인 채 술잔을 꺾곤 했다. 늦게까지 술을 마시고 잠든 다음 날 우리는 점심에야 작업실에서 기어 나와 초등학생들이 하교하는 걸 보며 해장국집으로 향했다. 그곳에서 국밥에 소주를 마시며 서로들 참 못났다 너털웃음을 지었다. 그때 떠올랐다. 이 대책 없지만 느긋한 사람들. 다들 못 나가지만 행복감을 잃지 않는 '해피 루저들'에 대한 이야기를 쓰면 어떨까?

거기에 당시 〈타이라 뱅크스 쇼〉에서 언급된 '브로맨스'란 단어가 귀에 와 박혔다. 브라더후드+로맨스라는 개념으로 지금이야 이미 식상한 표현이 되었지만 그때는 신선한 신조어였고, 내게 각인이 되었다. 그러고 보니 내가 좋아하는 할리우드 주

• 펭귄 아빠. 펭귄은 기러기와 달리 날 수 없기에, 가족이 있는 타향에 갈 수 없는 자신의 신세를 그는 이렇게 표현했다.

드 아패토우 사단의 작품들이 전형적인 브로맨스 영화였다. 〈40살까지 못해 본 남자〉, 〈아이 러브 유, 맨〉 등이 그런 작품들이었고 나는 한국에서도 브로맨스 장르의 영화를 써 볼 수 있겠다 생각했다. 캐릭터는 앞에서 말했듯 주변에 많이 널브러져 있었다. 나는 망원동 옥탑을 배경으로 세대별 루저남들이 모여 동거하는 설정을 떠올렸다. 무엇보다 제목이 퍼뜩 떠올랐다. '망원동 브라더스'. 내게 제목을 들은 매직이 한마디 했다. 괜찮네. 하지만 당시 나는 〈1948, 런던〉 작업에 집중할 때라 본격적으로 이 작품을 쓸 상황은 아니었다. 그저 시간이 남을 때마다 틈틈이 그 남자들에 대한 생각을 할 따름이었다.

이처럼 《망원동 브라더스》는 처음엔 영화 시나리오로 기획되었다. 2011년 봄 〈1948, 런던〉을 런칭한 후 주변의 피디와 감독들을 만날 때마다 나는 이 한심하지만 미워할 수 없는 루저남들의 동거에 대해 이야기를 풀었다. 그런데 돌아오는 반응은 하나같이 뜨뜻미지근했다. 영화의 주 관객층이 여자들인데 못난 남자들만 줄줄이 나오는 걸 보고 싶겠냐, 흥미는 있지만 사이즈가 너무 작아 끽해야 독립영화로 만들어질 것이다, 흥행요소가 너무 없다 등. 익숙한 반응이었다. 그리고 나 역시 그들의 평가에 고개를 끄덕이고 있었다.

열 편 넘게 완성한 시나리오가 엎어지거나 팔리지 못했다. 그래서 기획이 중요하다. 기획 단계에서 힘을 받지 못하는 시나리오는 쓴다고 해서 변하지 않는다. 이 이야기는 상업영화로

서의 훅이 없다는 평판을 나는 겸허히 받아들이기로 했다. 어쩌겠는가. 시나리오 한 편 쓰는 데 최소 6개월에서 최대 몇 년의 시간이 들어간다. 작가에게 글을 쓸 수 있는 시간이야말로 유일한 밑천인데, 팔리지 않을 거라 예상되는 시나리오에 그 천금 같은 시간을 들일 수는 없는 노릇이었다. 나는 작업을 포기했다.

그렇게 접고 말았으면 망원동의 그 지질한 네 남자가 세상에 나올 일은 없었을 것이다.

5장

데뷔 :
창작의 망망대해에서
잠시 휘파람 불기

"

글쓰기의 목적은

돈을 벌거나 유명해지거나 데이트 상대를 구하거나

잠자리 파트너를 만나거나 친구를 사귀는 것이 아니다.

궁극적으로 글쓰기란

작품을 읽는 이들의 삶을 풍요롭게 하고

아울러 작가 자신의 삶도 풍요롭게 해 준다.

글쓰기의 목적은 살아남고 이겨 내고 일어서는 것이다.

행복해지는 것이다. 행복해지는 것.

– 스티븐 킹 •

"

• 스티븐 킹, 《유혹하는 글쓰기》, 김영사.

당선 통지 전화에
적절하게 응대하는
법에 대하여

　　　　　　　　그렇게 기획을 접었는데 그 캐릭터
들이 계속 내 머릿속에 떠오르곤 했다. 지질하고 엉망이면서
도 웃음을 잃지 않고 행복감을 놓지 않는 해피 루저들이. 2011
년 여름, 봄에 런칭한 〈1948, 런던〉이 곳곳에서 외면받고 돌아
오자 나는 좌절감을 딛기 위해 뭐라도 써야 했다. 그때 그들이
마치 떼인 돈을 받으러 온 사람들처럼 다시 등장해 자기들 이
야기를 써 줄 것을 뻔뻔하게 요구했고, 결국 나는 내 앞에 어
른거리는 그 못난 어른들에 대해 써야만 했다. 〈유령작가〉가
대한민국 모든 장편 공모전을 한 바퀴 반 돌면서 만신창이가
되어 온 뒤 다시는 소설을 쓰지 않겠다고 마음먹었는데, 어느
새 나는 친구의 가게에서 일하다 짬이 나면 그들의 이야기를

끄적거리고 있었다.

어깨의 힘을 빼고 설렁설렁 쓰다 보니 어느덧 A4 용지 50장 정도를 채웠다. 'L 프로젝트'에 합류하고 이후 〈경성의 주먹〉을 쓰면서도 틈틈이 소설을 써 내려갔다. 그리고 100장 정도가 되었을 때 그때까지 쓴 것을 출력해 꼼꼼히 읽어 보았다. 나쁘지 않았다. 예상 분량의 3분의 2 정도였으니 3분의 1 정도를 더 쓰면 완성할 수 있겠다 싶었다. 무엇보다 공모전에 당선되진 못하더라도 출판사에 투고를 하면 책으로 낼 수는 있을 것 같았다.

확신이 들자 작업에 박차를 가했다. 〈태양을 쏴라〉를 쓰면서 비는 시간에 다시 소설을 썼다. 시나리오를 써 영화사에 보내고 열흘 정도 검토가 이뤄지는 동안 미친 듯이 썼다. 이야기가 술술 써졌다. 설정이 있었고 장소가 있었고 바로 주변에 캐릭터가 널려 있었기 때문에, 그들의 행동이 영화 예고편처럼 눈앞에서 슥슥 지나가곤 했다. 나도 모르게 이 작품에 빠져들었고 12월 중순이 되자 A4 160여 장으로 탈고하게 되었다.

그런데 목표로 한 세계문학상 공고가 뜨지 않았다. 《세계일보》에 전화를 해 보니 곧 공고가 있을 거라는 답이 돌아왔다. 나는 다시 퇴고를 하며 기다렸다. 마침내 공고가 떴다. 이번에는 대상 외에 우수상 다섯 편을 추가로 뽑으며 기존 출판사가 아닌 새 출판사가 문학상을 맡게 되었다고 쓰여 있었다. 다시 자세히 읽어 보았다. 대상 한 편은 상금 1억 원, 우수상 다섯 편은 출간의 기회 제공이라고 적혀 있었다. 무조건 대상을 받아야 한다고 생각했다. 출간의 기회라는 것은 상금이 따로 없다는 말이지 않은가.

마감은 2013년 1월 6일이었다. 원래 연말이던 마감일이 미루어진 것이 다행이었다. 나는 하나라도 더 고치고 다듬어 1월 5일에 퀵비도 아낄 겸해서 제본고를 들고 직접 신문사로 향했다. 토요일 오전 가산디지털단지 역에서 내려 질척이는 눈길을 뚫고 서부간선도로 옆 신문사에 이르렀다. 담담하고, 헛헛했다. 그런데 문화부 담당 기자에게 원고를 제출하고 돌아서려는 찰나 기자의 책상 너머로 수북이 쌓여 있는 응모작이 눈에 들어왔다. 곧바로 주눅이 들어 버렸다.

응모를 마치고 다시 시나리오 작업을 했다. 〈태양을 쏴라〉도 막바지에 이르렀다. 그렇게 1월을 부지런히 마감하다 보니 응모한 사실조차 잊게 되었다. 1월 26일 토요일에도 나는 추위를 뚫고 자전거로 성산동 집에서 상암동 시나리오 작가존으로 출근을 했다. 작가존 오픈집필실에서 웅크린 채 수정고 마감을 하고 있던 오후, 02로 시작되는 전화가 왔다. 그제야 퍼뜩 생각이 났다. 토요일에 사무실 번호로 온 전화라면… 나는 심호흡을 하고 전화를 받았다. 역시나 《세계일보》였다.

데뷔 작가라면 누구나 전화로 당선 통지를 듣는 순간을 잊을 수 없을 것이다. 나 역시 마치 뇌에 문신을 새긴 듯 그날을 똑똑히 기억한다. 마음속에선 이미 대상이냐 우수상이냐가 맴돌았다. 전화를 준 문화부장은 먼저 축하 인사를 건넨 뒤《망원동 브라더스》가 우수상에 당선됐다고 알려 주었다. 잠시 심경이 복잡했다. 간발의 차이로 1억 원이 날아간 것이다. 당연히 상금은 중요하다. 그리고 대상과 우수상은 분명히 다른 가치와 무게다. 잠시 동안 나는 수상을 하지 않는 것에 대해 생각했다. 우수상이라면 가능성 있는 작품이라는 뜻이니, 상을 반려하고 더 고쳐 3월에 있을 한겨레문학상에 투고하면 어떨까? 그런데 그런다고 해서 당선이 된다는 보장은 또 없지 않은가. 짧은 순간 머릿속에서 오만 가지 생각이 불을 뿜었다. 내 고민을 예상했는지 문화부장은 상을 반려하면 다음 후보자를 올리면 된다며 수상 여부를 고민한 뒤 답을 달라는 친절한 안내와 함께 전화를 끊었다.

통화를 마치고 크게 심호흡을 했다. 얄궂은 상황이었다. 당선은 됐지만 마냥 기뻐할 수만은 없는 고민의 순간이었다. 나는 전화를 들었다. 친구 매직은 전화를 받지 않았다. 서진 군은 자기 일처럼 축하하며 상을 수락하라고 한 뒤 멋진 조언을 덧붙였다. 상금 1억이란 게 결국 선인세다. 상금은 못 받아도 정직한 인세를 받으면 된다. 멋진 조언이었고 마음을 움직였다. 그러나 서진 군은 이미 이런 고민 없이도 한겨레문학상과 상금을 받지 않았는가! 부러울 따름이었다. 황매출판사 사장님께도 전화를 했다. 사장님 역시 축하와 함께 상을 받으라고 조언하셨다. 마지막으로 친형에게 전화를 걸었다. 형이 말했다. 너 올해 마흔이다. 받아라. 순간 고개가 절로 끄덕여졌다. 나는 전화를 끊고 신문사에 전화를 걸어 상을 수락했다. 잠시 뒤 형에게서 다시 전화가 왔다. 너 이 작품 하나 할 거 아니잖니. 계속 또 쓸 거니까 일단 받아. 영영 다시 이런 기회 못 얻을 수도 있어. 데뷔란 게 정말 쉽지 않은 거야. 나는 형의 간절한 추가 조언을 마저 듣고 말했다. 응. 이미 수락했어. 고마워. 형.

만약 그때 상을 수락하지 않았으면 어땠을까. 생각할수록 모골이 송연해진다. 그때 우수상을 받지 않았다면 다른 문학상을 통해 데뷔할 수 있었을까? 아니면 지금까지 무명작가로 전전하며 자신과 세상을 저주하는 방법을 계속 업그레이드하고 있지는 않았을까? 얼어붙게 춥던 그 토요일의 수락은 지금까지 내 인생에서 가장 잘한 결정이 아니었을까 싶다. 나는 당선 통지와 수락까지 숨 가쁘게 이어진 2013년 1월 26일 오후의 카오스를 정말이지 잊을 수가 없다.

어느덧 마흔이었다. 서른셋에 다시 전업 작가로 나섰을 때 "당신은 지금으로부터 7년 뒤 마흔에 소설이 당선되고, 그제야 그나마 작가로 인정받게 됩니다"고 누가 말해 줬다면 시작이나 할 수 있었을까? 어떤 예언자가 그리 말해 줬다면 절대로 가지 않을 길이었다. 결국 모르니까 할 수 있는 거다. 인생은 알 수 없기에, 살아 봐야 알기에 버틸 수 있는 것이라고 나는 생각한다. 그렇게 7년의 무명작가 생활을 보내고 나서야 나는 소설가로 데뷔할 수 있게 되었고 이제 작가 생활이 좀 쉬워지려나 했다. 하하하. 그야말로 어림 반 푼어치도 없는 생각이었고 호랑이가 개 끌어가는 소리였다.

초보 소설가의
생계에 대하여

'오뻥'이라 불리는 사내가 있다. 하도 구라가 심해 오 씨 성에 '뻥'을 더했다. 그는 과 1년 선배였고 시와 소설을 썼다. 글씨는 알아보기 힘들었지만 글이 참 좋았다. 그런데 하생운동을 열심히 하면서 그는 글쓰기에서 멀어졌다. 나와는 여전히 술도 마시고 농담도 찌끄렸지만 전처럼 문학을 논하거나 그러진 않게 되었다. 대학을 졸업하고 그는 사회운동가로 치열하게 활동하더니 어느새 국회의원 보좌관이 되어 있었다.

2013년 1월의 마지막 날 그를 만났다. 연남동 한 술집에서 그는 내게 보좌관직을 그만두겠다고 했다. 활동가로서 그의 인생에서 최고로 안정적이고 고연봉을 받던 일을 때려치우고 소설을 쓰겠다고 했다. 뜬금없는 사랑 고백처럼 선언은 공허했지만 그는 진지했다. 내가 수긍을 안 하자 오빵은 대뜸 나를 힐난하기 시작했다.

"(욕) 넌 언제까지 (욕) 만날 엎어지는 그딴 시나리오만 쓰고 있을 건데? 시나리오 쓰다 아주 늙어 오그라질 거냐? (욕) 차라리 나처럼 소설을 써 (욕). 시나리오 때려치우고 소설을 쓰라고. 알아? (욕) 내가 이제 소설 쓰면 말야, 황석영이고 조정래고 (욕) 다 긴장하라 그래!"

그래서 나는 알겠다고 하고 그와 헤어졌다. 다음 날인 2월 1일, 세계문학상 당선 공지가 신문에 떴고 나는 아무 첨언 없이 당선 기사 링크를 복사해 그에게 문자로 전송했다. 답이 없었다. 이후 그에게선 한동안 연락이 오지 않았다. 몇 달 뒤 책이 나오고서야 그는 진심으로 나를 축하해 주었다. 물론 자신이 더 죽이는 소설을 쓸 거란 뻥을 덧붙이며. 지금 그가 소설을 얼마나 썼는진 모르겠다. 하지만 젊은 시절 문청으로 만나 서로의 글을 봐주던 사이였던 그의 눈에 당시 내가 얼마나 답답해 보였으면 시나리오 때려치우고 소설을 쓰라며 그렇게 역정을 냈겠는가.

오빵은 한 예다. 주변의 모두가 나를 걱정했다. 나 역시 나를 걱정했다. 어떻게 되나 보려고 버텨 보았다. 앞에서 언급했듯 영화 시나리오 관련해서는 하나도 쉽게 풀린 게 없었다. 감독과도 일했다. 프로듀서와도 일했다. 대기업과도 일했다. 유명

감독의 작가팀에서도 일했다. 혼자서도 썼다. 친구와도 썼다. 기획개발에 당선돼 썼다. 사기도 당했다. 양아치 피디에게 시달려도 봤다. 못 받은 시나리오 잔금은 외제 차를 살 수 있을 정도에 다다랐다. 시나리오 관련해서 한국 영화계에서 겪을 수 있는 일은 가히 다 겪었다고 해도 과언이 아니었다. 늘 가난했고 줄곧 허전했으며 "아무도 안 읽을지 모르는 이야기를 써 내는 것은 아닐까 하는, 이 직업 특유의 불안감"*에 늘 잠겨 있어야 했다.

다행히 《망원동 브라더스》가 나를 구해 주었다. 이 작품으로 어쩌다 보니 소설가가 됐고 소중한 독자들을 만날 수 있었다. 영화 판권이 팔려 목돈을 벌 수 있었고 연극으로도 매년 무대에 올려져 특별한 감동을 늘 얻게 해 주고 있다. 이 작품이 없었으면 나를 알릴 기회도 나를 지킬 힘도 없었을 것이다. 당연하게도 이후 계속 소설을 쓸 수 있게 된 것도 다 이들, 내 뒤에 든든히 서 있는 네 명의 미워할 수 없는 사내들 덕분이다.

2019년 여름,《망원동 브라더스》10쇄가 집에 도착했다. 10쇄(발음 조심)라니! 상상도 못할 일이었다. 작업 중에 문득 생각이 나면 검색창을 열고 《망원동 브라더스》의 리뷰를 찾아 읽

---

* 〈블레이드 러너〉, 〈용서받지 못한 자〉를 쓴 데이비드 피플즈의 말.《퓨처 누아르, 블레이드 러너 제작기》에 담겨 있다. 시나리오 작업의 본질을 너무도 예리하게 정의한 표현이 아닐 수 없다.

는다. 이렇게 많은 독자가 내 소설을 읽고 글을 남겼다는 데 절로 놀란다.

첫 직장을 위해 상경하는 사회 초년생이 서울의 자취 생활을 엿보고자 이 책을 읽었고, 존경하는 회사 상사가 추천해 준 책이어서 읽은 뒤 함께 감상을 나눴다는 글도 있었으며, 책을 읽고 망원동에 가서 망원시장도 구경하고 한강 둔치에도 갔다는 이야기도 있었다. 책에서 술 냄새가 풀풀 난다는 재치 있는 농담과 콩나물해장국이 먹고 싶다는 감상엔 나 역시 군침이 돌았다. 일부러 시간을 할애해 독후감을 적어 준 독자들의 마음에 내 마음도 흔들렸다. 내가 쓴 글이 뭐라고 그들이 감상을 쓰고 함께 나눈단 말인가. 작가로서 가장 큰 보람과 기쁨을 느끼는 순간이 아닐 수 없었다.

2013년 여름에 출간된《망원동 브라더스》는 무라카미 하루키의《색채가 없는 다자키 쓰쿠루와 그가 순례를 떠난 해》, 정유정의《28》, 김영하의《살인자의 기억법》, 조정래의《정글만리》 등과 신간 매대에 놓인다. 엄청난 작가들의 살벌한 신작 사이에 놓인, 서로의 등에 올라탄 한심한 네 사내의 모습을 보고 있자면 절로 헛웃음이 나왔다. 그래도 선배들 뒤를 따라 레이스를 포기하지 않고 달리더니 출간 2주 차 즈음엔 종로 교보문고 베스트 소설 단상에도 잠시 올라가 정신을 아득하게 해 주었다.

그러나 경제적으로 나아진 건 없었다. 초판 인세가 수입의 전부였고 출간 준비를 하며 상반기를 보내고 여름이 되니 통장이 나 대신 울고 있었다. 책을 출간하는 것과 돈을 버는 것은 다른 일이라는 걸 깨닫고는 서둘러 일을 구해야 했다. 그때 시불파 승재 형에게서 연락이 왔다. 형은 자신에게 들어온 일을 고사했는데, 내게 혹시 할 생각이 있냐고 물었고 나는 넙죽 그 일을 받았다. 신인 감독님 작품의 각색 일이었고, 소설가가 된 기분을 뒤로한 채 본업인 시나리오 작업에 매진하게 되었다.

각색 일을 하며 2013년 후반기를 보냈고 그해 말에는 〈남한산성〉의 시나리오 작업에 참여할 기회를 얻었다. 원작에 대한 팬심에 참여한 일이지만 마치 병자년의 겨울 산성을 지키는 것만큼 힘든 작업이었고, 2고까지 완료한 뒤 프로젝트에서 빠지게 되었다. 이후 황동혁 감독님이 프로젝트를 맡아 새로 시나리오 작업을 하였기에 작가 크레딧을 얻을 수는 없었다. 역시 쉬운 건 하나도 없었다. 소설가가 되고 책이 좀 움직이자 영화사 미팅이 잡히기 시작했으나 계약 조건은 좋은 편이 아니었다. 몇 군데 출판사에서 다음 책을 내지 않겠냐는 제안이 왔으나 첫 책을 잘 만들고 팔아 준 출판사(나무옆의자)와의 인연을 계속 이어 가기로 했다. 무엇보다 소설을 새로 쓰려면 돈이 필요한데, 신인 소설가의 두 번째 작품에 넉넉하게 선인세를 주는 출판사는 존재하지 않았다.

적어도 소설 한 권을 안정적으로 쓰려면 최소 1년은 먹고살 걱정이 없어야 할 텐데, 한국의 소설가 중에서 그만한 선인세를 받는 작가는 몇 없다고 했다. 출판사 밥을 먹어 왔기에 어느 정도 예상은 했지만 생각보다 더 열악한 환경이었다. 결국 다음 소설을 쓰려면 스스로 돈을 벌어 시간을 사야 했고, 그렇다면 기존에 하던 시나리오 작업으로 돈을 벌 수밖에 없었다. 즉, 소설가가 됐고 첫 책이 반응도 있었지만 소설가로만 살 수 없다는 결론이 나왔다. 다른 소설가들은 어떻게 살고 있는지 의문과 걱정이 들었다. 시나리오를 써서 계속 돈을 벌 수 있는 나는 그나마 다행이었다. 하지만 소설을 더 쓰고 싶다는 욕망이 시나리오를 쓸 때마다 회의감을 낳았고, 소설가와 시나리오 작가라는 이 두 가지 정체성 사이에서 초반에는 혼란을 많이 겪어야 했다. 그렇게 2013년을 보내고 2014년 초에 놀랄 만한 기회가 찾아왔다.

2013년 말부터 《망원동 브라더스》의 영화 판권에 대한 이야기가 몇몇 영화사와 구체적으로 진행되고 있었다. 하지만 생각보다 진행이 더딘지라 큰 기대를 하지 않던 찰나 출판사 이수철 대표님에게서 전화가 왔다. 그는 잔뜩 고무된 목소리로 이경규 대표님이 우리 작품에 관심을 가지고 있다고 전해 왔다.

처음에는 무슨 말인지 제대로 접수하지 못했다. 개그맨 이경규라면 어제도 TV에서 본 그분이 아닌가, 그런데…. 아하, 그의 또 다른 정체성인 '영화 제작자'가 떠오르자 말뜻이 이해가 되었다. 영화 제작자 이경규와 소설 《망원동 브라더스》라…. 신기하게도 잘 어울렸다. 그의 영화들과 내 작품의 톤 앤 매너가 다를 게 없었기 때문이다.

영화 제작자 이경규에 대해서는 전혀 편견이 없었다. 예전 지인이 〈복면달호〉를 공동 제작한 스튜디오 2.0에 근무한 바 있었고 그래서 당시 제작자 이경규의 열정 넘치는 모습을 전해들은 바 있었다. 시사회에서 봤던 영화 역시 훌륭했다. 〈복면달호〉는 할리우드 코미디 작법의 한 갈래인 '물 밖에 나온 물고기' 콘셉트를 잘 활용한 작품이었고, 일본 원작을 한국 버전으로 영리하게 리메이크한 영화이기도 했다.

〈전국노래자랑〉 역시 뭉클했다. 나는 이 영화가 왜 100만 명 정도로 그쳤는지 이해가 되지 않았는데, 추후 이경규 대표님을 통해 그 이유를 들을 수 있었다. 당시 〈전국노래자랑〉의 경쟁작이 〈아이언맨 3〉였는데, 3편의 하이라이트를 떠올려 보면 쉽게 이해가 된다. '아이언맨' 수십 대가 동시에 날아드니 도저히 당해 낼 수가 없었다는 것이다. 〈아이언맨 3〉는 한국에서만 900만 관객을 동원했으니 한마디로 〈전국노래자랑〉의 선전이 아닐 수 없었다.

2014년 1월 나는 출판사 대표님과 함께 영화사 인앤인픽쳐스의 이경규 대표님을 만났다. 그가 훌륭한 영화 제작자라는 사실은 이미 알고 있었기에, 내게 중요한 것은 그의 강한 제작의지였다. 이 대표님은 매우 진지한 어조로 내게 《망원동 브라더스》를 자신이 좋은 영화로 만들어 보고 싶다고 말했다. 아울러 소설의 영화화와 관련한 여러 계획을 들려주어 원작자인 내게 확신을 심어 주었다. 그런데 시종일관 진중하게 말하던 그가 어느 한 순간 입꼬리를 올리며 웃었는데, 나 역시 입꼬리를 올리며 같이 미소를 짓고 있는 것이 아닌가. 팬으로만 보던 분과 마주 앉아 같은 행동을 하고 있다는 것이 그저 놀라울 따름이었다. 그것만으로 이경규 대표님과 함께 일할 이유는 충분했다.

자신의 원작을
직접 시나리오로 쓰는
일의 즐거움과
곤란함에 대하여

언젠가 한국 드라마계의 전설 고(故) 김종학 피디님이 한 특강에서 이런 말을 하셨다고 들었다.

　당신의 작품이 모든 사람을 만족시킬 필요는 없다. 당신의 작품을 인정해 주는 단 한 명을 만나는 게 중요하다.

정말 그랬다. 영화 시나리오 아이템으로 이 지질한 망원동 네 사내 이야기를 했을 때는 단 한 명의 인정도 얻지 못했는데, 책으로 내고 보니 누구보다 강하게 이 작품을 인정해 주는 한 사람을 만날 수 있었다. 나는 이경규 대표님과 판권 계약을 했다. 이 대표님은 내게 시나리오 작업도 직접 하면 어떻겠냐고 제안하셨다. 소설을 쓰면서 충분히 작품을 풀어낸지라 시나리오는 제가 굳이…, 라고 생각할 즈음 작가 고료에 대해 물으셨다. 그러자 급격히 의욕이 솟구친 나는 시나리오도 직접 쓰기로 했다. 판권 계약과 시나리오 계약을 동시에 했다. 목돈이 들어온다는 말이다. 그 덕분에 그 후 한동안 생활고 걱정 없이 글을 쓸 수 있게 되었다. 판권 계약이 얼마나 좋은지는 팔아 본 사람만이 안다. 기존의 자기 자산을 다른 방식으로 활용할 수 있는 것이기 때문이다. 프리랜서는 자기 시간을 들여 작업을 해야 돈을 받을 수 있는데 판권 판매는 이미 작업해 놓은 작품으로 돈을 버는 일 아닌가.

시놉시스부터 새로 잡았다. 원작 소설은 캐릭터들의 향연이지 영화적 플롯이 특별히 있는 게 아니어서 메인 플롯부터 새로 설정해야 했다. 이 대표님, 권 피디님과 자양동의 영화사 사무실에서 구조부터 플롯까지 새로 논의했다. 기본 방향을 합의한 뒤 시놉시스를 쓰고 컨펌을 받고 다시 수정을 해 업그레이드했다. 이 과정들을 나의 소설로 하고 있다는 게 신기하고도 난감했다. CJ 개발작가 시절 원작이 있는 작품을 많이 다뤘는데 그럴 때마다 원작자의 의도가 뭐야? 이 캐릭터 왜 그래? 하며 투덜대기도 했는데, 이제는 절대 그럴 수 없는 상황이 된 것이었다.

소설 원작을 시나리오로 각색할 때의 가장 큰 고충은 내면 묘사다. 소설은 캐릭터의 내면을 전지적 시점으로 묘사할 수 있지만 시나리오는 모든 것을 시각적으로 보여 줘야 하기에 캐릭터의 내면을 행동과 대사로 나타내야 한다(내레이션 기법으로 속내를 밝힐 수 있지 않냐고 묻는다면 당신은 왕가위가 아니라고 답해 주겠다). 그런데 《망원동 브라더스》는 내면 묘사가 상당한 분량을 차지하는 1인칭 소설이고 모든 것이 주인공 영준의 시각으로 흘러가기 때문에 각색을 하는 데 어려움이 있었다. 다행인 점은 활동 반경이 8평 옥탑방과 나가 봐야 망원동인지라 캐릭터들을 모아 둘 수 있었고, 그들 간의 대화와 실랑이로 갈등과 쟁점을 만들어 이야기를 전진시킬 수 있었다.

2014년 여름에 초고가 나왔고 추석 전에 재고가 나왔다. 그때부터 느낌이 왔는지 이 대표님은 캐스팅 고를 위한 신 바이 신(scene by scene)˙을 제안하셨다. 이후 일주일에 한 번씩 우리는 자양동 사무실에 모여 머리를 맞대고 대사 하나, 신 하나를 체크하고 수정해 나갔다. 이때 나는 영화 제작자이자 기획 프로듀서로서의 이경규를 가까이서 볼 수 있었는데 그는 그동안 내가 만난 어떤 휴먼 드라마/코미디 장르의 기획 프로듀서보다 순발력이 있었고, 창의적이었으며, 작가와 협업하는 일에도 능했다. 그는 때론 엉켜 버린 신을 대사 하나로 정리하기도 했

˙ 신 바이 신. 시나리오의 모든 신을 하나하나 짚어 가며 체크하는, 투자 캐스팅 고를 위한 마지막 단계.

고 캐릭터를 돋보이게 하는 여러 아이디어를 제안하기도 했다.

작가 입장에서는 제작자의 주문이 너무 많으면 정리하기도 힘들고 너무 알아서 다 해 주기만 바라는 점도 아쉬운데, 그는 마치 동료 작가처럼 함께 신과 시퀀스, 대사와 액션, 지문의 디테일까지 점검하고 아이디어를 내어 주었다. 이러면 작가에게는 정말 도움이 된다. 게다가 바쁜 방송 활동 중에도 피드백을 빨리 줌으로써 신 바이 신 작업이 밀도 있게 진행되었다. 재미있던 일은 회의를 마치고 수정 사항을 정리한 뒤 집에 돌아와 쉬려고 TV를 켜면 그가 방송에 나오고 있었다는 것이다. 채널을 돌리면 다른 곳에서도 나오고 있었다. 그러면 낮에 사무실에서 수정 작업 잘 부탁드립니다, 라고 말하던 그의 표정이 오버랩돼 나는 바로 TV를 끄고 작업에 돌입해야 했다.

10월 말경 시나리오 작업이 끝났다. 우리는 마감 기념으로 함께 식사를 하며 영화에 대한 이런저런 이야기를 나눴다. 즐거웠다. 우러러보던 스타이자 동료 영화인이기도 한 그와 함께 작품 하나를 차곡차곡 완성해 냈다는 사실에 뿌듯함이 밀려왔다.

미국의 천재 영화감독 폴 토마스 앤더슨은 외로움이 엄습해 오면 시나리오를 쓴다고 했다. 시나리오를 쓰면 그 시나리오를 영화로 만들기 위해 사람들이 모이기 때문이라는 것이다. 그럼 시나리오 작가는 어떠할까? 시나리오 투자 고를 완성하고 나면 시나리오 작가는 무엇을 할 수 있을까? 이제 작가가 할 수 있는 일은 없다. 이제 프로듀서와 제작자가 투자 고와 함께할 배우와 투자 고를 감독할 감독 그리고 투자자를 찾아야 한다. 시나리오 작가는 자신이 쓴 작품을 보내 주고 외로움과 허전함에 떨게 된다. 자신의 아이와도 같은 그 작품이 영화가 될 때까지 얼마나 험난한 길을 더 가야 할지를 걱정하며 안달할 때도 있다. 그러나 그러고만 있을 수는 없다. 작품은 마치 아이처럼 자신만의 방식으로 성장한다. 당신은 그 아이를 믿어 준 뒤 새 작품을 써야 한다. 새 작업을 통해서만이 지난 작업을 털어 낼 수 있고, 그것이 글쓰기 중독자에게 적절한 삶이다. 나는 구상해 두었던 두 번째 소설을 쓸 준비에 돌입했다.

그로부터 2년 뒤 그가 새로 런칭한 예능 프로를 보았다. 강호동 씨와 동네를 돌아다니며 밥 한 끼 나눠 먹는 콘셉트였다. 그 프로의 첫 도전 동네가 망원동이었다. 거기서 그는 소설을 언급한다. 《망원동 브라더스》를 영화로 만들려고 준비를 해 왔고 시나리오 작업할 때 한번 와 봐야지 하던 동네라면서. 나는 흥미진진하게 그 방송을 보았다. 그와 내가 시나리오에 같이 써 내려간 거리와 사람들이 속속들이 등장하고 있었다. 첫 방송인지라 결과적으로 한 끼 나누기에는 실패했지만 망원동 골목을 휘젓고 다니는 그의 모습은 마치 내 영화의 주인공인 듯했다. 망원동 어디에나 있는 사람들, 그런 서민들의 모습을 함께 담고 싶었던 우리의 꿈 역시 그곳에 서려 있었다.

한편 2013년 가을에 한 극단에서 연락이 왔다. 세실극장을 운영하는 김민섭 대표라고 자신을 밝힌 그는《망원동 브라더스》를 연극으로 만들어 보고 싶다고 했다. 나는 현재 영화 판권 계약이 진행 중이라 연극 판권 계약 여부는 그 뒤에 하겠다고 답했다. 세실극장이면 시청 쪽에 있는 유명한 곳이 아닌가? 옥탑방 무대 잘 꾸미고 거기서 배우들이 잘 놀아 주면 연극도 괜찮겠네, 라는 생각을 했지만 곧 잊게 되었다.

2014년 영화 판권이 팔린 후 김민섭 대표님이 다시 연락을 주었고 5월 초에 출판사 대표님과 함께 그를 만났다. 그는 여름 공연을 목표로 연극을 준비해 보겠다고 야심 차게 말했다. 나는 적잖이 놀랐다. 지금이 5월인데 7월에 공연을 한다고요? 내가 연극을 잘 몰라도 이건 좀 아니지 않나, 의문이 뒤를 이었다. 김 대표님은 태연했다. 원작이 각색하기 좋아서 5월 안에 대본이 나오고 그동안 캐스팅해 놓은 배우들이 책 읽고 있다가 대본 나오면 바로 연습 들어갈 거라 7월에 무대에 올리는 것이 가능하다고 말했다. 여전히 어리둥절했지만 그의 자신감 있는 태도에 믿음을 가지기로 했다.

5월 말에 정말 대본이 날아왔다. 당시 나는《망원동 브라더스》의 시나리오를 쓰느라 절치부심하던 때였는데, 진짜 한 달 만에 연극 대본이 날아와 황당하기도 하고 부럽기도 한 꼴이 되었다. 배우이자 희곡 작가인 이서환 님이 각색한 대본은 괜찮았다. 꽤 괜찮았다. 연극이란 새 집에 소설을 잘 포장이사 시켰다는 느낌이었다. 이렇게도 되는구나. 어서 연극이 보고 싶어졌고 김 대표님과 극단에 대한 기대가 커지는 순간이었다.

시나리오를 한창 쓰고 있던 7월 18일, 연극《망원동 브라더스》의 첫 공연이 세실극장에서 올려졌다. 내가 쓴 영화를 보는 것과는 또 다른 기묘한 느낌이었다. 신개념 4D 영화가 이럴까? 내 앞에서 내가 쓴 캐릭터들이 마구 뛰어다니고 서로 삿대질을 하고 술을 마시고 울고 웃고 구른다. 그 옥탑방에서. 연극 무대임을 알면서도 나도 그곳에 뛰어들어 가 한바탕 휘젓고 싶어졌다. 물론 원작자 체면을 차리느라 뒤풀이에서도 점잖게 배우분들에게 술만 권할 따름이었지만, 사실 마음속으로는 그들과 함께 무대에서 구르고 있었다는 걸 알아주었으면 좋겠다. 김민섭 대표님을 잠시나마 의심한 걸 반성했다. 그의 엄청난 순발력과 추진력으로 공연이 빠르고 멋지게 열린 것이었다. 홍현우 연출자님, 극단 제자백가의 이훈경 대표님과 단원들에게도 감사의 마음이 솟구쳤다.

그해 여름 나는 매주 지인들을 데리고 세실극장으로 향했다. 처음엔 더블 캐스팅인 배우들을 모두 보기 위해서였으나, 연극을 볼수록 새로운 것을 깨닫게 되었다. 연극을 통해 내가 알지 못하는 또 다른 망원동을 보았을 뿐 아니라 작품이란 결국 작가 개인의 것이 아닌 수용자 모두의 것이고 그 과정에서 새로이 확장된다는 사실을 말이다. 그리고 그렇게 새로이 확장된 작품을 다시 접한 작가는 겸허한 마음으로 자신의 작품 세계를 더 깊이 파고들어야 한다는 것을 배웠다.

연극 《망원동 브라더스》는 이제 모두의 작품이 되었다. 그리고 그 주인공은 언제나 배우다. 이 작품을 통해 만난 배우들을 나는 영원히 잊지 못할 것이다.

원작자의 자격으로
연극을 감상하는
법에 대하여

옥탑방으로 꾸며진 무대에 불이 켜지면 두 남자가 들어온다. 비닐봉지를 든 김 부장은 터덜터덜 걸어와 옥탑방의 전망을 감상한다. 그 뒤로 영준이 커다란 이민용 트렁크 가방을 힘겹게 내려놓는다. 김 부장은 대학 때 친구 자취방에 놀러 온 거 같다고 너스레를 떨며 캐나다로 이민 갈 때 집도 절도 다 정리했다면서 이곳에서 같이 지내게 해 달라고 한다. 주저하는 영준. 그때 김 부장이 비닐봉지에서 소주를 꺼낸다. 시원하게 한 잔 마시고는 불쌍한 표정을 짓는다. 어쩔 수 없이 허락하는 영준. 이때부터 둘의 동거가 시작된다.

연극의 시작 부분이다. 관객들은 이때만 해도 그냥 불쌍하게 둘을 바라본다. 다음 날 아침 집주인인 슈퍼할아버지가 와서 김 부장에게 월세를 조금이라도 내라고, 안 내면 쫓아내겠다고 엄포를 놓는다. 이때까지도 관객들은 그러려니 한다. 관객들이 본격적으로 극에 몰입하는 지점은 이후 영준의 만화계 스승 싸부가 등장해 평상에 뻗어 있을 때부터다. 김 부장에 이어 그보다 더한 진상이 그 좁은 옥탑방에 굴러 들어온 것에 황당해할 찰나, 슈퍼할아버지가 다시 등장한다.

김 부장에게 슈퍼할아버지가 혹독하게 굴었던 것을 아는 관객들은 막강한 슈퍼할아버지 캐릭터가 엄청난 진상으로 보이는 싸부와 어떻게 맞붙을지 궁금해진다. 여기서 슈퍼할아버지와 싸부의 한바탕 대거리가 관객들에게 즐거움을 선사한다. 배우들 역시 이 지점에서 마치 서로의 주 무기로 대결하듯 연기 내공을 팍팍 펼친다. 역정을 내는 슈퍼할아버지, 능수능란 받아치는 싸부, 둘 사이에서 눈치를 보는 김 부장, 전전긍긍 어쩔 줄 몰라 하는 영준. 이 넷의 연기가 앙상블을 이루면서 관객들은 이후 옥탑방에서 일어나는 난장에 한층 편히 몰입할 수 있게 된다.

수없이 본 연극이기에 이제 관객들의 반응을 살핀다. 관객들이 캐릭터에 몰입하는 지점, 극에 편안히 적응하는 지점, 연출 의도에 호응하는 지점, 열광하는 특정 대사 등을 보고 확인할 때면 행복하다. 내가 쓴 소설이 연극으로 새롭게 변신해 관객에게 웃음과 짠함, 공감 등을 유발하는 극장 안이 더없이 소중하게 느껴진다.

연극은 세실극장에서 2014년 7월 한 달 남짓 초연을 하고, 그해 가을과 겨울엔 대학로의 한 극장으로 옮겨져 계속 공연되었다. 2015, 2016년 여름에는 마포아트센터에서 공연이 이어졌고 2017년 초엔 '망원동 브라더스 협동조합'이 조직되어 대학로의 '예술공간 혜화'에서 그해 연말까지 오픈 런*으로 공연을 이어 나갔다. 실로 놀라운 행진이 아닐 수 없었다. 원작자로서 올해는 공연이 있으려나, 할 수 있으려나, 늘 걱정과 기대를 품는다. 그런데 연극은 씩씩하게 매년 무대에 올려지고 종종 지방 도시 무대에도 모습을 드러냈다. 수익이 크게 나는 것도 아니고, 오히려 적자인 적도 있었다. 그럼에도 계속한다는 것, 그것이 바로《망원동 브라더스》에서 말하는 '지면서도 살아가는 삶'의 숭고함이기에, 그 자체를 공연으로 체현한 연극《망원동 브라더스》관계자 여러분에게 경의를 표한다.

무엇보다 배우들이 좋아하는 공연이란 이야기를 들었을 때 최고로 뿌듯했다. 동료의 공연을 보고 다음 공연 때 자신도 참여하고 싶다고 요청한 배우가 많다고 들었다. 그렇게 배우들이 끊임없이 참여해 주었기에 무대는 계속 열릴 수 있었다. 이 연극이 많은 배우가 거쳐 가는 무대가 되고, 이 무대를 통해 배우들이 더 성장하게 되길 늘 바라 마지않는다. 초연이 시작된

• 오픈 런. 공연이 끝나는 날짜를 지정하지 않고 지속적으로 공연하는 것을 말한다. 오픈 런은 상연 기간을 미리 확정하는 '리미티드 런(Limited Run)'과 반대되는 개념으로, 흥행 여부에 따라 공연은 몇 달 혹은 몇 년 동안 계속될 수 있다.

지도 벌써 7년째다. 《망원동 브라더스》 출신 배우들이 TV나 스크린에 등장하면 반갑고 뿌듯하기 그지없다.

신담수 배우는 초대 영준 역을 맡아 안정적인 연기로 극이 안착되는 데 큰 역할을 했다. 내게는 '첫 영준'으로 기억되는, 생각만 해도 반가운 배우다. 그런 그가 2017년 천만 관객을 동원한 〈택시운전사〉에서 광주 택시운전사 중 하나로 등장했다. 유해진 배우와 인상적인 연기를 보여 주었는데, 그의 연기가 더 많은 사람에게 인정받을 날이 곧 오리라 믿는다.

초대 슈퍼할아버지로 무대를 휘어잡은 송영재 배우는 이미 TV와 스크린에서 활발하게 활동하는 중견 배우다. 브라더스의 맏형으로 극의 중심을 잡아 줄 뿐 아니라 협동조합에서도 큰 역할을 해 준 진짜 '슈퍼'할아버지다.

남자들 서사에 남자들만 득시글대고 심지어 제목조차 '브라더스'이긴 해도 선화, 주연이라는 여성 캐릭터가 나온다. 야무지고 사랑스럽게 그 역을 소화해 준 배우들을 생각하면 애틋하다. 자칫 녹아들기 힘들지 모를 극 내외 환경에서도 배우들은 거침없이 자기 몫을 해내고, 자기 자리를 확보했다. 《망원동 브라더스》를 다시 쓴다면 선화를 주인공으로 이야기를 풀어 보고 싶을 정도로, 연극을 보며 여성 캐릭터에 대해 많이 배우게 되었다.

한번은 삼동 역을 맡은 배우에게 나중에 영준 역도 하면 좋지 않겠어요?, 라고 부추긴 적이 있다. 그랬으면 좋겠다며 배우는 수줍게 웃었는데 몇 년 뒤 그가 진짜 영준 역을 하는 공연을 보게 되었다. 나는 무심코 던진 조언이었지만 그는 그렇게 자기 캐릭터를 넓혔다.

그리고 싸부 캐릭터를 볼 때면 뱃속 깊은 곳이 요동을 친다. 당장 소주라도 들이켜 그 울림을 잠재워야 할 것처럼 멀미를 느낀다. 《망원동 브라더스》는 결국 영준과 싸부의 이야기라고 나는 생각한다. 다른 캐릭터들이 서운해할지 모르나 영준과 싸부의 서사를 통해 스승과 제자, 선배와 후배, 멘토와 멘티의 우정을 보여 주는 한편, 힘든 세상을 함께 견디는 윗세대와 아랫세대의 연대를 그리고 싶었다. 여러 명배우가 싸부를 열연했다. 초대 이상훈 배우와 고 차명욱 배우부터 가장 오래 싸부를 연기한 노진원 배우까지 모두 멋지고 근사했다. 그들은 그들만의 광기를 끄집어내 이 거부할 수 없는 디오니소스 캐릭터를 온몸으로 표현해 관객들을 몰입시켰다.

이 자리를 빌려 작년 초 유명을 달리한 차명욱 배우의 명복을 빈다. 그는 실제 싸부와 외모가 가장 많이 닮은 배우였다. 차 배우에게 노 샘의 사진을 보여 주자 깜짝 놀라며 자신이 머리를 기르면 이런 인상이라고 마냥 좋아했던 일이 떠오른다. 그는 자신이 연기하는 캐릭터를 사랑했고 그 캐릭터가 자신과 닮았다는 사실에 기뻐했다. 배우는 그런가 보다. 배우는 그렇게 캐릭터 속에서 자신을 발견하고, 그것을 사람들에게 온몸으로 표현한 뒤 하늘로 가 버렸다. 다시 한번 무대에서 마음껏

놀다 간 차 배우의 명복을 빈다.

2020년 여름에도 《망원동 브라더스》는 어김없이 무대를 만들었다. 대학로에 있는 굿씨어터에서 한 번에 관객을 30명으로 한정해 공연을 이어 갔다. 자리는 두 자리씩 건너 띄엄띄엄 두었지만 두 시간 동안 배우들의 열연과 해장국 냄새, 소주 냄새, 맥주 냄새, 라면 냄새 등으로 공연장은 꽉 들어찼다. 다 생활의 냄새 아닌가? 그 냄새들은 관객들의 허기를 자극하고도 남는다. 연극이 끝난 후 바로 식당으로 달려갔다는 후기에 고개가 절로 끄덕여졌다. 나 역시 극을 보고 나면 좀처럼 잘 참는 허기를 견디지 못하고 대학로를 휘젓고 다니게 된다. 식당에 자리 잡고 한잔하고 있으면 관객 중에 숨어 있던 원작자를 목격한 눈 밝은 배우분에게서 연락이 온다. 오늘 공연 오셨죠? 어디세요? 분장만 지우고 바로 갈게요. 나는 기쁜 마음으로 배우를 기다린다. 이윽고 찾아온 배우들과 건배하면, 식당은 다시 무대가 된다.

내게 소박한 꿈이 하나 있는데 망원동의 전망 좋은 곳에 빌딩 하나 올리는 거다(참 소박하다). 빌딩 지하에는 배우들의 연습실이 있고 옥상에는 무대가 열려 있다. 옥상 무대는 매일 밤 옥탑방으로 변해 관객들을 맞이한다. 배우들은 노을이 지는 망원동을 배경으로 영준이 되고 김 부장이 된다. 연극이 끝나고 관객들도 배우들도 모두 옥상에서 내려가면 이야기는 끝을 맺는다. 배우들이 서야 할 무대 걱정 없이, 이 이야기에 가장 어울리는 망원동 옥탑방에서 연기하는 것을 보고 싶다. 지켜 주고 싶다.

부디 이 소박한 꿈을 이룰 수 있게 독자 여러분 제 책 좀 많이 사 주세요. 대한민국 연극계와 출판계를 동시에 이롭게 하는 문화 활동의 후원자가 되시는 겁니다.

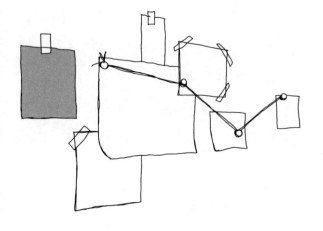

6장

작업기 :
올해는 소설을 쓰고
내년에는 시나리오를 씁니다

"

백지 위에 적힌 검은 흔적 몇 개로 사람들을 웃고 울게 만든다면,

그게 유용한 농담이 아니고 뭐겠어요?

모든 훌륭한 이야기는 사람들을 반복해서 속아 넘어가게 하는

위대한 농담이에요. *

– 커트 보니것

"

• 커트 보니것 외, 《작가란 무엇인가》, 다른.

두 번째 소설을
쓴다는 것

'첫 번째 소설은 쓸 수 있다. 그러나 두 번째 소설을 쓴다는 것은 완전히 다른 일이다'는 글귀를 본 적이 있다. 누구나 자기 인생의 조각을 이야기로 재배치해 한 편의 소설을 완성할 수는 있다. 하지만 그런 일을 계속 해낸다는 건 다른 종류의 노동이 필요하다는 점에서 고개가 끄덕여지는 문구였다. 무엇보다 두 번째 소설을 써야 하는 내게는 알 수 없는 불안이 마치 알게 모르게 찾아온 감기처럼 몸을 휘젓고 있었다.

《망원동 브라더스》의 시나리오 작업을 마치고 난 2014년의 늦가을이었다. 앞에서 언급했듯 영화 판권 판매와 시나리오 작업 고료로 시간을 벌었고, 그 소중한 시간을 두 번째 소설을 쓰는 데 집중적으로 쓸 수 있게 되었다. 첫 책 출간 후 2년 안에 두 번째 소설을 출간하고 싶었다. 《망원동 브라더스》를 즐겁게 읽어 준 첫 독자들이 나를 잊기라도 할까 봐 조바심이 들곤 했기 때문이다.

무엇을 쓸까에 대한 고민은 끝났다. 어떻게 쓸 것인가가 남았을 따름이었다. 하지만 십여 편의 시나리오를 쓰며 마감이란 수많은 고지를 넘나들었지만 초보 소설가일 뿐이었고, 어디서부터 어떻게 시작해야 할지 혼란스러운 게 사실이었다. 고심 끝에 나는 문학관에 들어가기로 마음먹었다. 문학관에서 최대한 짧은 시간 안에 집중해 초고를 뽑은 뒤 이후 수정고를 차근차근 만들어 가겠다고 생각한 것이다. 데뷔작은 시나리오를 쓰며 짬 날 때마다 게릴라식으로 작업한 결과물이라 제대로 된 집필 모델이 될 수 없었다. 이번에는 좀 더 체계적이고 집중력 있는 나만의 장편 집필 습관을 만들고 싶었다.

두 번째 소설 아이디어는 4년 전에 시작되었다. 지인의 유골함 앞에서 그를 자유롭게 해 주고 싶다 느낀 나는, 유골을 탈취해 달아나는 사람들에 대해서 상상하기 시작했다. 그런데 만약 그들이 연적(戀敵)이라면? 유골이 그들이 함께 사랑했던 사람이었다면? 그렇게 몇 가지 상상이 맞물려 '쓸 만한 아이템'이 되었다. 하지만 4년 전에는 《망원동 브라더스》조차 집필 전이었다. 그저 한 편의 로드무비 같은 이야기로 완성되면 좋겠다는 생각만 한 정도였다.

소설가가 된 후 두 번째 소설은 무슨 이야기를 쓸까 고민하던 찰나 이 아이템이 번뜩 떠올랐고, 다른 후보들을 제치고 빠르게 치고 올라와 결승점에 이른 것이다. 하지만 집필은 계속 미루어졌고 그럼에도 구상은 계속되었다. 시나리오 작업을 하면서도 두 번째 소설의 아이디어가 불쑥불쑥 떠올랐다. 어디를 가면 좋을 것 같고, 어떻게 싸우면 좋을 것 같고, 어떤 감정을 다루면 좋을 것 같고…. 그렇게 계속 이야기의 조각들이 꿈에서도 퍼즐을 맞추듯 떠올랐다.

소설가가 되어서 좋은 점이라면 문학관을 이용할 수 있게 된 것이다. 문학관은 대체로 문학 분야에서 등단한 작가들이 이용할 수 있는데, 작가에게 개인 작업실과 숙식을 제공해 주어 실질적인 큰 도움을 주고 있었다. 문제는 초보 소설가답게 연말이 다 되어서야 입주할 문학관을 찾고 있었다는 사실이었다. 대부분의 문학관이 연초에 1년 동안 입주할 작가들을 모집한다는 사실을 까맣게 몰랐다. 토지문학관을 비롯해 유명한 문학관을 검색해 봤으나 모두 지원 기간이 끝난 상태였다. 절망한 채 마지막 검색으로 들어간 증평의 '21세기문학관' 홈페이지에서 겨우 안도의 한숨을 쉴 수 있었다. 이곳은 분기별로 입주할 작가를 모집하고, 마침 12월 15일에서 다음 해 1월 30일까지 45일 동안 입주할 작가를 모집하고 있었다.

서둘러 입주 신청을 하고 이곳에 입주하지 못하면 두 번째 소설을 쓸 수 없을 것마냥 전전긍긍하며 결과를 기다렸다. 얼마 뒤 다행히 입주 작가로 선정되었고, 초보 소설가는 처음 수학여행 가는 중학생처럼 첫 문학관 입주 일을 손꼽아 기다렸다. 마침내 12월 15일, 강남고속버스터미널에서 증평행 버스를 타고 21세기문학관으로 향했다. 노트북과 옷가지 몇 벌, 러닝화 그리고 열 장 정도로 정리한 두 번째 소설의 줄거리를 가지고.

전국에서 제일 작은 읍이라는 증평 읍내에서 걸어서 사십여 분을 가니 군인아파트와 논밭 사이 국도변에 단단히 자리한 3층 건물이 눈에 들어왔다. 며칠 전 내린 눈이 흰 얼룩으로 빛나는 정원을 지나 문학관에 이르렀다. 나는 7개의 작업실 중 하나를 제공받았다. 든든하고 신기했다. 동인천 시절엔 방 하나를 작업실로 썼다. 갑갑했다. 그래서 카페에 나가 종종 글을 쓰기도 했는데 내겐 잘 맞지 않았고 더욱이 커피값도 신경 쓰여 결국 그만두었던 게 생각난다. 서울로 올라온 뒤론 서울영상위원회가 운영하는 상암동 시나리오 작가존 오픈집필실에 입주하곤 했지만 온전한 나만의 공간은 아니었다. 종종 친분이 있는 영화사에서 사무실 공간을 제공한다고 했지만 거기서 쓰는 글은 그 영화사에 먼저 보여 줘야 한다는 무언의 압박이 있기에 고사하곤 했다. 아무튼 전업 작가 10년 차였지만 작업실 하나 쉽게 얻을 수 없는 처지였다.

그런데 이렇게 온전한 나만의 작업실이 생긴 것이다. 베란다와 욕실이 있는 원룸 형태였고, 책상, 침대, 협탁, 옷장, 빨래 건조대, 스탠드, 소형 냉장고, 전기 포트 등도 갖추어져 있었다.

작업실이 있는 2층에서 1층으로 내려가니 작은 도서관이 있었고 그곳의 소파에 앉아 마음껏 책을 읽을 수도 있었다. 그리고 정원을 지나 식당에 가면 정해진 시간에 단정한 삼시세끼를 무료로 누릴 수 있었다. 한마디로 아무것도 신경 쓰지 않고 오직 글만 쓸 수 있는 곳이었다. 나는 뭐 이런 천국이 다 있나 하고 놀랐다. 소설가로 데뷔한 덕분에 문학관이라는 '집필 천국'의 입장권을 끊은 기분이었다.

문학관에 오니 또 좋은 게 동료를 만날 수 있다는 점이었다. 데뷔하고 딱히 동료 작가들을 만날 기회가 없었다. 세계문학상 '등단 동기'들 빼고는 만날 작가도, 딱히 나를 불러 주는 곳도 없었다. 그런데 문학관에 오니 시인도 있고, 희곡작가도 있고, 나 같은 소설가도 있고, 그림책 작가도 있었다. 재미있는 것은 처음 이곳에 올 때 내 나이 마흔둘, 이제 어디 가도 꿀릴 나이는 아니겠지, 라고 생각했는데 첫날 저녁 자리에서 나보다 어린 분을 찾기가 어려웠다는 것이다. 역시 내가 막내였다! 그래서 막내답게 이것저것 많이 물어보며 지냈다. 다들 문학관 경험이 많고 작가 이력도 화려한 선배들이라 도움이 될 만한 흥미로운 정보를 많이 알려 주었다. 그해의 마지막 날, 증평 읍내에 우르르 몰려가 장을 봐 와 송년회를 함께한 따스한 추억이 떠오른다.

문학관에서 나는 매일 열 시간씩 써 내려갔다. 초고는 무식하게 써 내려가야 한다. 나는 문학관에 가기 전에 계획해 둔 대로 달력에 작업 진도를 표시했다. A4 용지 120장은 채워야 장편 분량이 나온다. 증평에서 무조건 초고를 뽑아 가기로 작정했던지라 하루에 A4 3장을 목표로 썼다. 3장＊45일＝135장. 오케이. 이후에 수정해 가면서 120장으로 줄이면 못 써먹을 초고는 아닐 거라 여겼다.

하루에 반드시 채워야 하는 '3장'. 이를 위해 이마에서 피가 나는 느낌으로 매일 열 시간씩 모니터를 보며 쓰다 지우다 쓰다 지우다를 반복했다. 머리가 덥고 몸이 무거워진다 싶으면 작업실을 박차고 나가 겨울바람이 나부끼는 증평의 들판을 걷고 또 걸었다. 걸으며 생각한 것들을 가지고 작업실로 돌아와 다시 썼다. 지루하고 힘들었다. 석 장을 못 쓴 날은 다음 날 벌충을 했다. 다음 날 벌충이 안 되면 다음다음 날…. 안 되면 다음다음다음 날…. 그러다 운이 좋은 날에는 다섯 장도 썼다. 그런 날은 눈길을 뚫고 읍내까지 걸어가 맥주를 사 와선 벌컥벌컥 마시고 행복감에 겨워 잠들었다.

2015년 1월 말, 마침내 목표한 분량을 채웠다. A4 용지로 130장 정도의 거칠고 투박한 초고를 얻었다. 덩달아 목디스크도 얻었다. 원래 허리디스크는 기본으로 장착하고 있던 터였지만 목디스크는 처음 겪는 종류의 고통이라 정신을 차릴 수가 없었다. 문학관 퇴실과 초고 마감을 닷새 앞둔 날 오른손 검지 손가락에 찌릿찌릿 전기가 오는 게 느껴졌다. 호잇! 하면 염력이라도 발휘될 것 같았다. 처음엔 무선마우스 안의 건전지에서 전기가 새어 나오는 줄 알았다. 그런데 손가락의 따끔함이 점차 팔과 어깨로 올라오더니 어느 순간 목 부위가 끊어질 듯 아파 오기 시작했다. 하지만 퇴실과 초고 마감이 얼마 안 남은 터라 무식하게 파스만 붙이며 버텨 나갔다. 그러다 오른팔 전체를 쓰기 힘든 지경에 이르고야 말았다.

퇴실 후 서울로 올라왔을 때는 고개를 숙일 수도 팔을 움직일 수도 없는 상태여서 누워 있는 게 할 수 있는 일의 전부였다. 다음 날 병원에 가니 역시 목디스크였다. 의사는 수술까지 할 건 아니고 치료를 받으라고 했다. 그 길로 한방병원을 찾은 나는 도수치료를 비롯해 견인, 부황, 찜질 등 다양한 치료를 받았다. 고통스러웠다. 그렇게 두 달을 재활에만 매달렸다. 빨리 재고를 쓰고 싶었지만 불가능했고 쓸 수 없으니 머릿속 생각만 복잡해졌다. 이러다 완전 마비되어 오른팔을 못 쓰는 건 아닐까? 회복이 돼도 재발이 될 것이고, 그렇다면 버티는 힘으로 작가 생활을 해 온 내가 버틸 수 없는 몸 상태로 무얼 할 수 있단 말인가? 걱정이 쌓이자 마음이 흔들거리는 게 느껴졌고 두 번째 소설을 못 낼 수도 있다는 두려움이 몰려왔다. 나는 부상으로 은퇴를 앞둔 운동선수가 장래를 걱정하듯 우울하게 수유리 집 침대에 누운 채 그해 봄을 맞이하게 되었다.

육체노동으로서의
글쓰기

소설가 김영하는 자신의 단편 〈옥수수와 나〉에서 소설가라는 직업을 이렇게 정의한다.

소설은 그런 게 아냐. 매우 육체적인 거야. 심장이 움직이면 마음은 복종해. 우리는 시인이나 평론가와 다른 몸을 갖고 있어. 문학계의 해병대, 육체노동자, 정육점 주인이야.*

그의 표현이 탁월하다는 걸 깨달았으니 진짜 소설가가 된 것일까? 육체노동으로서의 소설 집필을 수행했으니 이제 소설

---

* 김영하, 《오직 두 사람》, 문학동네.

—

가의 몸을 갖춘 것일까? 알 수 없었다. 오직 내가 알 수 있는 것은 내 몸이 지쳤다는 것, 맛이 갔다는 것뿐이었다.

지난 십 년간 의자에 앉아 노트북에 고개를 박고 기계처럼 써 왔다. 하지만 나는 기계가 아니다. 체력과 몸뚱이만 믿고 무식하게 써서 그나마 여기까지 왔다. 그러나 계속 그렇게 할 수는 없는 것이다. 시간과 돈처럼 인간의 몸도 유한하기 때문이다. 목디스크가 생기기 전엔 노트북 받침대를 사용하는 사람들을 전혀 이해하지 못했는데 이제는 알 것 같았다. 나는 고개를 숙이고는 집필은커녕 아무 일도 할 수 없는 사람이 되었으니까. 경추와 요추에 시한폭탄처럼 튀어나와 있는 디스크는, 내게 글을 쓸 수 있는 순간을 소중히 여기라는 경고등처럼 등 뒤에서 늘 깜빡거리고 있다.

노트북 받침대와 비싼 경추베개를 사고 생활 습관과 작업 습관을 고쳐야 했다. 한편, 소중한 모니터 요원들에게서 받은 초고의 반응은 처참했다. 다행히 두 달간 글을 쓰지 못하니 모니터 결과에 대해서만 생각할 수 있었고 그것은 거름이 되어 주었고 시간은 약이 되어 주었다. 3개월쯤 지나니 몸이 한결 나아졌고 마치 언제 아팠냐는 듯 팔이 정상으로 돌아와 억울함에 화가 날 지경이었다. 이후로 나는 목디스크가 재발할 조짐이 느껴지면 일을 멈추고 살을 뺀다. 몸이 무거우면 척추에 더욱 부담이 되기 때문이다.

다행인 점은 증평 21세기문학관에 머무는 동안 새로운 작업실을 얻은 것이었다. 친구 서진 군이 소개해 준 '호텔프린스 제주집필실'은 제주가 소설의 주요 배경으로 나오는 이 작품을 위해 반드시 입주하고 싶은 곳이었다. 지원서에 나는 적었다. 현재 초고가 나온 새 장편소설의 배경이 제주도이기에 디테일한 취재를 더하며 집필을 해야 한다고. 그리고 출판사와 계약은 마쳤고 2015년 중에 반드시 책을 출간할 거라고 힘주어 썼다. 이처럼 지원서를 쓸 때 나는 할 수 있는 최대한의 의지와 의욕, 열정을 담아 써 내려간다. 심사하는 분들이 읽을 때 이 사람 여기 안 뽑아 주면 병나겠네, 라고 느낄 정도로. 그렇게 하지 않으면 수상이나 작품 이력이 일천한 내가 어떻게 선정될 수 있겠는가? 작가에게 가장 중요한 것은 무엇일까? 영감? 글감? 시간? 건강? 금전? 내 생각엔 작가에게 가장 중요한 것은 '안정적으로 쓸 수 있는 환경'이며 그 환경을 스스로 만드는 것 역시 작가의 덕목이고 그것이 글쓰기의 시작이다.

다행히 호텔프린스 측에서 제주집필실을 제공해 주었다. 입주 기간은 4월 15일에서 5월 말까지. 다시 한 달 반의 시간이 주어졌다. 4월 15일. 잔뜩 체크된 초고와 수정 방향이 적힌 새 줄거리 그리고 경추베개와 노트북, 노트북 받침대를 트렁크에 실어 비행기에 올랐다. 나는 소설 배경이 되는 곳에 작업실을 얻게 된 것이 너무 기쁜 나머지 전부터 먹어 보고 싶던 보말칼국수도 포기하고 공항에 내리자마자 바로 작업실로 향했다.

서귀포 남원 중산간 귤밭 사이에 자리한 작업실은 넓고 아름다웠다. 펜션 구조였다. 전망 좋은 테라스가 있는 넉넉한 공간이었고 푸른 마당과 검은 돌담도 갖추고 있었다. 날씨도 제주도민이 말하는 "가장 좋은 제주의 봄날"이었다. 그렇다. 마감만 없다면 천국이었다.

'천국'에서 마감을 위해 다시 작업을 시작했다. 목디스크를 신경 써야 해서 한 시간 정도 작업한 후에는 꼭 일어나 스트레칭을 하거나 귤밭 사이를 거닐었다. 그런 후에 다시 책상 앞에 앉았다. 하루에 대여섯 시간만 일하고 오후에는 서귀포 시내에 나갔다 오거나 가까운 공천포 해변에 갔다. 이번 작업실에서는 식사가 제공되지 않아 장을 봐 와 간단히 저녁을 해 먹고 밤이면 검은 한라산을 바라보며 투명한 한라산 소주를 마셨다. 순식간에 45일이 지나갔다. 가지고 간 초고를 지지고 볶고 두루치기하고 꼬고 비틀고 담그고 숙성시켰다. 소설의 주요 배경인 공천포 해변과 남원, 사려니숲과 조천 일대를 쏘다녔고 마지막 공간인 따라비오름에 올라 갈대 사이를 걸으며 이야기의 끝을 구상했다.

입주 기간이 끝나 갈 즈음, 이야기가 다 익어 갈 무렵, 제주에도 더위가 찾아왔다. 4년 전 아이디어가 오랜 구상을 거쳐 목 부상을 무릅쓰고 6개월의 강행군을 계속한 끝에 소설로 완성되었다. 증평의 겨울 들판에서 시작된 집필은 이야기 속 여정처럼 곳곳을 돌아 제주에서 마무리되었다. 5월의 마지막 날 나는 스스로 정한 마감일에 맞춰 출판사에 원고를 보냈다. 그리고 그해 가을 책이 나왔다. 책을 보자마자 생각이 났다. 증평의 눈 내린 겨울 들판이, 들판의 논길을 걸으며 이야기의 길을 찾아 헤매던 날들이, 눈부신 제주의 봄날보다 쓸쓸하고 춥던 그 겨울이, 소박한 원룸 작업실에서 혼자 목의 통증에 끙끙대며 글을 쓰던 순간이.

연적이었던 두 남자가 죽은 연인 한재연의 1주기 기일에 우연히 만나 그의 뼈가 든 유골함을 들고튄다. 여행을 좋아하고 누구보다 자유롭게 살고자 했던 재연이 좁은 납골당에 갇혀 있으니 얼마나 답답하겠냐고, 자유롭게 해 주자고. 하지만 두 사람의 대책 없는 의기투합은 첫걸음부터 삐걱대고 재연의 유골함을 혼자 소유하겠다는 이기심은 끝 간 데 없이 치닫는다.

작가는 한 여자를 서로 다른 시기에 사랑했다는 것 외에는 공통점이라고는 찾아볼 수 없는 두 남자의 엇박자 여행을 특유의 유머와 유쾌한 에너지로 현실감 있게 그린다. 꿈을 이루지 못하고 젊은 나이에 세상을 떠난 옛 여자친구의 기일에 그의 뼈를 안고 그가 생전에 좋아했던 장소를 찾아가는 아이러니. 그 길을 달라도 너무 다른 녀석과 싸워 가며 함께해야 하는 부조화가 소설적 재미와 따뜻하고 뭉클한 감동을 선사한다.

김호연의 두 번째 장편소설 《연적》은 출간되자마자 폭발적인 반응을 얻으며《망원동 브라더스》에 이어 다시 한번 베스트셀러로 등극했다. 끝을 알 수 없는 출판 불황의 늪에서 홀로 우뚝 솟아나와 두 달 만에 10쇄를 돌파했으며 외국 작가들이 장악한 소설 시장에서 한국 소설의 자존심을 지키고 있다. 현재 유수의 영화사들 사이에서 판권 경쟁이 치열한 가운데 일본의 고단샤, 미국의 랜덤하우스 등 해외 출판사들도 판권 구매를 요청 중이다…, 라고 쓰고 싶었다.

첫 번째 소설 못지않을 거라고, 어쩌면 더 잘될 거라고 착각했다.《망원동 브라더스》는 크게 기대를 안 했는데 기대 이상 잘된 것이란 걸 모르고 두 번째 소설에 기대를 많이 한 것이다.《연적》은 초보 소설가의 철없는 기대와는 다르게 출간 한 달 만에 서점 매대에서 빠진 뒤 책꽂이에 꽂히거나 찾아보기 힘들어졌다. 신문이나 잡지에 기사 한 줄 제대로 나지 않았고 리뷰 역시 첫 책 때보다 현저히 적었다. 당연히 책 판매도 부진했다. 독자들 반응도 반반이었다. 전작에 비해 형편없는 졸작이라는 평도 있었고 전작보다 한층 이야기의 집중력이 돋보인다는 평도 있었다. 지인들 반응 역시 제각각이었다. 너다운 소설이라 좋았다는 평도 있었고《망원동 브라더스》와 비슷한 이야기를 쓰지 그랬냐는 평도 있었으며 이야기가 너무 영화적이어서 소설답지 못하다는 평도 있었다. 그 모든 결과를 받아들일 수밖에 없었다.

견뎌야 했다. 또한 첫 책은 판권이 팔려 다음 소설을 쓸 수

있었지만 두 번째 책은 딱히 수익을 내지 못했기에 다음 소설
을 쓸 자금을 확보할 수가 없게 되었다. 이것이 쓰라렸다. 두
번째 소설을 출간한 작가가 된 것은 기뻤지만 세 번째 소설을
쓸 수 있을지는 미지수가 되었다. 무엇보다 이 책을 내고 나서
결혼을 했기 때문에 직업적으로 좀 더 안정된 고료가 필요한
일을 해야 했다. 나는 언제 다시 소설을 쓸지 기약할 수 없는
상태로 다시 시나리오를 쓰게 되었다.

좋은
영화

2014년 초 낯선 번호로 전화가 왔다. 차분한 목소리였다.

"안녕하세요, 영화 제작하는 김미희라고 합니다."

당연히 아는 이름이었지만 당황한 나머지 약간 횡설수설하며 통화를 마쳤다. 김미희 대표님은 출판사를 통해 연락처를 알았다며 《망원동 브라더스》를 재미있게 읽었다고 말해 주셨다. 뭐랄까, 신기함과 뭉클함이 동시에 내 가슴을 두드렸다. 먼 발치에서 늘 바라만 보던 사람이 어느 날 먼저 말을 걸어 주는 기분이 이런 것일 터였다.

김 대표님은 영화사 '좋은 영화'를 운영하며 〈주유소 습격사건〉, 〈신라의 달밤〉, 〈피도 눈물도 없이〉, 〈선생 김봉두〉, 〈혈의

누〉 등 우리 세대라면 누구나 재미있게 봤던 웰메이드 상업영화를 만들어 온 영화 제작자다. 이후 싸이더스 공동대표로 다시 수십 편의 영화에 제작자로 참여한 베테랑이자 언젠가 꼭 시나리오를 건네 드리고 싶던 분이었다. 2008년 한 피칭 행사를 마치고 만난 싸이더스 컨텐츠개발팀 분들에게 〈명감독 백대일〉의 시나리오를 보내 드린 적이 있다. 나는 그때 그 시나리오가 김 대표님에게까지 전달되기를 바랐지만 아쉽게도 컨텐츠개발팀 선에서 반려된 기억이 있다. 말하자면 김 대표님은 내가 시나리오를 건네기도 어렵고 읽기를 부탁드리기도 어려운 분이었다. 그런데 그분이 직접 먼저 전화를 걸어 왔으니 깜짝 놀랄 수밖에.

홍대의 한 커피숍에서 김 대표님을 만났다. 대화를 나누는데 어느새 그동안의 영화 이력을 줄줄이 고해성사하듯 털어놓고 있는 나를 자각할 수 있었다. 그는 이전부터 나를 잘 아는 선배처럼 찬찬히 이야기를 들어 주었고 나는 민망함을 덜 수 있었다. 이후 김 대표님과 함께 일하기로 했으나 《망원동 브라더스》의 시나리오 작업과 《연적》의 소설 작업을 하느라 자꾸 미뤄지게 되었고, 목디스크가 나아진 뒤에야 그의 영화사 스튜디오 드림캡쳐에 찾아갈 수 있었다. 영화사는 〈숨바꼭질〉 개봉 뒤 활발하게 새 작품들을 진행 중이었고 김 대표님은 내게 개발 중인 시나리오 한 편의 각색을 제안했다. 사실 각색이 오리지널보다 힘들다. 그럼에도 그와 함께 일하고 싶었고 결혼을 앞두고 돈도 벌어야 했기에 계약을 하고 작품에 참여했다.

　어차피 시나리오 쓰기란 다시 쓰기이고 고쳐 쓰기이며 함께 쓰기다. 소설이 혼자 쓰는 거라면 시나리오는 더 많은 사람의 공감과 개연성을 얻기 위해 다중 검증에 들어간다. 피디와 감독, 제작자 모두가 수긍해야 쓸 수 있는 것이다. 그것이 때론 개성을 죽이지만 그래야 모두가 납득하는 이야기가 일단 나올 수 있다. 자신만의 색깔을 집어넣고 디테일을 강화하는 것은 다음으로 할 일이다. 물론 작가의 개성과 코어를 중심으로 이야기를 완성한 뒤 공감대를 찾아 나가는 방식으로 작품을 개발할 수도 있으나 상업영화에선 전자가 더 효율적인 과정임을 인지하고 있었고, 노련한 김 대표님과의 작업 역시 이러한 단계를 차곡차곡 밟으며 진행되었다.

　각색 작업은 그해 늦가을 결혼식을 이틀 앞두고서야 완료되었다. 3고였고, 내가 할 수 있는 기술과 노고를 다 쏟아부었다. 원고를 보내고 하루 쉰 뒤 결혼식을 해야 했으니 나도 일복은 차고 넘치는 사람이다. 특별히 감사한 것은 원래 3고 마감 뒤 열흘 후에 들어오기로 계약된 잔금이 마감 일주일 전에 입금되었다는 점이다. 김 대표님은 결혼 준비로 돈 쓸 일이 많을 텐데 조금이라도 미리 보내 드릴게요, 라며 계좌를 확인하라고 하셨다. 잔금을 늦게 받거나 떼인 적은 많지만 일찍 받기는 생전 처음이었다.

　신혼여행에서 돌아온 후 인사를 드리러 만난 자리에서 김 대표님은 다음 작품의 각색을 제안하셨다. 《연적》의 부진으로 인해 당장 새 일거리를 찾아야 하는 상황이었던지라 바로 수락했다. 그렇게 그해 김 대표님의 회사에서만 두 편의 시나리오를 각색했다. 그 덕에 결혼 직후에도 일이 떨어지지 않았고 시나리오 작가로서 계속 생활을 영위할 수 있었다. 이후 2017년에 다시 연락을 주셔서 찾아뵈니 이번에는 회사에서 기획 중인 아이템을 처음부터 같이 개발하자고 하셨다. 고민할 것도 없이 하기로 했다. 아이템도 훌륭했고 그와 다시 함께 일하게 되어 기뻤다. 열심히 자료 조사와 기획개발에 힘썼고 다음 해 봄까지 작업해 함께 오리지널 시나리오를 완성할 수 있었다.

김미희 대표님과 일하며 느낀 점은 창작자에 대한 무한 존중이다. 회의는 늘 가능성으로 넘쳤고 창작자는 무슨 의견이든 내고 나눌 수 있었다. 또한 영화를 바라보는 방향이 일치했다. 김 대표님이나 나나 더 많은 관객에게 공감과 즐거움을 주는 상업영화의 미덕을 우선시했고, 그러한 톤 앤 매너의 작품을 지향했다. 김 대표님 덕분에 그동안 쌓여 있던 제작자에 대한 좋지 않은 편견과 상처가 상당 부분 치유됐다. 시나리오 작가를 자신의 기획을 받아쓰기하는 사람으로 여기는 제작자, 처음에는 존중하다가 일이 잘 안 풀리면 기다렸다는 듯 작가에게 책임을 돌리고 잔금을 지불하지 않는 제작자, 작정하고 사기를 치려는 속내가 엿보이는 제작자 등 솔직히 영화 일을 하며 많은 불량 제작자를 만났다. 물론 무명 시나리오 작가였기에 그런 자들을 만나고 무시를 당했을 것이다. 다행히도 김 대표님처럼 작가를 소중하게 여기고 대하는 제작자를 만난 덕에 이후로는 시나리오 쓰기의 즐거움과 제작자에 대한 믿음을 다시 찾을 수 있었다. 늘 감사할 따름이다.

다시 2016년 여름, 각색 일이 끝나자마자 나는 대전으로 내려가게 된다. 세 번째 소설을 쓰기 위해 작업실을 구하던 중 한국과학기술원(KAIST)에서 작가들을 위한 레지던스인 '엔드리스 로드' 프로그램을 운영한다는 소식을 접했고, 정성껏 지원서를 작성해 제출했다. 몇 주 뒤 면접자 발표 날 아무런 연락이 없기에 카이스트 홍보실에 전화를 걸어 보니 이미 개별 연락이 갔다고 했다. 아쉽게도 떨어진 것이었다.

그런데 그 다음 주에 042로 시작되는 전화가 한 통 왔다. 카이스트 홍보실이었다. 면접자 한 명이 참석을 안 했다며 다음 순위인 내게 연락을 해 온 것이다. 나는 흔쾌히 대전으로 내려가 면접을 봤고 입주 작가로 선정되었다. 운이 좋았다. 그리하여 2016년 8월 16일부터 2017년 2월 15일까지 6개월간 다시 입주 작가 생활이 시작되었다. 나는 트렁크에 노트북, 노트북 받침대, 경추베개, 옷가지를 넣어 대전행 기차에 올랐다.

REWRITE :
다시 써라

이제 짐작하는 분들도 계시겠지만 세 번째 소설 《고스트라이터즈》는 전국의 공모전 순례를 마치고 망해 버린 첫 습작소설 〈유령작가〉를 개작한 작품이다. 2007년 전업 작가가 되기로 하고 동인천에 내려가 처음 쓴 장편소설. 하지만 대한민국의 모든 장편 공모전에서 물을 먹은 뒤 통통 불어 어디 써먹지도 못할 망작이 된 상태였다. 이 작품 이후 다시 소설을 쓰지 않으려 했다. 그런데 불쑥 망원동 옥탑의 지질한 네 사내가 나오겠다고 내 뱃속에서 아우성을 치는 바람에 소설을 썼고, 소설가가 되었다. 말 그대로 '어쩌다 보니 소설가'였다. 그래서였을까? 야심 차게 작업한 두 번째 소설《연적》은 별다른 반응을 얻지 못했다. 책도 많이 안 팔리고 판권도 안 팔렸기에 타격이 좀 있었지만, 그럼에도 나는 최초 이 이야기가 꿈꾸었던 두 남자와 한 여자의 기묘한 삼각관계 여정을 사랑한다. 다만 다음 소설을 쓸 수 있는 여력이 되어 주진 못했을 뿐이었다.

소설 역시 시나리오처럼 쓰는 것 못지않게 파는 게 힘들었다. 사람들은 더 이상 책을 사 보지 않았다. 《망원동 브라더스》가 출간된 2013년과 비교해서도 출판시장은 가파른 불황의 그래프를 그리고 있었다. 볼 것도 재미있는 것도 참으로 많아진 세상이 되었기 때문이다. 넷플릭스 같은 OTT 플랫폼과 유튜브, 다양한 웹 콘텐츠를 책이 이기기에는 이제 버거워 보였다. 이런 환경에서 소설을 쓴다는 건, 책을 낸다는 건 생계형 작가에겐 불가능한 일이나 다름없었다.

세 번째 소설 쓰는 걸 무기한 연기하고 있던 때 아내가 내 원고 파일에서 〈유령작가〉를 찾아 읽게 되었다. 잘 고치면 괜찮은 소설이 될 것 같다고 아내가 말했을 때 두 가지 생각이 들었다. 1) 역시 아내의 격려는 큰 힘이 되는구나. 2) 잘 고쳐 팔아서 어서 가계에 보탬이 되게 하라는 거구나. 아무튼 아내의 조언에 힘입어 나는 다시 들추기도 싫었던 〈유령작가〉를 용기를 내 찬찬히 읽어 보았다.

나빴다. 여전히 어설픈 설정과 거친 플롯, 애매한 캐릭터 등이 이야기 전체를 모호하게 만들고 있었다. 나쁘지 않았다. 두 편의 소설을 쓰고 나서인지 나쁜 부분들이 이제는 보였고(퇴고의 기본은 원고의 나쁜 부분이 무엇인지 판단할 수 있어야 하는 것), 그것을 어떻게 고치면 나아질지 역시 가늠이 되었다. 〈유령작가〉는 8년 전과 변한 게 없었지만 나는 8년 전의 초보 소설가 지망생이 아니었다. 그래서 작품을 고쳐서 세 번째 소설로 만들어 보기로 마음먹었다. 하지만 앞에서 말했듯 아무런 도움 없이 새 책을 낼 수는 없었다. 새 책은 새 출판사에서 작업해 보기로 마음먹었기에 일단 이 원고의 가능성을 보고 계약을 해 줄 출판사를 찾아야 했다. 그때 떠오른 사람이 위즈덤하우스의 한수미 분사장이었다. 그는 서진 작가를 통해 수년 전 인사를 나눈 뒤로 동료이자 친구로 지내는 사이였다. 하지만 절대 친분만으로 작품을 받아 줄 리 만무하기에 나는 〈유령작가〉를 한번 손본 후 《고스트라이터즈》라는 새 제목을 달았고, 그것을 프린트해서 우편으로 보냈다. 편하게 메일로 보내지 않은 것은 이 작품을 한 분사장이 일반 투고작이라 생각하고 최대한 냉정히 읽어 주길 바라는 마음에서였다.

얼마 뒤 한 분사장에게서 연락이 왔고 미팅을 했다. 작품은 진행하되 상당 부분 수정이 필요하다는 의견이었다. 나 역시 그대로는 절대 낼 의사가 없었기에 동의하고 출간에 합의했다. 수정할 부분 역시 한 분사장과 토의를 거쳐 결정했다. 베테랑 편집자답게 작품의 큰 틀은 유지하되 서브플롯과 캐릭터의 조정 그리고 톤의 변화를 제안했다. 나는 편집자의 중요성을 다시 한번 절감했다.

시나리오 작업에는 편집자 역할을 하는 사람이 너무 많다. 피디, 감독, 감독의 친구, 제작자, 제작자의 배우자, 연출부1, 연출부2, 연출부3, 제작부1, 제작부2… 한글 아는 사람은 모두 달려들어 감 나라 배 나라 귤 까라 한다. 정녕 글 쓰는 일은 글씨 쓰는 일이 아닐진대, 통제되지 않는 편집 인력과 아우성 같은 의견은 분명 문제다. 반면 출판, 특히 문학 쪽 편집자는 그 역할이 제한된 경우가 많다. 하지만 어떤 소설은 편집자의 능력으로 소설가를 더 좋은 소설가로, 작품을 더 좋은 작품으로 만들 수 있다. 그렇지 않다면 편집자가 무슨 필요가 있겠는가?

수정할 부분이 합의되고 일사천리로 계약이 진행되었다. 무엇보다 소설을 카카오페이지 문학 메뉴에 연재하기로 결정된 것에 기대감이 올라왔다. 사람들은 더 이상 문학잡지나 만화잡지를 읽지 않는다. 그 대신 웹 플랫폼에서 웹소설과 웹툰을 보는 세상이 되었고 그 웹 플랫폼에 연재라는 걸 해 보고 싶었는데 단숨에 기회가 찾아온 것이었다. 부담도 되었다. 새 출판사와 첫 작업이고 첫 연재이며 첫 개작이었다. 여전히 초보 소설가에게는 만만치 않은 도전이었다. 그래서 운동선수가 큰 대회를 앞두고 트레이닝캠프를 차리듯 다시 작업실을 구해야 했다.

무협지를 보면 적에게 당한 뒤 복수를 위해 깊은 산속에 들어가 스스로를 가둔 채 무예에 정진하는 주인공을 볼 수 있다. 세 번째 소설로 두 번째 소설의 부진을 떨치기 위해 나 역시 깊은 산속에 들어가야 했는데, 어쨌거나 나는 결혼한 지 일 년이 채 안 된 상태였고 싱글 때와는 다르게 아무 때나 짐을 싸들고 산중 암자로 들어갈 수 있는 처지가 아니었다. 그러던 중 카이스트의 '엔드리스 로드'를 알게 되었다. 카이스트에서 반기마다 스토리텔링 분야 예술가 셋을 선정해 6개월간 캠퍼스 내 15평 원룸 아파트를 제공하고 매달 창작지원금 80만 원도 지원해 주는 프로그램이었다. 그 대신 입주 작가는 성실히 집필하는 한편 학생들과 교류할 수 있는 창작 프로그램을 기획해 진행해야 했다. 이거다! 나는 아내에게 면담을 신청했다.

"세 번째 소설을 써야 해서 대전의 카이스트 레지던스에 지원해 볼까 하는데…."

"그런데?"

"그런데 기간이 6개월이다."

"음. 넘아, 그건 좀…."

"창작지원금이 매달 80만 원 나오는데, 입금되는 대로 40만 원을 보내 주겠다."

"음… 충분치 않아."

"그럼 무얼 더 원하는가?"

"카이스트가 유성 부근이지? 매달 내려가 온천 투어를 해야겠어."

"오, 오케이."

다행히도 대전, 대전에서도 카이스트는 온천으로 유명한 유성구에 자리하고 있었다. 온천 마니아인 아내는 한 달에 한 번 온천 방문을 조건으로 엔드리스 로드 지원을 승낙해 주었고 앞서 밝힌 것처럼 나는 추가 합격으로 입주 작가가 될 수 있었다. 고칠 작품(초고), 출판사, 담당 편집자, 연재 플랫폼, 작업실 모두 갖췄다. 드디어 세 번째 소설을 쓸 준비가 된 것이다.

2016년 8월 김 대표님 회사의 각색 일을 마친 나는 대전행 기차에 오른다. 대전이란 도시는 이전에 몇 번 갔을 때부터 늘 편안하고 친숙한 느낌을 주었다. 내 본적이 충청도라 그런 면도 있고 대학을 조치원에서 다녀서 그런 것도 같다. 카이스트 역시 늘 궁금하고 흥미가 느껴지는 곳이었다. 나와는 전혀 다른 뇌를 잘 쓰는, 수재들의 왕국 같은 느낌이었고 그곳에서 만날 학생들과의 새로운 생활이 기대되었다.

8월 중순의 뜨거운 더위를 뚫고 도착한 카이스트의 레지던스 공간은 더할 나위 없이 훌륭했다. 외국인 교수 아파트의 원룸이 제공되었는데, 베란다가 딸린 15평 공간에 필요한 모든 것이 갖춰져 있어 아내를 데려와 함께 살아도 될 판이었다. 하지만 아내는 서울에서의 일이 있지 않은가? 나는 어쩔 수 없이 침통한 마음을 뒤로하고 홀로 이 공간을 만끽하기로 했다.

입주 첫날 홍보실 분들 그리고 동료 입주 작가 두 분과 함께 오리엔테이션 겸 저녁을 먹었다. 어떤 작업을 하실 거냐는 질문에 비장하게 이곳에서 세 번째 소설을 연재해야 합니다, 라고 말하자 마감의 압박에 대해 잘 아는 그들은 곧바로 위로의 잔을 부딪쳐 주었다. 아닌 게 아니라 카카오페이지의 연재 개시 일이 추석 지나 9월 말이었다. 9월 말에 일단 20화를 보내야 했고, 이후 연재가 진행되면 매일 1화 이상을 보내야 했다. 1화 분량은 대략 A4 용지 3페이지였고, 이는 신기하게도 《연적》을 쓸 때 내가 스스로 정한 양과 같았다. 이 '3장 법칙'은 지금도 유효하다. 이 에세이 역시 하루 3장 법칙으로 완성되었다. 그렇다. 프로작가가 되려면 하루에 최소 3장은 써 줘야 겨우 밥벌이하며 살 수 있는 것이다.

2016년 8월 말에서 9월 초까지 《고스트라이터즈》의 수정안을 정리하고 새 줄거리를 완성해 출판사에 보냈다. 9월 초부터 추석 전까지 하루 3장씩 작업해 20화를 겨우 완성한 뒤 추석을 앞두고 출판사에 원고를 보내고 서울로 향했다. 추석 내내 마음이 불안해 음식이 잘 먹히지 않아 다이어트에는 도움이 되어 주었지만 속은 타들어 가는 게 느껴졌다. 그리하여 연휴가 끝나자 서둘러 장모님의 모듬전을 싸 들고 대전으로 돌아와 작업을 재개했다. 남은 20일간 20화를 마저 써야 했다. 다행히 지난 작업의 온기가 남아 있는 듯 특별한 예열 없이 바로 다음화를 써 나갈 수 있었다. 역시 훌륭한 작업실은 언제나 작가의 손가락을 춤추게 한다.

10월 1일, 카카오페이지에 내 첫 연재물이자 세 번째 장편소설이 업로드되었다. 8년 전 쓴 이야기가 멀고 굽이친 길을 걸어 내 앞에 다시 그 모습을 드러냈다. 작은 스마트폰 액정창을 통해서.

연재 :
매일 써라

　　　　　　　　　　연재 반응은 나쁘지 않았다. 아니 꽤
좋았다. 일주일 만에 6~7만 뷰가 나오며 순항했다. 일단 많
이 봐 준다니 기다무(기다리면 무료)든 뭐든 기분이 좋았다. 무
엇보다 수많은 댓글을 읽으며 독자들의 반응을 바로바로 캐치
할 수 있어 즐거웠고, 연재 중인지라 그 반응들이 작품에도 반
영되고 글쓰기 동력도 되어 주었다. 연재분을 마저 쓰는 팔에
힘이 들어갔고 연재란 게 이런 거구나, 하는 재미를 느꼈다. 가
능하다면 계속, 더 계속 연재를 하고 싶었지만 그건 욕심일 뿐
이었다. 연재하는 동안은 생활 사이클을 거기에 맞춰야 했기에
고단함이 이만저만이 아니었다.

　준비가 부족했던 연재를 꾸역꾸역 해야 하는 작가의 일과는

대략 이러했다. 아침에 일어나 지난 연재분을 읽는다. 이야기에 몰입하는 즉시 어제 구상해 놓은 다음 회를 써 내려간다. 쓰다가 지치면 밖으로 뛰쳐나간다. 카이스트 캠퍼스를 산책한 뒤 캠퍼스 내 카페에서 800원짜리 아이스 아메리카노를 마신다. 돌아와 다시 써 본다. 한 장을 겨우 완성한다. 배가 고프다. 밖으로 다시 뛰쳐나가 학생식당에서 4500원짜리 (아침 겸) 점심을 먹는다. 다시 작업실로 들어와 코를 박고 써 본다. 배가 불러 잘 안 된다. 한 시간 알람을 맞추고 낮잠을 잔다. 꿈에서 다음 장면이 떠오른다. 깬다. 꿈에서 떠오른 장면을 써 보려고 하지만 잘 안 된다. 개꿈으로 판명된 머릿속 오류를 지우고 다시 몰입한다. 몰입해 꾸역꾸역 한 장 더 완성한다. 몰입의 결과로 머리가 지끈지끈 아프다. 다시 또 밖으로 뛰쳐나간다. 카이스트에서 가장 긴 일직선 도로이자 레지던스 프로그램의 제목인 '엔드리스 로드'를 걸어 나가 어은동 골목에서 떡볶이를 먹는다. 떡볶이를 잘근잘근 씹으며 이야기 속 악역의 응징 장면을 구상한다. 떡볶이를 다 먹고 편의점에서 맥주와 감자칩을 사서 다시 엔드리스 로드를 걸어 돌아온다. 말 그대로 '끝없는 길'을 왕복하니 지쳐서 잠이 온다. 그러나 이미 마감 시한이라는 어두움이 드리우고 있기에 잘 수가 없다. 서둘러 샤워를 하고 정신을 차린다. 다시 책상에 앉아 마지막 남은 한 장을 마쳐야 한다. 마치면 맥주를 먹고 잠들 수 있다는 자기최면을 걸고, 파블로프의 개처럼 침을 흘리며 남은 한 장을 마치고야 만

다. 원고를 출판사에 보낸다. 맥주를 딴다. 마신다. 두 병째 비
우다 지쳐 잠든다.

이런 전시 상황 같은 마감을 한 달 넘게 하다 보니 몸도 마
음도 챙길 수가 없어졌다. 예전에 신문 연재니 만화 연재를 몇
년, 몇십 년 한 작가 선배들은 정말 어떻게 하셨을까 절로 경외
감이 들었다. 한편으로 잘나가는 웹툰, 웹소설 작가들 역시 이
렇게 삶을 갈아 가며 연재를 해 반열에 올랐겠구나 하는 생각
이 들며 절로 존경심이 들었다. 아무튼 그해 가을은 카이스트
에서 첫 연재를 하며 온몸을 단풍처럼 불태운 때로 내 기억 속
에 남아 있다.

데뷔한 지 5년. 두 번째 소설을 완성하지 못하고 있는 소설가
김시영(33세, 남)은 유령작가(대필작가)로 생계를 유지하며 근근이
살고 있다. 그런 그에게 배우 차유나(27, 여)로부터 자신의 재기
를 도울 '특별한 이야기'를 써 달라는 의뢰가 들어온다. '특별한
이야기'란 차유나의 주요 일상을 시뮬레이션해 그럴듯하게 써
주는 것. 황당한 제안이지만 넉넉한 고료에 힘입어 그는 유나의
이야기를 써서 건네준다. 얼마 뒤 그는 시영의 이야기대로 재기
에 성공한다.

놀라는 시영에게 유나는 그가 자신과 싱크가 맞는 고스트라
이터이며 이러한 글쓰기가 '고스트라이팅'이라는 사실을 알려 준

다. 유나의 고스트라이터로 활동하며 여유를 찾은 시영은 두 번째 소설을 다시 완성하려 하지만 도통 글이 써지지 않는다. 고민하는 그에게 다가온 노숙자풍의 남자, 오진수(48, 남). 그는 자신이 한때 잘나가는 만화가이자 고스트라이터였다며, 시영에게 유나를 벗어나 함께 일할 것을 제안한다. 거절하지만 진드기처럼 달라붙는 진수.

진수에게 자신만의 고스트라이터를 찾으면 글쓰기에 도움을 받을 수 있다는 팁을 얻은 시영, 자신의 고스트라이터를 찾던 중 누군가에게 납치되고…. 과거 유나와 진수를 모두 몰락시켰던 엔터계의 거물 강태한과 마주하게 된다. 그 역시 시영의 고스트라이팅 능력을 탐내 이용하려 하고, 시영은 '글 감옥'에 갇힌 채 누군가를 음해하는 이야기를 써야 하는 운명에 처한다. 시영은 어떻게든 남을 해치는 글을 쓰지 않고 이곳에서 빠져나가려 노력하고…. 유나와 진수 역시 공동의 적인 태한으로부터 시영을 구하기 위해 힘을 합친다.

우여곡절 끝에 태한의 공간을 빠져나온 시영. 다시 뭉친 유나, 진수와 함께 그를 물리칠 새로운 고스트라이팅을 시도한다. 이 와중에 또 다른 고스트라이터들이 등장하며 싸움의 판이 커지기 시작한다. 시영은 과연 업그레이드된 고스트라이팅으로 적들과의 전쟁에서 승리할 수 있을까? 그리고 자신의 두 번째 소설을 완성할 수 있을까?

《고스트라이터즈》의 카카오페이지 연재는 2016년 10월 중순에 완료되었고 총 18만 뷰를 기록했다. 출판사와 카카오페이지 측의 물심양면 지원이 큰 힘이 되었다. 10월 중순에 연재를 마쳤지만 작업실 사용은 다음 해 2월 15일까지였다. 나는 남은 기간 동안 연재분을 퇴고해 책으로 낼 준비를 하면서 카이스트 학생들을 대상으로 7주간의 스토리텔링 워크숍도 진행했다. 워크숍 이름은 〈공학에만 공식 있는 거 아니다. 이야기에도 공식은 있다〉로, 레지던스에 지원할 때 학생들과 진행할 교류 프로그램으로 기획한 것이었다. 장편 스토리텔링 작업을 할 때 필수불가결인 구조, 플롯, 캐릭터, 주제, 장르 등에 대한 '알려진 공식'과 '나만의 공식'을 학생들과 나누고 싶었다. 공대 수재들이지만 분명 문학과 스토리텔링에 관심이 있는 학생들이 있을 것이고, 그런 친구들이라면 빠르게 내가 알려 주는 공식을 흡수해 작품을 쓸 수 있으리라 생각했고, 워크숍이 그러한 장이 되길 바랐다.

11월부터 학생 12명에 교직원 2명을 포함한 총 14명의 수강생을 대상으로 7주 동안 워크숍을 진행했다. 매주 강의를 했고 강의 말미에 숙제를 냈다. 매주 숙제를 하면 워크숍이 끝날 때는 짧게는 10장, 길게는 30장 분량의 자신이 쓴 이야기를 가질 수 있는 방식이었다. 수강생들의 열의는 대단했고 그 면면 또한 지성과 개성이 넘쳤다. 성우 뺨치는 목소리만큼 묵직한 질문을 던지던 L 군과 이미 웹소설 작가이면서 청강을 하러 온 L 군의 형, 갑작스레 진로가 바뀌어 혼란에 빠진 자신을 돌아보려 워크숍에 참가한 C 군, 로맨스 소설을 좋아해 써 보고 싶었다던 Y 양, 뇌공학을 연구하면서 단편소설만 수십 편을 쓴 J 군, 타임워프(time warp)물을 쓰고 싶다는 열망에 기어이 작품을 완성해 낸 M 군, 웬만한 문학도 저리 가라 하는 독서력과 필력으로 날 놀라게 한 P 군, 휴학하고 배우 수업을 받는 와중에도 이 워크숍을 듣겠다고 매주 대전에 내려와 준 K 군, 워크숍 진행을 맡은 김에 아예 수강생으로 참여한 홍보실 담당자 L 님 등등.

물론 과제를 안 해 오고 다음 수업에 빠지게 되고 그러면서 중도 하차한 학생들도 있다. 그럼에도 여섯 명은 끝까지 남아 자신만의 이야기를 완성했다. 학생도 있었고 교직원도 있었다. 무엇보다 실험과 시험이 많은 학기 말이었기에 학생들의 분발은 감동적이었다. 또한 다들 작품의 완성도가 높아 나를 놀라게 했다. 워크숍 마지막 시간에 그들에게 말했다. 카이스트에 와서 작업실을 얻고 창작지원금을 받은 것도 기뻤지만 그보다 더 의미 있는 것은 워크숍을 통해 당신들을 만나고 당신들과 이야기를 나눈 것이라고. 결국 사람을 만나 통하는 것이 중요하다는 걸 다시 알게 되었다고. 학생들이 박수를 쳐 주었다. 마지막 수업이 끝난 후 치맥을 했다. 끝까지 원고를 완성한 카이스트에서 가장 글을 잘 쓰는 여섯 작가와 함께 마감 주를 마셨다.

연말에서 다음 해 2월까지는 새 작품의 기획안을 쓰고 국정 농단 청문회를 보며 지냈다. 모두 에너지가 많이 요구되는 일이었지만 그래도 연재만큼 어렵지는 않았고, 엔드리스 로드에도 끝이 보일 즈음엔 지나간 6개월이 금쪽같이 느껴졌다. 숨 쉴 틈 없이 달려온 작가 생활에 온전한 휴식을 준 소중한 시간이었기 때문이다. 매일 드넓은 캠퍼스를 산책했고, 종종 캠퍼스를 나가 갑천을 걸었다. 이곳에서 지내며 산책의 중요성을 더욱 느꼈다. "산책이 없었다면 내 머리는 터져 버렸을 것이다"던 디킨스의 말처럼, 산책의 진가를 제대로 알게 되었다. 무엇보다 고립감을 즐길 수 있게 되었다. 글이 잘 안 써질 때마다 머리를 식히고 돌아와 다시 쓰곤 했다.

혼자가 혼자를 위로하는 양식이라는 소설에 대한 정의를 좋아한다. 그것은 나라는 혼자가 독자라는 혼자를 위로하는 것이기도 하지만, 내가 나를 위로하는 것이기도 하다. 그렇게 여기고 나면 이제 고립감과 강박은 피해야 하는 것이 아니라 필수적인 집필 요소가 된다. 그렇게 입주 기간 마지막까지 혼자를 위해 혼자 써야 했다. 작가의 우울증은 산책으로 날려 버리고 독자들을 다시 만나기 위해 계속 썼다. 마침내 입주 기간을 마치고 서울로 돌아와 세 번째 소설 출간을 서둘렀다.

《고스트라이터즈》는 2017년 4월에 출간되었다. 하지만 세상은 온통 5월에 열릴 '장미 대선'이란 선거 전쟁에 빠져 있었고, 내 책에서 벌어지는 고스트라이터즈와 악당들의 전쟁에는 큰 관심을 주지 않았다. 세 번째 책도 오랫동안 매대에 자리하진 못했다는 말이다. 어쨌거나 세 번째 소설이 출간되었고 나는 네 번째 소설을 준비할 수 있는 작가가 되었다.

당신의 시나리오가
영화가 되기까지의
롱 앤 와인딩 로드
(Long and Winding Road)

종종 자신이 쓴 시나리오를(혹은 자신이 시나리오를 쓴다면) 어떤 경로를 거쳐야 영화로 완성할 수 있냐는 질문을 받곤 한다. 이럴 경우 할 수 있는 대답은 태평양보다 광범위하기도 하고 옹달샘처럼 작고 소박할 수도 있다. 그래서 대답하기가 몹시 애매한데, 여기서는 가장 보편적이고 상식적인 그리고 업계 관행에 충실한 과정을 언급해 보기로 한다. 단 수많은 샛길과 지름길과 늪지대와 지뢰밭이 있다는 것을 염두에 두며 이해하길 바란다.

0. 시나리오 완성

결국 시나리오가 있어야 그것으로 누군가를 설득할 수 있다. 아무 경력이 없는 작가의 시놉시스, 아이템 한 줄, 줄거리 피칭만으로 몇십 억이 투자되는 영화를 제작할 제작자는 없기 때문이다. 시나리오의 형식을 배우고 성실히 작품을 완성해 상품 출시하듯 잘 런칭해야 한다.

1. 영화 관계자에게 접촉해 시나리오 전달

완성된 시나리오는 저작권 등록(www.copyright.or.kr)을 한 뒤 현직 '영화 관계자'에게 보여 주어야 한다. 이때의 영화 관계자는 적어도 시나리오를 검토하고 작품이 괜찮을 시에 제작-투자 라인으로 작품을 보낼 수 있는 자를 뜻한다. 영화사 기획실 신입 직원부터 경력 프로듀서, 천만 영화 제작자, 최근 흥행에 실패한 영화감독, 메인 투자를 받을 수 있는 영화배우 등이 모두 해당된다. 그럼 이 중 누구에게 보내는 게 제일 좋을까? 상식적으로 생각해 보면 된다. 먹이사슬의 최고위층 즉 제작과 투자를 좌지우지하는 영화 관계자에게 시나리오를 보여 줄 수 있다면 가장 좋지 않겠나? 하지만 그런 사람에게는 이미 많은 작품이 줄 서 있어 새치기를 할 정도의 친분이 있지 않는

한 쉽게 시나리오를 읽게 할 수 없다는 어려움이 있다. 그럼 어떻게 영화 관계자와 접촉해 시나리오를 보낼 수 있을까? 그건 본인의 노력 여하에 달려 있는데 노력의 예들은 아래와 같다.

영화사 홈페이지나 영화사 SNS 채널에 투고

요즘은 영화사들이 홈페이지에서는 사실상 작품을 받지 않는다. 기존 영화사들은 이미 거래하는 작가들이 있고 신인의 투고작은 신경 쓰지 않는다. 이유는 두 가지다. 하나는 신인의 작품에 대한 기대치가 매우 낮기 때문이고 다른 하나는 표절 의혹 제기에 대한 방어다. 내가 아는 유명 제작자는 회사 메일 혹은 개인 메일로 투고된 영화 시나리오의 경우 메일 자체를 열지 않는다고 한다. 메일 확인 기록이 있으면 추후 투고된 시나리오와 비슷한 소재의 영화를 만들었을 때 만에 하나 표절 의혹 제기를 받을 수 있기 때문이다. 논란을 피하기 위해 아예 빌미를 안 만든다는 것이다. 그러므로 결론은 온라인 투고나 친분이 없는 상태에서의 묻지 마 투고는 하지 말라는 것이다. 그렇다면 어떻게 해야 하나? 다음으로 가 보자.

'케빈 베이컨의 6단계 법칙'을 이용하라

'자신과 관계가 없을지라도 6단계만 거치면 대부분의 사람과 연결될 수 있다'는 이 법칙이 좁디좁은 한국에서는 3.5단계 정도면 가능하다. 즉 지금 당신 주변에 영화 관계자가 없을지라도 부지런히 인맥을 돌려 보면 3.5단계, 멀게는 6단계 안에서 영화 관계자를 만날 수 있을 것이다. 친구의 사촌의 남편이 영화감독일 수 있고 고모의 사돈 친구가 영화 제작자일 수도 있으며 단골 고깃집 사장님 동생의 친구가 영화 프로듀서일 수도 있다. 콘택트하라. 하지만 만약 자신이 아싸(아웃사이더를 이름) 중의 아싸고 인맥 따위 전혀 없다면… 또 다음으로 가라.

영화 관련 교육기관으로 달려가라

우리가 학교를 다니는 것은 공부만 하기 위해서는 아니다. 동기, 동창, 동문, 사제지간이라는 인맥이 생기기 때문이다. 교문을 나서고도 계속 친하게 지내면 그게 친구 아닌가? 그리고 친구는 취미가 같고, 같은 일을 하면 더 돈독해진다. 그런 자리가 마련된 곳이 영화 관련 교육기관이다. 대학교나 대학원 영화과, 영화아카데미, 영상원 등에서 하는 교육 과정 말고도 한겨레문화센터, 심산스쿨, 상상마당 등 시나리오 강좌를 여는 곳이 꽤 있다. 그런 곳에서 현업 영화 관계자인 강사와 연을 맺을 수 있다. 열심히 써 인정받는 학생이 되면 강사가 일을 주선해 주기도 한다. 또한 함께 공부하고 작품을 나누는 창작의 동지가 생기고, 그들과 나중에 서로의 영화 관계자를 소개해 주고 추천해 줄 수도 있다. 그런데 영화 관련 교육기관에 갈 돈도 없고 그런 거 싫고 나는 이미 죽이는 시나리오도 완성했다면? 다음으로 가자.

공모전

미안하다. 결국 공모전˙이다. 공모전은 상을 받고 상금을 받는 것만이 아니라 영화 관계자를 만나고 주목받을 수 있는 자리다. 상 받은 시나리오를 공모 주체와 심사위원이 주목하는 건 당연하고, 그것이 바로 영화 관계자와 연결되는 것이다. 수년 전 롯데 시나리오 공모전에 시원하게 떨어진 적이 있었다. 얼마 뒤 롯데엔터테인먼트 직원에게서 연락이 왔다. 작품이 본심에 올랐고 심사위원 한 분이 내 연락처를 요청하는데 알려 줘도 되겠느냐는 것이다. 비록 작품은 수상하지 못했지만 이런 식으로 연결이 되고 작품을 어필할 수도 있다. 한편으로 공모전에 준하는 콘진(한국콘텐츠진흥원)과 영진위(영화진흥위원회), CJ 오펜(O'PEN)의 작가 지원 프로젝트에 지원하는 것도 방법이다. 영화 관계자들이 작가를 양성하고 돕는 곳이니 경쟁이 세지만 충분히 도전할 가치가 있다.

2. 결과 받아들이기

시나리오를 영화 관계자에게 보이고 나면 짧게는 며칠, 길

˙ 시나리오 공모전은 사실 몇 개 없고 있는 것도 매년 요강이 바뀐다. 그리고 네이버 같은 포털사이트에서 검색 한번 하면 최신 정보를 얻을 수 있으니 여기선 생략한다.

게는 한 달 안에 피드백을 받을 것이다. 한 달이 넘도록 피드백을 안 해 주면 전화를 해 따지거나 접어라. 시나리오를 받은 영화 관계자가 잊었거나 피드백할 가치가 없다고 생각한 것일 수도 있고 아니면 그냥 게으른 건데…. 무엇 하나 당신을 존중하는 것이 아니므로 욕하며 따지거나 하면서 이쪽도 무시하는 방법밖에 없다. 하지만 당신이 상식적인 인성과 태도의 영화 관계자에게 작품을 보냈다면 늦어도 한 달 안에는 피드백을 받을 수 있을 것이다. 그럼 결과를 어떻게 받아들일지에 대해 알아보자.

수락

영화 관계자가 당신의 시나리오를 수락했다. 아싸! 이는 당신의 시나리오를 사겠다는 것일 수도 있고, 당신의 시나리오를 계약하고 함께 고치자는 것일 수도 있다. 전자는 시나리오를 팔면 된다. 팔린 당신의 시나리오는 각색 작가 혹은 직접 시나리오를 쓰는 감독에 의해 업그레이드되어 투자 라인으로 가게 된다. 후자는 시나리오가 나쁘진 않지만 많이 고쳐야 투자받을 수 있으므로 계약 후 함께 시나리오를 개발하자는 것이다. 이 경우 당신은 영화사와 함께 시나리오를 단계별로 고치며 업그레이드해 투자 라인으로 보내야 한다. 노파심에서 말하자면 수락을 하긴 했는데 계약을 미루거나 돈을 주지 않으면 주저하지 말고 작품을 회수하고 함께 일하지 마라. 계약과 입금 없이 당신의 시나리오를 개발하자고 하는 회사나 제작자는 아이돌 지망생에게 연습생으로 받아 줄 테니 돈을 내라고 하는 연예기획사와 다를 바 없다. 명심하라. 한때 유명 작품에 참여했다는 프로듀서나 감독이 당신의 시나리오를 잘 읽었다면서 여러 이유와 옵션을 들이대고 일단 쓰라고 할지 모른다. 하지만 절대 계약서 없이 쓰지 마라. 그것이 자신과 자신의 작품을 지키는 길이고 건강한 영화 생태계를 유지하는 길이다.

반려

사실 수락보다는 이 경우가 압도적으로 많다. 어쩔 수 없다. 한국에는 영화로 만들어지지 않은 아마추어와 프로의 시나리오 수천 편이 영화사와 투자사, 개인 프로듀서, 감독 등에게 고루고루 나눠진 채 켜켜이 쌓여 있다. 그러므로 반려되었다고 해서 너무 좌절할 건 없다. 이 일의 생리가 원래 이러하다. 반려된 시나리오는 두 가지 과정을 거친다. 하나는 계속 고쳐서 업그레이드해서 다시 투고하는 것이다. 다른 하나는 폐기다. 늘 말했듯 기회비용을 생각해야 한다. 그리고 다시 고치느냐 폐기하느냐 하는 이 결정은 반려된 시나리오에 대한 영화 관계자의 피드백과 주변의 피드백을 종합해 결정해야 한다. 즉 반려된 것이 중요한 게 아니라 왜 반려되었고 어떤 것을 고쳐야 하는지를 배워야 하는 것이다. 중요한 것은 이 과정에서 영화 관계자의 '피드백 도움을 받는 것'과, 그와 '함께 일하는 것'은 구분되어야 한다는 점이다. 가끔 시나리오에 도움을 주었다는 이유로 시나리오의 우선적 계약 옵션을 요구하거나 투자사에 자신들의 작품인 양 소개하려는 경우도 있다. 그러므로 도움을 받는 것과 함께 일하는 것은 명확한 설정을 해야 한다. 명확한 설정이란? 우리는 그것을 계약서라 부른다.

3. 이후의 진행

수락된 시나리오가 각색을 통해 업그레이드된 투자고가 되면, 이제 패키징을 통해 투자 라인으로 간다. 투자는 시나리오 하나만으로 받는 것이 아니다. 투자사는 시나리오 투자고+감독+제작사+배우라는 '패키지'를 보고 투자를 한다. 시나리오가 좀 약해도 배우와 감독 조합이 세면 투자를 받고 영화로 완성될 수 있다. 시나리오가 죽여도 제작사와 배우가 약하면 투자를 못 받고 작품이 엎어질 수 있다. 그럼 이 중 제일 중요한 요소는 무엇일까? 할리우드고 충무로고 모두 배우다. 괜히 영화를 '스타 비즈니스'라고 부르는 게 아니다. A급 배우가 붙으면 대부분 투자가 된다. 그럼 A급 배우는 무엇을 보고 패키징에 참여할까? 감독과 제작사의 네임 밸류(name value)와 시나리오의 완성도를 본다. 이 세 가지 중 어떤 것을 더 중시하는지는 그때그때 다르다. 안타까운 것은 시나리오 완성도만으로는 결코 투자를 받을 수 없다는 것이다. 다들 시나리오가 중요하다고 수없이 외치지만 시나리오의 완성도가 떨어지는 영화들이 극장에서 개봉되는 데에는 이런 과정들과 결정들이 있기 때문이다. 문제는 그런 시나리오로 만들어진 영화를 보고 나서 내가 발로 써도 저것보단 잘 쓰겠다며 자신감을 얻은 뒤 이 업계로 뛰어드는 경우가 있는데…. 여러분, 어느 업계나 속사정이 다 있답니다. 잘 알아보고 투신하시기 바랍니다.

반려된 시나리오를 다시 개발해 투고한다면? 좋다. 당신의 근성을 인정한다. 다만 역시 작품을 다시 검토해 줄 영화 관계자를 찾아야 한다. 최초 검토했던 영화 관계자가 고쳐서 보내주면 다시 검토하겠다고 했다면, 이는 긍정적인 신호니 다시 그쪽으로 보내면 된다. 하지만 재검토 의향이 없다면 다른 채널을 찾아야 한다. 이는 고통스러운 일이다. 자신의 작품을 팔기 위해 이곳저곳 장돌뱅이처럼 떠돌아야 한다는 의미기 때문이다. 한국에는 시나리오 작가 에이전시가 딱히 없기에 작가는 작품을 잘 쓰기도 해야 하지만 잘 포장해 파는 능력도 있어야 한다. 그리하여… 그 모든 난관을 뚫고 당신의 시나리오가 영화 관계자들에게 인정받는다면, 다시 '수락'의 과정이 시작되는 것이다. 어려운가? 미안한 마음에 영화 전공자도 아닌데 시나리오를 무지 잘 써 감독으로 데뷔한 누구의 예를 남겨 본다.

1987년에 〈트루 로맨스〉의 시나리오를 완성한 쿠엔틴은, 이후

4년 동안 할리우드의 거의 모든 인사에게 그 시나리오를 보냈다. 때로는 우편 요금조차 치를 돈이 없어 수취인 대납 방식을 이용하기도 했다. 거절 편지는 대개 잔인했다.

"어떻게 감히 이런 쓰레기 같은 시나리오를 나에게 보낼 수 있소? 제정신이오?"

이는 당시 쿠엔틴의 매니저였던 캐스린 제임스 앞으로 온 편지 가운데 하나에 적혀 있던 말이다. *

4. 직접 만들어라

이 모든 과정을 패스하고 자신의 시나리오를 영화로 만들고 싶다면… 직접 만들면 된다. 시나리오를 쓰고 제작자가 되어 투자를 끌어오고 스스로 감독을 하거나 감독을 구해 오고, 촬영을 하고 후반 작업을 해 배급 라인을 따라 극장에서 개봉을 하거나 OTT 플랫폼에서 스트리밍을 하면 된다. 그 모든 플랫폼에서 거절당하면 당신의 유튜브에서 틀면 된다. 시나리오는 동의를 구하고 쓰는 게 아니고 영화는 허락을 맡고 만드는 게 아니다. 물론 돈이 많거나 돈이 많은 후원자가 있으면 좀 쉬울 것이고 아니면 무척 매우 심히 고될 것이다. 그래서 대개는 위

• 자미 버나드, 《쿠엔틴 타란티노》, 나무이야기.

0-1-2-3의 과정을 거치는 것이고, 그 과정이 이 책에서 내가 시나리오 작가로 살아온 경험담이다.

공모전 :
당신의 운을
설계하라

　　　　　앞서 말했듯이 공모전에 수없이 떨어진 나는 도대체 공모전에 당선되는 사람들은 누군지 눈에 불을 켜고 살펴본 적이 있다. 누가 어떻게 당선이 되는 건지 도무지 알 수가 없었기 때문이다. 공모전이란 공모전은 모조리 떨어지던 2010년 즈음이었고 절망감에 몸서리칠 때였다. 공모전에 떨어지면 외면당하는 기분을 넘어 무시당했다는 불쾌감이 든다. 마치 모르는 사람들에게 이불말이로 집단 구타를 당한 것처럼 고통스럽기까지 하다. 거기에 당선된 작가와 작품에 대한 질투와 시기심까지 더해져 치사하고 옹졸한 인간이 될 가능성도 있다.

　공모전에 당선될 때까지 계속 응모하는 것만이 답이라고 답하기엔 무모하다는 생각이 들었다. 공모전은 '인디언 기우제'가 아니며 위에서 말한 것처럼 사람인지라 육체적으로 정신적으로 타격을 받는다. 그래서 이쯤에서 공모전 당선 노하우에 대해 말해 보려 한다. 과거의 나처럼 수많은 공모전에 떨어지거나 떨어질 수밖에 없을 작가 지망생들을 위해, 많이 떨어져 봤고 붙어도 본 내가 털어놓는 노하우는 어떻게든 도움이 될 것이다. 무엇보다 공모전은 회사와 계약을 하고 글을 쓰지 않는, 말 그대로 혈혈단신 지망생들이 자신의 프로젝트를 온전히 한 사이클 돌릴 수 있는 트랙이 되어 주기에, 전국체전 본선에 나가는 400미터 육상선수처럼 달리고 또 달려 볼 필요가 있다.

2010년까지 수많은 공모전에 떨어져 좌절을 거듭하던 나는 2011년 경기영상위원회가 주최한 '스크린라이터스 판'이란 피칭 공모전에서 첫 성과를 거두었다. 조선 시대 착호갑사*와 괴물 호랑이의 대결을 그린 〈호환〉이란 제목의 열 장 시놉시스를 바탕으로 피칭을 한 뒤 선정이 되어 500만 원, 시나리오를 완성하고 마저 500만 원을 받아 총 천만 원을 받았다. 다음 해 백 작가와 함께 쓴 〈경성의 주먹〉으로 영진위 기획개발 지원 사업 1, 2차에 선정되었고 전라북도 영화인 레지던스 지원 사업에도 선정되었다. 앞에서도 언급했듯 이는 내 작가 생활에

---

* 착호갑사. 조선 시대에 커다란 해를 끼치는 범을 잡기 위해 특별히 뽑은 군사. 범을 잡는 것을 실험 과목의 하나로 삼았으며, 활이나 창으로 두 마리를 잡으면 다른 시험은 보지 않고 바로 뽑았다.

큰 버팀목이 되어 주었다. 이후 장편소설 《망원동 브라더스》
로 세계문학상 우수상에 당선되었고 〈고스트 캅〉으로 CJ 오
펜 1기 영화 작가 부문에 선정되었다. 그밖에 〈크리티컬 아워〉
로 부천영화제 시나리오 쇼케이스 선정, 〈폴리스 라인〉으로 시
나리오 작가조합 주최 북경 시나리오 쇼케이스 선정, 〈동업자
〉로 강원영상위원회 레지던스 지원 사업 선정 등 공모전과 지
원 사업에 매해 뽑혔다.

　이것저것 많이 당선되었다는 자랑처럼 들리는가? 그럼 이제
부터 떨어진 것들에 대해 말해 보겠다. 〈유령작가〉로 세계문학
상, 한겨레문학상, 문학동네 소설상, 자음과모음 문학상, 중앙
장편문학상, 오늘의작가상에서 모두 탈락했다. 세계문학상은
당선되기까지 두 번 떨어졌고 오펜의 전신인 CJ 스토리업 역시
두 번 지원했다 모두 물을 먹었다. 막동이 시나리오 공모전과
롯데 시나리오 공모전에도 두 번 떨어졌다. 한국콘텐츠진흥원
에서 주관하는 대한민국 스토리 공모대전에 세 번 지원해 모
두 떨어졌으며, 영진위 기획개발 지원 사업 역시 〈경성의 주먹〉
을 빼곤 수차례 낙방해야 했다. 지방자치단체의 스토리텔링 공
모전과 자잘한 트리트먼트, 시나리오 공모전 탈락 횟수는 하
도 많아 제대로 기억도 나지 않는다.

　이처럼 당선보다 탈락이 훨씬 많은 건 공모전의 경쟁률이 센
것만큼이나 당연하다. 하지만 나는 계속 경기를 뛰고 싶었다.
그 열망으로 공모전이란 타석에 계속 올랐고 자주 삼진을 먹

었지만 종종 진루타를 칠 수 있었으며 그래서 선수 생활을 이어 갈 수 있었다.

그럼 이제부터 나만의 공모전 노하우 10계명을 밝히도록 하겠다.

1. 공모전의 중요성을 명심해라

무엇보다 먼저 공모전 혹은 지원 사업의 중요성을 말하고 싶다. 공모전은 글쓰기에서 가장 중요한 두 가지를 충족시켜 주는데 바로 '시간'과 '공감'이다. 공모전은 상금 혹은 지원금이 있고 이것을 온전히 글쓰기의 시간을 버는 데 사용한다면 계속 작품을 쓸 수 있는 것이다. 또한 당선되었다는 것은 심사위원들의 공감을 얻었다는 것이다. 깐깐한 심사위원들의 평가를 넘어 공감을 산 작품을 썼다는 것은, 당신의 글쓰기가 인정받았다는 것이고 이것이야말로 글쓰기의 자신감을 한결 높여 준다. 또한 공모전 당선이 데뷔나 주요 경력으로 인정을 받는 경우는 명예와도 직결된다. 우리가 글을 쓰는 것은 돌이켜 보면 인정받기 위해, 나 자신이란 존재를 증명하기 위해 하는 행동이 아닌가? 결론적으로 공모전 당선은 험난한 글쓰기 바다에서 생존할 수 있는 부표이자 구명정이다. 살아남고 인정받기 위해서라도 당신은 응모해야 한다.

2. 공모전에 응모해라

앞서 나는 타석에 많이 설 기회를 얻었다고 했다. 간단하다. 공모전에 응모하면 할수록 타석은 늘어난다. 하지만 의외로 많은 사람이 작품 부족, 준비 부족, 시간 부족 등을 이유로 타석에 서지 않는다. 공모전이란 것이 결국 자기 작품을 평가받는 자리이기 때문에 평가를 두려워하는 마음과 평가를 거부하는 오만함이 섞여 자연스레 게으름으로 귀결되곤 한다. 대한민국에는 생각보다 꽤 많은 공모전이 있고 공모전에 준하는 지원 사업도 많다. 부지런히 응모하다 보면 기회가 올 수 있지만 이처럼 주저하는 사람도 많다. 간절함이 부족하거나 부모님이 지원을 해 주거나가 아닐까? 전자는 글을 쓰면 안 되고 후자는 간절한 사람들을 위해 양보해 주는 것도 방법일 것이다.

3. 주최 측을 연구해라

공모전 개요를 보면 주최 측의 의도를 알 수 있다. 심사 기준과 디테일한 지원 내역을 숙지하고 그에 맞춰 최대한 준비를 해야 한다. 가령 강원영상위원회에서 강원도를 배경으로 하는 작품을 지원한다고 하자. 이런 경우 기존 작품에서 캐릭터들이 특정 지역에 방문하는 일부 장면만을 강원도로 바꿔 내는 경우가 있다. 그런데 주최 측 입장에서 생각해 보라. 강원도가 주무대인 작품이 점수를 더 많이 받을지, 강원도가 일부만 나오는 작품이 점수를 더 받을지. 즉, 강원도를 배경으로 모든 이야기가 진행되는 작품을 완전히 새로 써 지원해야 한다.

한편으로 기획 의도, 시놉시스, 캐릭터 소개 등 부수적인 원고 역시 정확한 분량을 정성스럽게 작성해야 한다. 기획 의도와 시놉시스는 공모전의 서류 심사고, 본 원고는 면접 심사라고 보면 된다. 본 원고를 마감하느라 기획 의도와 시놉시스를 소홀히 작성하는 경우가 있는데, 서류에서 떨어지면 면접 기회 자체가 없다는 사실을 잊지 말기를 바란다.

4. 무조건 낚싯바늘을 심어 두어라

로맨스건 판타지건 액션이건 호러건 소설이건 드라마 대본이건 시나리오건 무조건 '훅'이 있는 이야기를 응모해야 한다. 이것은 공모전 지원작의 필수이자 기본 스펙이다. 왜냐하면 당신은 신인이고 작가 지망생이기 때문이다. 스토리업계에서 쓰이는 이 훅은 말 그대로 '낚싯바늘'이다. 당신의 작품은 심사위원을 낚아야 하는데, 당신은 이름값이라는 훅이 없으니 작품 속에 투입한 훅으로만 그들을 낚을 수 있다.

'살인 사건의 유일한 목격자가 자폐 소녀다'는 로그라인에는 훅이 있는가? 있다. 자폐 소녀의 증언이 과연 법정에서 유효할 것인가? 그런데 자폐 소녀는 법정에 설 수나 있을 것인가? 그렇다면 자폐 소녀를 법정에 세우기 위해 변호사는 어떤 노력을 할 것인가? 낚싯바늘 같은 물음표가 계속 떠오르는 이 이야기는 제5회 롯데 시나리오 공모전 대상작 〈증인〉*이다. 물론 우리는 훅이 없이 완성되고 성공한 작품을 많이 알고 있다. 그런 경우는 대개 공인된 작가와 감독의 작품이기에 가능한데, 그들 자체가 훅이기 때문이다. 하지만 신인의 경우 기획에 훅이 없다면 주목받기 힘들어 공모전과 지원 사업에 응모할 때 특히 더 필요하다.

5. 열흘 전에 마감하고 사흘 남기고 마무리하라

물론 공모전 마감 기일까지 쉬지 않고 최선을 다해 신 하나 대사 하나 더 고치는 것도 필요하다. 하지만 작가로서 당신이 쓴 이야기를 일반인으로서의 나, 편집자로서의 나, 심사위원으로서의 내가 읽을 시간 역시 필요하다. 그러려면 최소 일주일은 작품과 떨어져 있을 필요가 있다. 이 기간이 더 길면 길수록

---

* 〈증인〉은 2018년 정우성과 김향기 주연의 영화로 완성되어 흥행성과 작품성을 모두 인정받았다.

자신의 작품이 낯설고 새롭게 읽히는 신비를 경험할 것이고 그러면 더 고칠 수 있고 더 좋아질 수 있다. 그래서 나는 지원작을 최소 열흘 전에 마감하고 일주일을 덮어 두었다가 사흘 동안 최종 마무리를 한다. 많은 것을 고칠 순 없을 것이다. 하지만 이때 손본 대사 하나 상황 하나 구멍 하나가 작품의 당락을 결정할 수도 있다.

6. 응모하고 나면 잊어라

처음 공모전에 응모를 하고 나면 어쩔 수 없이 결과 발표일을 매주 토요일 여덟 시마냥 기다리게 된다. 당연히 기다리는 동안은 초조함과 기대감에 다음 작품이 손에 안 잡힐 수밖에 없다. 게다가 심사 기간은 왜들 그렇게 긴지, 석 달에서 다섯 달까지 걸리는 경우도 있다. 그렇다면 그 긴 시간 동안 전전긍긍하며 글쓰기를 쉴 텐가? 손이 굳고 녹스는 것이 두렵지 않은가?

마음을 비우고 새 작업을 해야 한다. 물론이다. 어차피 떨어진다. 대부분 떨어진다. 떨어졌다 여기고 새 작업을 하시면 된다. 작품 하나에 목맬 거라면 이 일을 할 수 없지 않은가? 그러니 새 작업 새 총알이 필요하고 그걸 쓰면 된다. 또한 새 작업에 빠져서 발표일을 잊고 지내다 당선 공지를 받으면 모르던

친척이 유산을 남겨 줬다는 소식을 들은 것처럼 기분이 두 배로 좋다. 한편으로 나중에 떨어진 것을 확인하면 멘탈이 덜 털린다. 역시 그랬군. 그런데 당신은 이미 새 작품을 쓰고 있으니 떨어진 건 다음 공모가 있을 때 고쳐 주면 된다. 즉 새 작품이 있으면 떨어진 작품에 대한 미련과 집착을 덜 수 있는 것이다.

7. 결과를 받아들여라

공모전 당선 확률은 매우 낮다. 유명 공모전은 웬만한 국가고시 합격률 저리 가라다. 하지만 고시원에 들어가 시나리오를 쓴다는 작가는 별로 없다. 요컨대 필사적으로 해도 될까 말까 한 일을 직장을 다니며 쓰는 작가 지망생이 당선될 확률은 매우 매우 낮다는 것이다. 고로 담담한 마음가짐으로 결과를 받아들이고 다음 기회를 도모해야 한다. 무엇보다 당선은 운이 많이 작용한다. 응모작이 100편이라면 그중 70편은 허당일 가능성이 크다. 나머지 30편 중 최종 본심에 오른 10편의 작품이 경쟁을 하는 것이다. 거기서 한두 편이 뽑힌다고 하면 나머지 여덟아홉 편은 그것들보다 부족한 작품일까? 절대 아니다. 당신의 작품이 떨어졌지만 그 10편에 들었을 수도 있다. 너무 좌절하지 말고 다음 응모를 하고 이번에 못 얻은 당신의 운을 기다리면 된다.

8. 떨어진 작품을 분석하라

자신의 작품이 왜 떨어졌는지 분석해 볼 필요가 있다. 주변의 리뷰를 받아 보는 것도 방법이고 한참 시간이 지난 뒤 편집자의 시각으로 작품을 살피는 것도 방법이다. 무엇보다 그 공모전에 당선된 작품을 찾아서 읽어 보라. 성공한 남의 삶과 자신의 삶을 비교하는 건 바보 같은 짓이지만 당선된 남의 작품과 자신의 작품을 비교하는 건 공부 차원에서 아주 큰 도움이 된다. 분석해 본 결과 도저히 다시 써서 업그레이드될 것 같지 않다면 과감히 버리는 것도 방법이다. 인생은 짧고 예술은 길다. 물론이다. 그런데 인생은 짧고 예술을 할 시간도 짧다. 사자가 새끼를 키울 때 그러하듯 기회비용을 위해서라도 아니다 싶은 작품은 버리고 새 작품에 공을 들여야 한다.

9. 다음 공모전에 응모해라

담담히 탈락을 받아들였고 분석도 마쳤다면 이 작품을 낼 수 있는 다음 공모전을 체크하라. 같은 형식과 분량이 아니더라도 가까운 시일 내에 제출할 수 있는 공모전에 수정을 해 낼 것을 추천한다. 아니면 작정하고 일 년간 고쳐 다음 해 같은 공모전에 내는 것도 방법이다. 다시 한번 강조하지만 공모전이란 사이클을 한번 돌고 나면 자신의 작품 한 편이 생기는 것이다. 공모전에서 탈락을 하더라도 탈락한 작품 즉 어떻게든 고쳐야 하는 작품이 생긴 것이고, 고쳐야 할 작품이 생겼다는 것은 더 좋아질 수 있다는 가능성을 얻은 것이기도 하다.

10. 당선 이후를 준비하라

공모전에 당선되었다. 아이고야 이제 시작이다. 당선작이 영화로 만들어질 확률은 조사해 보면 나온다. 몇 편 없다. 소설도 마찬가지다. 당선작이 베스트셀러가 되는 경우 역시 조사해 보면 나온다. 몇 편 없다. 지원작 역시 마찬가지다. 지원을 받는다고 해서 그 작품이 영상 매체 혹은 책으로 바로 완성되는 건 아니다. 다시 새로운 시간과 노력이 든다. 고로 떨어졌을 때와 같은 마음가짐이 필요하다. 잊고 새로 분석하고 더 연마해 팔릴 수 있는 완제품으로 만들어야 한다. 그래서 시작일 따름이다. 당선자는 그 길에 연료와 시간과 격려를 얻은 행운아이고 그 행운이란 미리 당겨 쓴 것일 뿐이다.

나는 '당선은 후불제'라고 종종 말한다. 얼결에 당선이 되고 얼결에 작가가 되고 흥행도 되는 경우가 있다. 하지만 계속 잘하려면 대가를 치러야 한다. '당선 뒤 오랜 습작'을 하는 것보다는 '오랜 습작 뒤 당선'이 되는 게 길게 보아 유리하다. 이유는 누구나 짐작할 수 있을 것이다. 당선되어 데뷔하고 수상하고 나서 습작의 자세로 집필을 하기란 무지무지 힘든 일이기 때문이다. 당선은 후불제라 여기고 당신은 치를 것을 치러야 한다.

　정리하자면 결국 자신과 자신의 작품을 믿고 계속 응모하고 지원하는 수밖에 없다. 공모전의 가장 큰 장점은 작품 하나를 마감할 수 있다는 것이다. 작가에게 마감처럼 중요한 게 어디 있을까? 그것을 독려하고 잘하면 상까지 주는 게 공모전이다. 글쓰기는 힘이 들고 고단한 일이다. 작품의 마감을 두려워하지 말고 공모전의 평가를 겁내지 말고 응모하라. 마감을 통해 마감력을 얻을 것이고, 평가를 통해 분석력을 얻을 것이다. 그렇게 하다 보면 운도 얻을 것이다. 열심히 쓴 지망생 여러분이 그 운을 얻게 될 날을 미리 축하한다.

7장

네버엔딩
스토리텔러 스토리

"

혼에서 우러난 글을 써라. 운이 좋다면 여러분의 상상력은 여러분에게 끝내 주는 훅을 안겨 줄 것이다. 그리고 여러분의 넋이 극도로 상업적인 강렬한 스릴러를 사랑한다면, 그런 시나리오를 써라. 여러분의 혼이 슬프고도 배배 꼬인 소품 예술영화를 사랑한다면, 그런 영화를 써라. 여러분이 사랑하는 것을 써라. 여러분이 무엇인가에 중독된 사람이라고 할 때, 글쓰기만큼 싸게 먹히는 것도 없고, 글쓰기만큼 더 나은 세상을 만드는 데 기여할 만한 일도 없다.

진심으로, 행운을 빈다.

— 알렉스 엡스타인 *

"

* 알렉스 엡스타인, 《시나리오 성공의 법칙》, 스크린M&B. 행성B 출판사에서 복간될 예정이다.

영화를
쓰다

2017년 1월 카이스트에서 한 해 농사를 구상했다. 가지고 있는 씨앗이 무엇인지, 그 씨앗들을 어디에 뿌리면 좋을지, 이를 위해 영농 지원은 어떻게 받을 건지, 판로는 어떻게 확보할지 등 어찌 보면 작가의 한 해도 농부의 그것과 다를 바 없다. 당시 내게는 여러 종류의 씨앗이 있었는데 작가 자신도 그 씨앗이 어떻게 완성될지 모른다는 게 늘 딜레마였다. 적어도 싹은 내 봐야 '싸가지'를 알 수 있을 텐데, 기회비용의 차원에서 그 과정을 모두에게 부여할 순 없는 노릇이었다.

고심 끝에 시나리오 하나와 소설 하나의 아이템을 올해 심어 보기로 마음먹었다. 시나리오는 거칠게 나온 초고였고, 소설의 아이템은 카이스트 캠퍼스에서 떠올린 아주 작은 발아에 불과했다. 시나리오는 영화사와 계약을 하면 안정적으로 작업할 순 있지만 이미 초고가 나온 이상 내 선에서 완성도를 높이는 게 유리한 상황이었다. 문제는 고치고 수정하는 데 6개월은 소요될 것이고 그 기간을 버틸 방법이 없기에 영진위 기획개발 지원 사업을 노려 보기로 했다. 소설 아이템은 더욱 갈 길이 멀었다. 이것으로 네 번째 소설을 쓰면 좋겠다고 생각했지만 일단《고스트라이터즈》의 결과를 봐야 했다. 이미 뿌려 놓아 자란《고스트라이터즈》가 봄에 열매까지 잘 맺어 준다면 네 번째 소설을 바로 쓸 수 있겠지만, 책이 잘 팔린다는 보장은 어디에도 없었다.

그러던 중 CJ에서 오펜이라는 작가 지원 플랫폼을 만든다는 뉴스를 접했다. 드라마 작가와 시나리오 작가를 모두 지원하고 작업실도 제공하며 여러 가지 지원 프로그램도 운영한다고 했다. 굉장히 좋은 기회라는 생각이 들었지만 엄청난 경쟁률의 파도가 벌써부터 넘실대는 게 느껴졌고 CJ 지원 사업 스토리업에 이미 두 번 떨어진 이력이 있기에 자신감이 떨어지기도 했다. 하지만 늘 그렇듯 지원하는 데 돈 들지 않고 떨어져도 작품을 다듬을 기회일 뿐이란 생각으로 응모했다.

앞에서 언급했듯이 내게는 그해 개발해 보려던 오리지널 시나리오 초고가 있었다. 오펜은 20장 분량의 트리트먼트로 지원해야 했기에 나는 초고 시나리오를 다시 트리트먼트로 바꾸는 작업을 했다. 초고 전에 완성했던 트리트먼트는 이미 과거의 것이므로 다시 활용할 이유가 없었고, 초고에서 진화한 트리트먼트를 써야 그나마 해 볼 만하다는 생각에 이야기를 재구성하고 대사도 더 예리하게 다듬는 작업을 했다. 그러다 보면 초고가 얼마나 허술했는지가 보이고 이걸 쓰고 만족해했던 스스로가 부끄러워지는 교훈의 시간이 찾아온다. 작가라면 모름지기 그 시간을 통과해 다시 이야기를 완성해야 한다.

4월경 오펜 1기 영화 작가로 선정되었다. 지원금과 각종 혜택도 좋았지만 무엇보다 상암동 동아디지털미디어센터(DDMC)에 생긴 작업실 공간이 최고였다. 작가 개개인에게 작업실이 주어졌을 뿐 아니라 17층에는 전망 좋은 라운지도 있었다. 카이스트에서 돌아와 마땅한 작업 공간이 없던 내겐 큰 선물이 아닐 수 없었다. 5월부터 본격적으로 오펜의 영화 작가로 활동했다. 동료들과 워크숍에도 참여하고 경찰청 취재도 다니는 등 배우고 나누기 시작했다. 마치 학생 시절로 돌아가 영화를 공부하는 기분이었고 영화를 전공하지 않은 내게는 행복한 체험이었다. 무엇보다 시나리오 작업에만 집중할 수 있게 된 것이 가장 큰 수확이었다. 오랜만의 오리지널 시나리오였고 오랫동안 꿈꾸던 프로젝트였다. 작품 제목은 〈고스트 캅〉.《고스트라이터즈》에 이어 또 유령이었다.

어릴 적 〈수사반장〉 시리즈와 〈리썰 웨폰〉 시리즈를 좋아했다. 〈투캅스〉, 〈인정사정 볼 것 없다〉, 〈살인의 추억〉에도 열광했다. 경찰물은 언젠가 꼭 도전해 보고 싶은 이야기였다. 그리고 첫 영화사에서 처음 읽은 작품이 〈공공의 적〉 트리트먼트인지라 그런 이야기를 나도 쓰고 싶다는 욕망이 시나리오 작가전 인생에 드리워져 있었다. 몇 번 도전도 했다. 조선 시대 경찰 겸인 포도대장 이야기, 경찰과 감식반원이 주인공인 스릴러, 싱글맘 경찰이 유괴 사건을 해결하는 이야기 등을 개발했으나 잘 진행되지 않았다. 한국에는 이미 많은 경찰 이야기가 있었고 그것과 차별화해 더 재미있는 경찰 이야기를 쓰기가 쉽지 않았다. 나쁜 경찰, 웃긴 경찰, 비리 경찰, 불륜 경찰, 시골 경찰, 베테랑 경찰 등 경찰이나 형사의 종류는 대부분 나왔고 무속인 경찰, 언더커버 경찰에 관한 시나리오도 이미 영화계에 돌고 있었다.

그래서 생각해 낸 게 유령 경찰이었다. 살아 있는 경찰에 대한 이야기는 다 있으니 죽은 경찰 이야기를 해야겠다고 마음먹었다. 주인공 경찰이 죽으며 영화가 시작되고 유령의 상태로 자신을 죽인 범인과 그 집단을 응징하는 이야기라면, 기존에 없던 경찰물이면서 내가 잘 쓸 수 있는 이야기라고 여겨졌다. 곧바로 자료 조사를 해 보니 주인공 경찰이 유령인 할리우드 영화가 있었다. 〈R.I.P.D.〉. 하지만 이것은 유령이 된 경찰이 유령 범죄자를 잡는 이야기로 〈맨 인 블랙〉에 가까운 톤이었다. 내가 구상한 유령 경찰은 현실의 범인을 잡아 응징하는 것으로 꽤 다른 이야기였다. 한편으로 주인공이 유령인 영화들을 조사해 보니 즉시 레퍼런스가 나왔다. 한국 제목 〈사랑과 영혼〉으로 개봉돼 고교 시절 내게 눈물과 감동 바가지를 선사한 〈고스트〉였다.

시간을 되돌려 보자. 이러한 구상을 하던 시기는 2011년이었다. 당시는 〈1948, 런던〉을 쓰던 시기라 손을 못 대고 유령 경찰, 유령 경찰, 주문만 외워 댔다. 이후 짬이 날 때마다 브레인스토밍을 해 보았지만 주인공 유령 경찰이 현실과 연결되는 매개체를 떠올리는 게 쉽지 않았다. 〈사랑과 영혼〉에서처럼 영매를 활용하는 게 가장 쉬운 방법이지만, 그것은 너무 쉬운 길임에 자존심이 허락하지 않았고 관객도 식상해할 것이 분명했다. 그러던 중 아내가 〈고스트 캅〉의 설정을 듣더니 초자연적인 현상에 맞서고 유령을 쫓는 형제에 대한 미드 〈수퍼내추럴〉에 대해 이야기해 주었다. 형제? 그 순간 우리는 동시에 정답을 외치며 손을 번쩍 드는 퀴즈 참가자 꼴이 되었다. 형제 중에서도 쌍둥이! 일란성 쌍둥이라면 가능하지 않을까!!

나는 시나리오 작업을 할 때 늘 할리우드 시나리오 작가 마이클 시퍼(〈크림슨 타이드〉, 〈피스메이커〉)의 명언을 되새긴다. 그는 칼 이글레시아스와의 인터뷰에서 이렇게 말했다.

되도록 난 관객들이 똑똑하다고 생각하려고 하며, 공감이 안 되는 작품을 쓰기보다는 '극장에 가서 똑똑한 사람들이 말하는 똑똑한 사실을 보는 것이 낫지 않을까?'라고 생각하는 관객들을 존경하는 마음으로 글을 쓰려고 한다. 그리하여 관객들을 자극적으로 즐겁게 만들어 그 이야기 속으로 빠뜨리면서, 다른 한편으로는 관객을 지적으로 즐겁게 해 주면서 가능하면 의미 있는 글을 쓰려고 노력한다. *

관객은 똑똑하다. 영화 감상은 돈과 시간과 인간관계가 한꺼번에 소비되는 비싸고 가치 있는 문화 행위다. 소비자로서 문화인으로서 한국 관객은 특히 더 깐깐하고 똑똑하다. 나는 그의 말대로 존경심을 지닌 채 다시 〈고스트 캅〉을 써 내려갔다.

장기 밀매 조직을 쫓다 죽은 형사 장태현. 죽어서도 놈들을 응징하려 애쓰지만 유령이라 아무것도 할 수 없던 중 자신의 목소리를 듣는 유일한 사람을 발견하는데…. 그는 사기꾼인 자신의 쌍둥이 동생 장태석이다! 형은 동생에게 범인을 잡는 걸 도와 달라고 하고, 동생은 난데없이 죽어 유령이 되어 나타난 형의 부탁에 놀라움과 황당함을 금할 수 없다. 그러나 곧 머리를 굴린 동생은 형을 돕는 조건으로 형의 오피스텔과 차를 챙기고 통장 비번까지 요구한다. 그렇게 시작한 유령 형사와 가짜 형사의 공조

---

* 칼 이글레시아스, 《할리우드에서 성공한 시나리오작가들의 101가지 습관》, 경당.

는, 처음에는 효과를 보지만 점점 주변의 의심을 사기 시작하고 급기야 범인들은 이들의 정체를 알아챈다. 무서운 범인들의 역공이 시작되고 이에 동생과 형의 가족은 위기에 처한다. 과연 형제는 놈들에 맞서 스스로와 가족을 지키고 범인들을 잡을 수 있을 것인가?

시놉시스가 완성되자 작업은 수월해졌다. 메인 작업을 하면서 짬짬이 〈고스트 캅〉의 진도를 나가 초고를 뽑았다. 하지만 더 이상은 진척이 되지 않았고 주변 반응도 좋지 않아 재고를 쓸 엄두를 못 내던 상황이었다. 이런 내게 오펜의 지원은 표류 중인 작품에 구명정이 던져진 격이었다. 작업실은 물론 시나리오 모니터, 멘토링, 사전영상 제작 지원까지 받으며 작업을 할 수 있었고, 차근차근 고를 거듭할수록 작품의 완성도가 올라가는 게 느껴졌다.

시나리오를 쓰는 것 못지않게 중요한 것이 자신의 시나리오를 잘 파는 것이다. 그런데 이 역시 오펜의 지원을 톡톡히 받았다. 2018년 1월 말 오펜의 시나리오 피칭 행사인 오피치(O'PEACH)가 열렸고 나는 200여 개의 영화 제작사와 투자사를 상대로 〈고스트 캅〉을 사전영상과 함께 피칭해 보일 수 있었다. 이후 여러 제작사와 비즈니스 미팅을 거쳤고 작품에 관심을 보이는 회사들을 만날 수 있었다. 그리고 한 투자사와 판권 계약을 했다. 영화 제작사와 시나리오를 계약하고도 투자를 못 받는 경우가 많았는데, 이번에는 바로 투자사와 계약을 해 제작이 좀 더 빨리 실현될 거라 기대하게 되었다.

한편으로 〈고스트 캅〉의 사전영상 제작을 맡으며 인연을 맺은 배정민 피디님은 내 두 번째 소설 《연적》의 영화 판권에 관심을 보였고, 얼마 뒤 나는 그와 판권 계약을 하게 되었다. 그렇게 두 가지 굿 뉴스 덕분에 2017년 봄부터 2018년 봄까지 일 년간 온전히 영화를 쓴 보람을 느낄 수 있게 되었다. 앞길이 뻥 뚫린 것 같았고 〈고스트 캅〉과 《연적》이 먼저 판권이 팔린 《망원동 브라더스》, 〈경성의 주먹〉과 함께 어서 영화가 되길 기대하게 되었다.

〈고스트 캅〉은 오랫동안 쓰고 싶었던 경찰물 시나리오를 내 손으로 끝까지 완성해 영화 제작의 컨베이어 벨트로 보낸 작품이다. 죽어서도 잡고 싶었던 유령 형사 태현과, 죽이게 속이고 싶었던 가짜 형사 태석의 한바탕 소동을 그린 감동적인 이 드라마가 여러분 앞에 펼쳐지길(영화 예고편 카피 같지만 어쩔 수 없다), 나는 매일 꿈꾼다.

두 작품의 판권이 팔리면서 생계에도 여유가 생겼다. 그 말은 네 번째 소설을 쓸 수 있는 기회가 주어졌다는 것이었고 나는 다시 문학관을 알아보고 있었다. 동시에 카이스트에서 발아된 그 작은 이야기 씨앗을 조심스레 꺼내서 살펴보고 또 살펴보는 중이었다.

끝까지
쓰다

　　　　　　　　카이스트 '엔드리스 로드'에 입주해
《고스트라이터즈》의 연재를 마치고 잠시 쉴 때였다. 책 크기가
어마어마해 미루고 있던 살만 루슈디의 자서전《조지프 앤턴》
을 카이스트 도서관에서 발견하고 이참에 읽기로 결심했다. 그
렇게 거장의 엄청난 자기 이야기를 정신없이 읽어 나가던 나는
두 번째 챕터에서 그만 딱 멈춰 버렸다. 챕터 제목 〈파우스트의
계약(A Faustian Contract)〉, 이 문구가 묵직하게 가슴을 때렸다.
아울러 대학 시절 읽다가 포기한, 하지만 늘 매혹적인 주제라
생각했던 파우스트 박사의 사연에 다시 빠지고야 말았다.

　《조지프 앤턴》을 마치고《파우스트》를 읽었다. 대학 때 읽다
만 게 수긍이 갈 정도로 여전히 힘들었다. 그래도 이젠 읽을 수

있었다. 읽다가 의문에 고개를 갸웃거릴 때도 있었지만 이따금씩 미소를 머금을 수도 있었다. 한편 그즈음 나는 카이스트 스토리텔링 워크숍을 진행하며 똑똑함이 뚝뚝 떨어지는 학생들과 소통할 수 있었는데, 이 학생들이라면 사람의 머리를 해킹하는 기술도 만들 수 있을 거란 생각이 들었다. 그러자 마치 세포와 세포가 결합하듯 '파우스트의 계약'에 '해킹 아이디어'가 합체돼 맹렬히 진화하기 시작했다.

지금 여기서 악마가 젊은이의 시청각 정보를 해킹해 부자 노인에게 제공한다면? 현재의 악마는 당연히 돈을 숭배하는 기업일 것이다. 그렇게 악마를 통해 젊음을 얻은 부자 노인들은 현대의 파우스트가 될 수도 있을 것이고. 그렇다면 그런 파우스트에게 젊음을 빼앗긴 채 살아가는 청춘의 이름은? 그들을 '파우스터'라고 부르면 어떨까?

빼앗긴 청춘의 이름을 파우스터라고 발음한 뒤 나는 글을 써 내려갔다. 정리된 짧은 이야기를 손에 쥔 채 카이스트 레지던스 기간이 종료되었고, 서울로 돌아와 〈고스트 캅〉을 쓰며 생각날 때마다 이 이야기를 소설로 어떻게 쓸지 모색했다. 그리고 마침내 2018년 봄이 끝날 무렵 네 번째 소설을 쓸 기회를 잡은 나는 담양으로 내려갔다. 그곳에 늘 가 보고 싶었던 문학관이 하나 있었다.

담양의 '글을 낳는 집'은 담양읍보다는 창평면 쪽에 가까운 산골에 깊숙이 자리하고 있었다. 입주를 마친 나는 시인이기도 한 김규성 촌장님의 배려와 김선숙 사모님의 훌륭한 전라도 밥상에 감사해하며 〈파우스터〉의 초고를 써 내려가기 시작했다. 그런데 쉽게 진도가 나가지 않았다. 6월 한 달은 동료 작가들과 월드컵도 보고 문학관 주변 환경에 적응하며 몸을 풀었다. 7월부터 본격적으로 작업을 시작했으나 날이 너무 더웠다(2018년의 여름을 떠올려들 보시라!). 날이 정말이지 더웠기에 정신을 다 차릴 수가 없었다. 무엇보다 지난 내 글쓰기를 반성하며 작업 패턴을 바꾸었더니 더 진도가 나가지 않았다.

2013년 데뷔 후 세 편의 장편소설을 완성했다. 2013년《망원동 브라더스》, 2015년《연적》, 2017년에《고스트라이터즈》를 썼다. 2년에 한 번꼴로 출간한 셈이다. 이제 돌아볼 시간이 필요했다. 본업인 시나리오 작가로 생계를 해결하며 완성한 소설치고는 나쁘지 않았지만 시간이 늘 부족했기에 소설 작업에 모든 것을 바칠 수는 없었다. 어쩌다 보니 완성해 운 좋게 당선된《망원동 브라더스》는 작업 과정조차 정리가 되지 않는다.《연적》과《고스트라이터즈》는 생계와 마감의 압박 속에서 짧은 시간에 집중적으로 써 내려갈 수밖에 없었다. 마감노동자로 스스로 정한 마감을 반드시 지키는 것에는 충실했지만 바로 그 마감을 핑계로 작품 퀄리티는 타협을 한 것도 사실이었다. 시간적 여유가 좀 더 있었다면, 한국문화예술위원회의 장편소설 지원에 떨어지지 않았다면, 지난 주 로또가 당첨되었다면 따위의 평계가 늘 있었고 내 자신의 한계를 마감이라는 블랙홀에 감춰 버린 셈이었다.

〈파우스터〉는 그러지 않기로 했다. 두 작품의 판권 계약으로 경제적 압박을 덜 받게 되었기 때문이다. 만약 돈이 떨어지면 빚을 내서라도 작품에 매진해 보겠다고 마음먹었다. 시간과 마감의 평계는 이제 존재하지 않으니 반드시 끝까지 완성하라는 나 자신과의 '파우스트 계약'을 작성했다. 무엇보다 이번 작품은 온전한 스릴러로 평가받기를 원했다. 《고스트라이터즈》에서 아쉬웠던 스릴러의 톤을 보완해, 어디에 내놔도 스릴러 장르 소설로 부끄럽지 않을 작품을 완성하고 싶었다.

7월에는 이러한 부담과 그 부담을 이겨 내려는 신중한 의지로 인해 하루에 A4 한 장을 겨우 채워 나갔다. 일단 초고를 빨리 쓰고 고치는 방식이 아니라 쓰면서 고치고 쓰면서 또 고쳐 나가는 과정으로 작업 방식을 교정해 나갔다. 쓸 때는 창작자의 머리를 써야 하고 고칠 때는 편집자의 머리를 써야 한다. 이전까지 초고를 완성할 때는 창작자로 머물렀는데, 이번에는 초고를 쓰면서도 수시로 창작자와 편집자를 오가는 프로세스를 실행했고, 이를 체화하기 위해 애썼다. 프로야구 타자가 시즌 중에도 수시로 타격 폼을 수정하며 타격감을 찾는 것과 같은 과정이었다. 힘들어도 그렇게 해야 했다. 내가 아는 모든 위대한 타자는 그렇게 플레이하며 시즌을 치르기 때문이다.

그러한 작업 방침과 결기로 꾸역꾸역 집필 폼을 수정하며 글을 써 내려가자 8월 중순경부터 작업에 가속이 붙기 시작했는데 아뿔싸! 어느새 3개월간의 문학관 체류 기간이 끝나 가고 있었다. 어쨌거나 전체 원고의 3분의 1 정도를 작업한 후 담양 생활을 마칠 수 있었는데,《연적》때 21세기문학관에서 한 달 반 만에 초고를 뽑은 것과 비교하면 그 차이를 느낄 수 있었다. 나는 상경 후 바로 서울의 여러 작업실을 전전하며 계속 썼다. 가속도는 종종 예전 버릇으로 글 쓰는 폼을 돌렸지만, 그럴 때마다 말고삐를 잡듯 글쓰기의 속도를 조절해 나갔다. 힘이 부쳤고 이대로 완성할 수나 있으려나 하는 걱정도 들었다. 안고수비(眼高手卑). 눈은 높은데 손은 비천하다고, 안 되는 필력으로 애만 쓰다 주저앉게 되지 않을까 싶어 두려웠다. 결국 쓰는 수밖에 없었다. "인간은 노력하는 한 방황하기 마련이다"는《파우스트》속 대사처럼, 상상의 방황을 견뎌야 했고 글쓰기의 노고를 멈추지 않아야 했다.

전체 원고의 절반 즉 반환점을 돌 즈음 올 것이 왔다. 다시 목디스크가 찾아온 것이었다.《연적》때 오른팔이 마비되었다면 이번엔 왼팔과 왼쪽 어깨 전체가 마비되었고 그때보다 더 심한 상태여서 추석날 처갓집에서 응급실에 실려 가고야 말았다. 고통스러웠다. 연휴가 끝나자마자 나는 대형병원에 진료를 예약해 놓고 동네 통증병원을 찾아가 급한 불을 꺼야 했다. 통증병원에서 여러 가지 치료를 집중적으로 받고 나오면 온몸이 맞은 듯 얼얼했지만 왼팔은 쉽게 나아질 기미가 보이지 않았다.

2018년 가을 한 달은 통증병원으로 출근해 한 시간쯤 치료를 받은 뒤 사무실로 향하는 일과가 반복되었다. 집필을 하다 멈추고 누워 쉬다 다시 글을 쓰는 일이 반복되었다. 두 달 뒤 큰 병원에서 결국 목디스크 진단을 받았다. 퇴행성이었고, 경추만이 아닌 요추에도 같은 증상이 있다고 했다. 그런데 '퇴행성'이라는 단어가 머리에 박히자 신기하게도 글쓰기에 힘이 붙었다. 작가 생활 18년을 '버티는 힘'으로 살았다. 내게 재능이 있다면 필력이 아니라 인내력일 거라 믿었다. 그렇게 내 글쓰기의 8할을 책임지던 버팀의 뼈대가 늙어 신음하자 모든 것이 생생해졌다. 나는 퇴행성 척추를 구부린 채 작품 속 노인들처럼 젊음을 갈구했고, 통증 어린 뼈대를 곧추세우며 청춘의 끓는 자유를 갈망했다. 그것은 마치 뮤즈가 내 몸에 고통을 가하면서 작품의 주제를 똑바로 체화하고 구현하라고 만들어 놓은 장치 같았고, 그렇다면 그 뮤즈는 메피스토펠레스임이 분명했다.

　그렇게 남은 가을과 겨울을 온통 〈파우스터〉 집필에 쏟아부었다. 최초 목표로 한 마감 분량은 사실상 의미가 없어졌고 어느새 A4 200페이지가 넘어가고 있었다. 초고를 뽑고 한수미 분사장의 피드백을 받은 뒤에 재고 작업을 하니 분량은 더 늘어나기 시작했다. 대개 재고 작업에서는 분량을 줄여야 하는데, 어쩐 일인지 소설 속 독종들은 주 무대에서 퇴장할 생각이 없는 듯했다. 결국 목디스크 통증마저 퇴장한 2019년 봄이 되어서야 전체 집필을 마칠 수 있었다. 끝냈다. A4 242장. 원고

지 1938매. 진짜 장편을 완성한 느낌이었고 진짜로 《파우스트》를 완독한 기분이었다.

지옥에서도 데려온다는 왼손 파이어볼러 박준석은 프로야구 최고의 투수다. 내년이면 메이저리그 진출이 확실한 그는 오늘도 완벽한 컨트롤로 승리를 챙긴다. 게임도 자신의 인생도 스스로 컨트롤한다고 믿는 준석은, 귀갓길에 의문의 교통사고를 당하고 의식을 잃는다. 병원에서 눈을 뜨니 준석의 앞에 서 있는 정체불명의 여자 경이 "당신 머릿속에 거머리가 있어요"라는 말을 건넨다. 그는 그것이 준석의 시청각, 후각 정보를 전달하는 특별한 연결체고, 진짜 흡혈귀는 그것을 통해 준석의 인생을 송두리째 공유하고 조종하는 어떤 노인이라고 말한다. 믿기 힘들어하는 준석에게, 경은 구형 대포폰을 건넨 뒤 연결체가 켜지기 전에 연락하라며 사라진다.

태근은 독재정권의 편에서 여러 악법과 행정을 실행했고, 국회의장까지 거친 후 은퇴하여 은둔 생활을 하고 있다. 하지만 그 10년 동안 태근은 한국에 '메피스토 코리아'가 설립되는 걸 은밀히 도왔고 초대 회원인 '파우스트 체'로 참여해 메피스토의 시스템하에서 제2의 인생을 살고 있다. 메피스토는 특수한 연결체를 젊은이의 뇌에 삽입해 그 젊은이의 삶을 자기 것인 양 만끽하는 시스템으로, 회원이 된 파우스트는 자신이 선택한 젊은이의 미래를 여러 가지 메피스토 시스템을 이용해 조종할 수 있고, 이를 가지고 경쟁하고 베팅할 수 있다. 65세 이상의, 권력을 지닌 노인만이 가입비 100억을 내고 들어올 수 있는 이 시스템은 철저한 비밀과 경호 속에 이뤄지는 그들만의 게임인 것이다.

경의 아버지는 지난해 죽은 선진그룹 회장 최형식이다. 그는 아버지의 유품인 책 한 권에서 이 모든 사실을 알게 됐고, 아버지의 죽음에 메피스토와 준석의 파우스트가 개입된 사실을 알게 됐다. 놈들을 찾아 복수하기로 한 경은 아버지의 기록이 담긴 그 책에서 알아낸 유일한 파우스터인 준석의 도움이 필요했던 것. 준석은 자신의 인생을 되찾기 위해 자신의 파우스트를 찾아야 한다. 경 역시 아버지의 복수를 위해 준석과 힘을 합쳐야 한다. 두 사람은 이제 메피스토와 파우스트에 맞서 싸우기 위해 고통스런 싸움을 펼쳐 나간다. 파우스터 준석은 메피스토와 파우스트로부터 빼앗긴 자신을 되찾을 수 있을까? 경은 복수할 수 있을까? 그리고 준석에게 당신의 머릿속에 거머리가 있다는 말을 듣게 될 또 다른 파우스터 은민은? 늙은이들의 욕망이 만든 끔찍한 시스템에서 벗어나기 위한, 젊은이들의 자유를 향한 투쟁은 계속된다.

《파우스터》는 2019년 4월 위즈덤하우스에서 출간되었다. 나는 내가 원하는 스릴러 소설을 가지게 되었다. 책이 출간되고 나니 새로 할 일을 찾아야 했다. 다음 작품을 쓰는 것이 그 것이고, 그것을 위해 나는 또 살아야 했다.

2020년 현재 이 작품은 CJ ENM의 드라마 제작국 스튜디오 드래곤에서 드라마로 개발 중이며 독일의 한 출판사에 판권이 판매되어 내년 여름 괴테의 후예들에게 선보일 예정이다. 《파우스터》를 쓰며 독일어로도 읽히길 희망하였고 영상 매체로 더 많은 사람이 이 이야기를 보길 원했는데, 모두 이루어지는 과정에 있다. 이렇게 김호연의 이야기는, 이야기꾼의 이야기는 계속될 것이다.

공복의 글쓰기

　　　　　　1일 1식을 한 지 2년째다. 이 식습관의 장단점은 방송과 기사를 통해 이미 많이들 알고 계실 것이다. 선천적으로 살이 찌는 체질이고 먹고 마시는 것도 좋아한다. 마흔 지나서는 여기에 나잇살이 추가되어 늘 적당히 부풀어 있는 상태였다. 삶의 희망이 부풀어 있는 게 아니라 삶의 무게가 불어 터질 지경이었다. 그 즈음이었다. 평소에 아침을 잘 안 먹어 오전 공복에 쓰고 점심을 먹고는 했는데, 어느 날 점심을 먹지 않고 몰입해 쉬지 않고 쓰게 된 순간이 있었다. 집필을 마치고 빈속에 쓴 글을 읽어 보니 마음에 꽤 들었고 신기한 것은 이미 해가 지고 있음에도 허기조차 느껴지지 않았다. 내가 쓴 글이 내 밥이구나, 라는 걸 은유하는 경험인 듯 신선했고 무엇보다 그렇게 하루 종일 공복으로 보낸 후 먹은 한 끼는 참 맛이 있었다. 내가 쓴 글이 이렇게 맛있고 찰지면 얼마나 좋을까 하는 생각이 들 정도로 허기를 참거나 잊고 먹는 한 끼는 달콤하기 그지없었다.

이후로 특별히 점심 약속이 있지 않는 한 하루 한 끼를 먹는다. 식비는 줄고 글 쓰는 시간은 늘어나는 기본적인 장점이 있고 거기에 위에서 언급했듯 저녁이자 유일한 한 끼의 즐거움으로 하루 일과를 마치는 기쁨이 더해져서다. 물론 1일 1식은 작업실에 처박혀 일할 수밖에 없는 내 직업적 특성과 선천적인 체질에서 기인한 생활 습관이다. 일반적인 생활인에게 적용되지는 않을 것이다. 분명한 것은 공복에 내가 쓰는 글에는 늘 어떠한 허기가 묻어난다는 점이다. 허기(虛飢), 빌 허(虛)에 주릴 기(飢). 내 위장 속과 내가 쓴 이야기 속 빈 곳이 늘어날 때마다, 주리고 갈급한 무엇이 그 빈 곳을 채우기 위해 안간힘을 쓴다. 허기를 채우려는 간절한 손놀림이 타자가 되고, 타자가 되어 나온 글들이 이야기가 되고 다시 내 위장을 채울 밥이 된다.

20년간 이야기를 쓰는 작가로 살아왔다. 늘 부족했고 갈급했으며 배가 고팠고 속이 허했다. 작가의 삶이 가난해서만은 아니었다. 생계의 고통만이 허기를 발생시키는 건 아니다. 텅 빈 것 같은 존재감은 많이 먹어도 배부를 수 없게 했고, 인정받지 못하는 무명 생활은 뱃속을 술로 가득 채워도 취할 수 없게 만들었다. 그러한 공복과 허기가 만든 공허함을 떨치려 나는 쓰고 또 쓴 게 아닐까?

이제는 공복을 힘 삼아 글을 쓴다. 허기를 기운 삼아 이야기를 만든다. 세상에 완벽한 것은 없고 모자란 것을 굳이 채울 필요도 없으며 내가 쓴 이야기가 얼마나 많은 사람에게 인정받느냐가 중요하지도 않게 되었다. 곤궁하고 곤란했지만 누추하고 지질했지만 나는 작가로 살아남았고 살아 있으며 살아갈 것이다. 이제 다른 것을 할 수 있는 능력이 퇴화되었기 때문이고, 이제 부족한 나를 미워하지 않으며 살 수 있는 뻔뻔함도 얻었다. 공복에 쓴 글이 밥이 되어 날 살게 해 주듯, 부족한 삶에도 이야기가 있다는 걸 그리고 그 이야기를 소중히 여기는 법을 알게 되었기 때문이리라.

그동안 살아오며 쓴 글에 대해 이야기하려 했는데 온통 사람들 얘기뿐이다. 사람들에 대해 쓰려고 한 게 아닌데 하나같이 누군가를 만나 함께 이야기를 만든 이야기가 되었다. 영화도 시나리오도 출판도 소설도 모두 혼자서 할 수 없는 일이다. 사람들, 이야기 덕분이다. 부족한 내 작가 경력에 함께해 준 그들과 그들의 노고에 감사할 따름이다. 사람은 홀로 설 수 없으며 이야기는 혼잣말이 아니다. 나를 도와준 당신들에게 들려주기 위해 나는 계속 이야기를 만들겠다. 비어 있는 위장을 소중히 여긴 채 계속 글을 쓸 것이다.

매일 쓰고 다시 쓰고 끝까지 씁니다

초판 1쇄 발행	2020년 11월 16일
초판 4쇄 발행	2023년 12월 6일
지은이	김호연
펴낸곳	(주)행성비
펴낸이	임태주
편집장	이윤희
디자인	최성경
출판등록번호	제2010-000208호
주소	경기도 김포시 김포한강10로 133번길 107, 710호
대표전화	031-8071-5913
팩스	0505-115-5917
이메일	hangseongb@naver.com
홈페이지	www.planetb.co.kr

ISBN 979-11-6471-133-8 (03810)

행성B는 독자 여러분의 참신한 기획 아이디어와 독창적인 원고를 기다리고 있습니다.
hangseongb@naver.com으로 보내 주시면 소중하게 검토하겠습니다.